KB237207

윤보인은 1979년 서울에서 태어나 『문학사상』 신인상으로 등단했다.

윤보인 소설집
뱀

펴낸날 2011년 9월 8일

지은이 윤보인
펴낸이 홍정선
펴낸곳 ㈜문학과지성사
등록번호 제10-918호(1993. 12. 16)
주소 121-840 서울 마포구 서교동 395-2
전화 02) 338-7224
팩스 02) 323-4180(편집), 02) 338-7221(영업)
전자우편 moonji@moonji.com
홈페이지 www.moonji.com

ⓒ 윤보인, 2011. Printed in Seoul, Korea
ISBN 978-89-320-2232-1

윤 보 인 소 설 집

문학과지성사
2011

차례

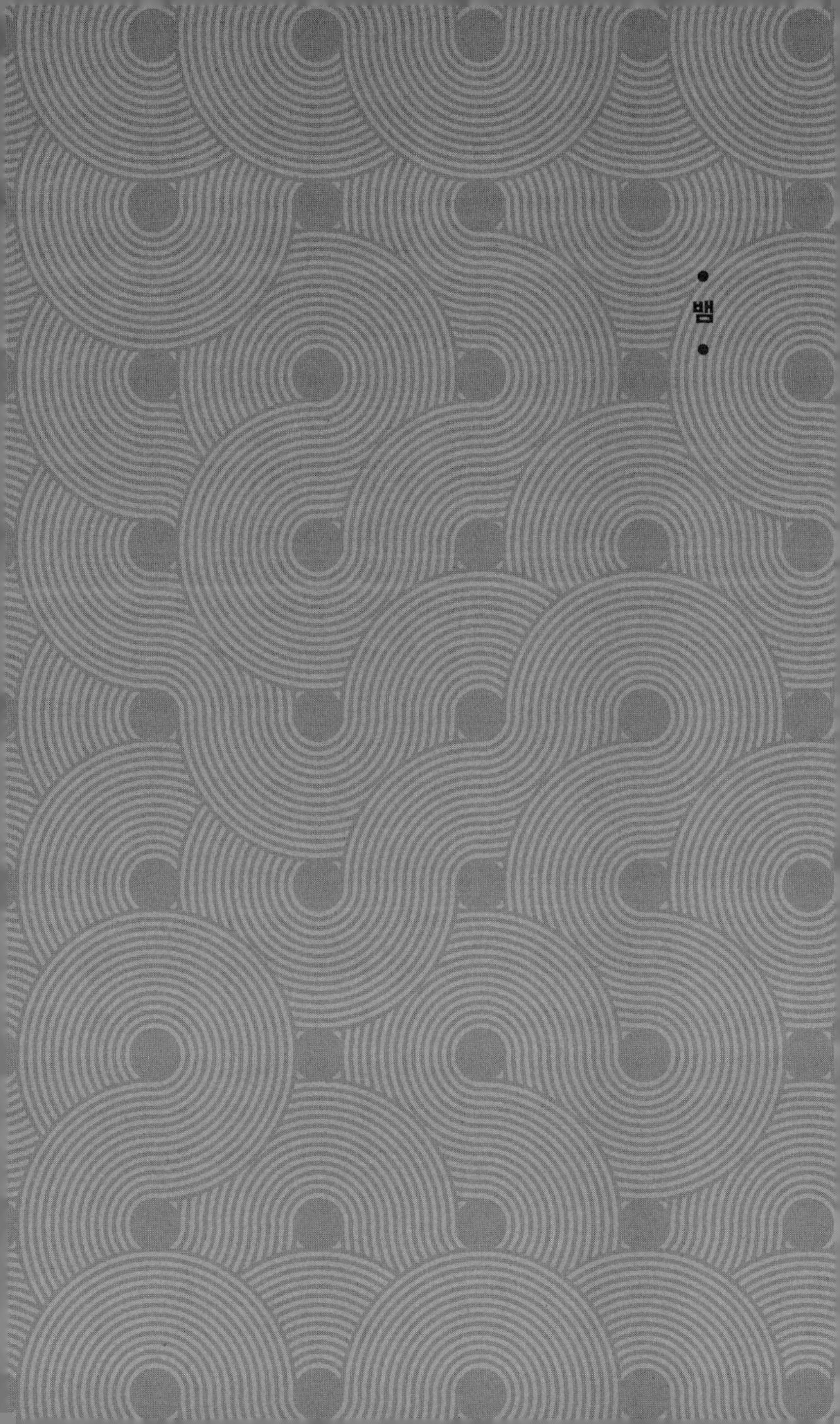
·
뱀
·

여자는 뱀을 키운다. 서른여섯 개의 검은 줄과 흰 줄이 몸통을 감싸고 있는 뱀이다. 그 줄들은 일정한 간격을 두고 사선으로 나 있다. 뱃가죽에는 살이 토실하게 올라 있다. 몸통에서 이어지는 꼬리가 날렵하다. 거죽 표면이 투명한 비늘로 덮여 있어 더욱 단단해 보인다. 꼬리를 뒤흔들 때마다 힘이 느껴진다. 뱀의 이름은 밴디드 캘리포니아 킹 스네이크. 캘리포니아의 건조한 지역에 살던 녀석이라고 노인은 말했다.

얼려놓았던 핑키를 꺼내어 녹이고 있다. 신문지에 검붉은 물이 떨어지는 것을 바라보던 여자의 입가에 미소가 깃든다. 뱀은 미꾸라지나 귀뚜라미는 먹지 않는다. 녀석의 식성이 얼마나 까다로운지는 먹이를 먹는 모습만 봐도 알 수 있다. 미소를 거둔 여자는 마른걸레 위에 핑키를 올려놓고 이리저리 돌려가며 물기를 없앤다. 손놀림은 매우 정성스럽다. 나른한 표정을 짓던 여자는 어항 속을 들여다본다.

아직 뱀은 보이지 않는다. 녀석은 또다시 톱밥 속에 제 몸을 숨겼을 것이다. 무엇이 두려운 것일까. 그것이 아니라면…… 여자는 자신도 모르게 웅크린다.

얼마나 시간이 흘렀을까. 핀셋으로 핑키를 집어 올려 어항 속에 넣는다. 핑키는 어미의 배 속에 있는 태아를 닮았다. 핑키를 처음 봤을 때 얼마나 혐오스러웠던지. 그러나 이제는 그런 생각을 하지 않는다. 뱀을 키우기 시작하면서 여자는 새끼 쥐를 핑키라 부른다는 것을 알게 되었다.

조금만 더 기다린다면 톱밥 속에 숨어 있던 녀석이 먹이를 찾으러 나설 것이다. 여자는 손끝으로 어항을 두어 번 두들긴다. 그제야 녀석이 머리를 내민다. 먹이 앞으로 천천히 다가가 스프링처럼 몸을 구부린다. 핑키의 엉덩이 부분을 물어버린 뒤 한 번에 집어삼킨다. 뱃가죽을 따라 꼬리가 흔들린다.

희미한 어둠 속에서 여자는 과자를 먹는다. 언제부터 그런 습관이 생겼는지, 기억나지 않는다.

그렇게 과자를 먹다가는 나처럼 살이 붙게 될 거야. 뉴스를 보니까 과자에서 벌레 같은 것이 나왔다고 해. 징그러워.

거미 알의 목소리가 다가왔다가 멀어진다. 여자는 거미 알의 말투가 자신을 염려하고 있다기보다 자신에게 겁을 주려고 하는 쪽에 가깝다고 생각했다. 그렇다면 무엇 때문이었는지, 그쯤에서 생각을 멈춘다. 과자 부스러기가 묻은 손가락을 빨면서 더 이상 불안해하지 않는다. 다만 자꾸 신경이 쓰이는 것은 허공에 날아다니는 모기 때문이라고, 여자는 손을 뻗는다. 순간 높이 쌓아놓았던 책들이 와르르 쏟아진다. 그제야 신경질적으로 불을 켜고 쓰러진 책들을 쌓아놓는다.

불이 켜지면 좁은 공간 속에 있는 물건들이 드러난다. 천장까지 높이 쌓아 올린 헌책들. 가장 높은 곳에는 철학 책이나 경제 서적이, 그 아래로는 두꺼운 성서나 찬송가 책이 보인다. 바닥에는 영어로 된 잡지들과 누렇게 바랜 시집들이 쌓여 있다. 그 사이사이 붉은색 표지의 현란한 음란 잡지들이 보인다.

이제 그런 것들은 필요 없어. 집으로 돌아와 컴퓨터를 켜면 언제든 옷을 벗은 여자들을 볼 수 있으니까. 심심할 때마다 나는 그런 걸 자주 봐. 너도 그렇지? 솔직히 한번 말해봐.

거미 알은 수화기 저 너머로 말했다. 그래, 예전과 달라서 이런 책들을 사 가는 사람들은 없을 것이다. 두꺼운 안경을 쓴 남자 손님들이 힐끔거리며 잡지를 뒤적였을 뿐 직접 돈을 내고 사지는 않았다. 저 잡지를 판다면 얼마를 받게 될까. 천원? 아니 이천 원? 값을 너무 비싸게 받는다면 사람들은 언짢아하며 돌아갈 것이다. 이곳에 있는 대개의 책들은 이천 원을 넘지 않는다. 그렇다 할지라도 헌책방을 찾아오는 사람들은 거의 없다.

돌아서자마자 또다시 책들이 쓰러진다. 그러나 더 다가가지 않는다. 여자는 과자 부스러기가 남아 있는 엄지손가락을 돌려가며 길게 빨고 있을 뿐이다.

여자는 보름 전에 노인을 처음 보았다. 헌책방으로 향해 가던 길이었다. 노인은 쭈그리고 앉아 파충류와 전갈을 팔고 있었다. 여자는 망설임 없이 노인에게 다가섰다. 노인은 어항 뚜껑을 열고 뱀의 머리를 움켜잡았다. 이내 뱀의 꼬리가 쭈글 쭈글한 손목을 휘감았다. 뱀의 머리는 두 개였다. 지나가던 사람들이 걸음을 멈추고는 이내 얼굴을 찡그렸다.

"한번 키워봐. 길들여지지 않는 사나운 놈이야."

노인은 여자의 얼굴을 유심히 들여다본 뒤 뱀을 들어올렸다. 여자는 자신도 모르게 손을 뻗었다. 노인은 여자의 손등을 툭 쳤다. 조심해, 물지도 모르니. 노인의 말투는 차갑게 들렸다. 어항 속에는 새끼 전갈도 들어 있었다. 그러나 여자의 마음을 끈 것은 새끼 전갈이 아닌 검은 줄과 흰 줄이 몸통을 감싸고 있는 뱀이었다. 여자는 가격을 물었고 꿈틀거리는 녀석을 가슴에 안고 돌아왔다. 그날 밤, 방 한구석에 처박아 둔 어항을 이용해 뱀 집을 만들었다. 어항의 밑바닥에 신문지를 겹쳐 깔고 그 위에 자갈과 톱밥을 얹어놓았다. 그리고 꿈틀거리는 뱀을 꺼냈다.

머리가 두 개인 뱀을 봤다고? 그, 그건 아무것도 아니야. 나는 그보다 더 근사한 것을 본 적이 있어. 그런데 말이야. 네가 뱀을 키운다는 것이 믿어지지 않아. 내 눈으로 직접 확인해보고 싶어. 언젠가 한번 찾아가보겠어. 그때는 숨김없이 보여줘야 해.

수화기 너머 거미 알은 말했다. 그러나 여자의 눈꺼풀은 점점 무겁게 내려앉았다. 쓰디쓴 커피를 마셔도 저녁 아홉 시만 되면 정신이 몽롱해져서 도무지 졸음을 막을 길이 없었다. 인터넷 게임을 해봐도, 과자를 먹어봐도 잠은 계속 쏟아졌다. 그럴 때면, 이도 닦지 않은 채 꿈속으로 빠져들었다.

새벽까지 켜져 있는 도시의 불빛. 여자는 그 시간까지 잠을 자지 않고 도시의 어둠을 밝히고 있는 사람들이 어떤 이들일까 궁금했다. 한번 눈을 감으면 쉽게 눈을 뜨지 못하는 습관을 가진 자신으로서는 그들을 이해하기 어려웠다. 그러나 그 누구에게도 그런 얘기들을 꺼내지 않았다. 어쩌면 그들 역시 자신을 이해하기 어렵다는 시선으로 바라볼지도 몰랐다.

다행히 뱀을 키우기 시작하면서부터 집에 돌아오면 할 일들이 생겨나 무료하지 않았다. 적어도, 바닥에 누워 천장 모서리부터 벽까지 피어 있는 곰팡이나 쉴 새 없이 스며드는 찬 바람으로부터 시선을 돌려 어항 속을 가만히 들여다볼 수 있었다.

간혹 잠이 들 무렵이면 여자는 두려움이나 불안감에 휩싸였다. 바닥에 누워 있다가 자신의 집이 무너질지도 모른다는 생각을 했다. 축축하고 어두운 지하 방. 벌레들이 기어 다니고, 장마 무렵에는 비가 새기도 하는 방. 만약 그렇게 된다면 건물 사이에서 빠져나오지 못할 수도 있었다.

여자는 돌아누웠다. 그때마다 거미 알은 전화를 걸어왔다. 어느 날은 말을 더듬기도 했고 어느 날은 불안한 목소리로 말할 때도 있었다. 그러나 여자는 거미 알이 하는 말들을 믿지 않았다. 거미 알이 정말 수화기 저 너머에 있기나 한 것일까. 대화를 나누긴 했어도 단 한 번도 얼굴을 본 적이 없었다. 인터넷 게임을 하면서 알게 된 거미 알. 그 이름은 그가 게임을 할 때 사용하던 아이디였다.

새벽 두 시야. 잠이 오질 않아서 말이야…… 이 시간에 네가 자고 있다는 걸 알아. 그렇지만, 전화를 걸 수밖에 없었어. 내 말을 좀, 들어줘.

거미 알의 목소리는 한층 무겁게 가라앉아 있다. 무슨 얘기가 하고 싶은 걸까. 여자는 자신의 가슴을 만지면서 돌아눕는다. 어쩌면 언덕 아래에 살고 있는 집들, 새벽까지 잠들지 못하고 불이 켜져 있는 곳에 거미 알은 살고 있을지 모른다. 저 멀리 보이는 집이 아니라 매일 스쳐 지나가는 후미진 골목에 붙어 있는 문 앞에서 얼굴을 내밀지도 모른다.

서늘한 여관방 같은 곳에서 너는 오래된 모니터 화면을 들여다보고 있을 테지. 그럴 때면 뱃살이 축 늘어진 상태로 컴퓨터 앞에 앉아 있는 거미 알의 모습이 떠오르곤 했다. 외부와 소통하지 못하고, 인터넷 게임에 빠져 사는 거미 알. 간혹 너는 며칠 동안 감지 않은 머리를 긁적이기도 하겠지. 여자는 두꺼운 이불로 자신을 감싸 안는다. 어항이 있는 곳으로 고개를 돌리다가 자신의 허벅지를 천천히 쓰다듬는다.

"그러니까요. 저…… 말이지요. 그것이 제게는, 무척이나 중요한 물건이거든요."

남자는 심각한 표정을 지으면서 말한다. 저런 표정은 짓지 않아도 되는 것을. 여자는 고개를 끄덕거리다가, 자신도 모르게 웃고 있다는 것을 알아차린다. 이렇게 누군가 앞에서 웃어본 지가 얼마나 오래되었던가. 여자는 다시 한 번 남자의 얼굴을 조용히 응시한다. 웃고 있는 것인지 찡그리고 있는 것인지 쉽게 분간할 수 없는 남자의 짝눈. 돌출된 치아. 좁은 이마를 반쯤 가린 머리카락은 얇은 빗으로 곱게 빗었는지 축 늘어져 있다. 남자는 아픈 사람처럼 보인다. 창백해 보이는 얼굴 때문일까. 아니 그것은 깊은 외로움일지도.

남자는 손으로 입을 가리고 있다. 가만, 남자는 처음이 아니었지, 두번째였던가. 다시 한 번 이곳에 찾아와준다면 그때는 소리 내어 웃을 수 있지 않을까. 그래, 그런 일이 일어난다면…… 외로움 때문이라는 걸 알면서도 여자는 계속 움직이는 남자의 손이 신경 쓰인다.

"분명 제 실수였다는 거 압니다. 그렇지만, 혹시나 해서 와 본 거예요. 혹시나 해서…… 말이죠."

남자는 반지를 찾고 있다. 아무 무늬도 없는 얇고 가느다란 반지라는 것을 알고 있다.

헌책방 안에 있다 보면 책 속에서 뜻하지 않은 물건들을 발견할 때가 있었다. 복권이나 빛이 바랜 사진. 간혹 구겨진 지폐나 편지 같은 것들이 나올 때도 있었다. 그런데 이번에는 조금 달랐다. 얼마 전 남자는 책을 팔고 싶다며 이곳에 왔었다. 그가 돌아간 후, 여자는 책 속에서 반지를 발견했다. 얇은 금반지였다. 하필이면 금반지라니. 내용을 보고 싶지 않은 두꺼운 책이었지만 그 속에서 나온 반지가 신경 쓰였다. 반지를 손에 쥐고 가까이 들여다보자 거기에는 R이라는 이니셜이 새겨져 있었다. 책 서문을 펼치자 얇은 펜으로 눌러쓴 남자의 글씨도 보였다. "란에게"라고 적힌 빛바랜 글씨. 란이 누굴까. 내내 생각했지만 쉽게 짐작할 수 없었다. 혹시, 남자의 옛 애인이 아닐까. 그래, 그럴지도 모른다. 여자는 얼굴을 본 적 없는 란이란 사람에게 묘한 질투를 느꼈다.

남자는 반지를 찾기 위해 다시 이곳으로 왔을 것이다. 그런데, 어쩐담. 반지를 다시 돌려주고 싶은 마음이 여자에겐 없다.

미련이 많은 사람. 남자는 돌아가지 않는다. 오랫동안 서성이다가 책꽂이에 꽂힌 책들을 뽑아서 뒤적거린다. 먼지가 많이 쌓여 있는 바닥을 훑어보기도 한다. 얼마나 만난 사이였을까? 삼 년, 아니 오 년? 어떤 의미를 지니고 있었기에, 흔한 반지를 잊지 못하고 자꾸 찾아오는 것일까. 그렇지만 남자와 이렇게 가까이 서 있는 것이 나쁘지 않다. 가끔 마주치면 저렇게 눈웃음을 짓기도 하니까. 그래, 책을 펼치다가 이쪽을 바라봐준다면…… 그러나 남자는 끝내 보지 않는다. 들고 있던 책을 차갑게 덮어버리고 밖으로 나가 담배 한 개비를 뽑는다. 손놀림이 어딘가 모르게 불안해 보인다. 담배 연기는 바깥으로 향하지 않고 헌책방 안으로 들어온다.

여자는 눈을 감고 일부러 기침을 한다.

"이런, 죄송합니다."

남자는 미안하다는 표정을 짓는다. 그리고 주춤거리다 먼 곳을 본다. 무엇을 보고 있는 것일까. 어쩐지 저 눈빛이 쓸쓸해 보인다. 어딜 보고 있는 것일까. 남자의 시선을 따라간다. 아무도 없는 공터. 앙상한 나뭇가지가 흔들리고 있다. 바닥에는 빈 페트병이 뒹굴고 있다. 다시 남자를 물끄러미 본다. 가느다랗고 섬세한 손가락. 상처 하나 없이 깨끗하다. 뭘 하는 사람일까. 그림을 그리는 사람일까. 아니, 기타를 치는 사람일지도. 여자는 남자와는 대조되는 자신의 손등을 내려다본다. 두툼한 손. 겨울만 되면 손등은 붉게 달아오른다.

"비싼 건 아닙니다. 반지를 자세히 들여다보면 말이지요.

이니셜로 R이라고 적혀 있거든요. 그걸 새기고 나서 얼마나 기뻤는지 지금도 기억이 납니다."

담배를 짓씹으며 애써 웃고 있지만 남자에게선 서운한 기색이 역력하다. 게다가 말끝엔 여운이 남아 있다. 무언가가 울컥하는지 남자는 숨을 크게 삼키다가 다시 여자를 보며 웃는다. 여자는 그를 향해 팔을 뻗으려다, 이내 거둔다.

스물다섯이 되도록 누군가에게 고백을 받아본 일이 있던가. 혹은 반지나 꽃다발 같은 것을 받아본 적이 있던가. 사랑이라는 말이 너무 자주 쓰인다 했지만 그 말을 그 누구로부터 들어본 적은 없었다. 그것이 가짜라 할지라도, 달콤한 말로 여자를 속인다 할지라도, 한 번쯤은 그 다디단 말 속에서 살아보고 싶다는 욕망이 있었다. 그러나 누구도 사탕을 내밀며 유혹하지는 않았다. 그것은 여자의 외모가 형편없기 때문인가…… 아니다, 눈에 띄는 편은 아니지만 고만고만한 평범함으로 지금껏 살아왔다고 느끼는 중이었다.

헌책방은 아버지로부터 인수받은 것이었다. 그 전에는 몇몇 아르바이트를 하면서 돈을 벌었다. 그중에는 낯선 전화번호를 꾹꾹 눌러가며 설문지를 작성하는 일도 있었다. 하루에 삼백 통 정도, 아니 사백 통. 대부분이 바쁘다거나 지금 일이 있어 받을 수 없다고 차갑게 끊어버렸지만, 간혹 전화 건 사람이 미안해질 정도로 친절하게 대해주는 사람이 있었다. 그러나 상대 쪽에서는 여지없이 강한 말들을 쏟아내곤 했다. 한

번만이라니요? 서툰 목소리로 여자가 그렇게 물을 때 수화기
저편의 사람은 어눌한 목소리로 말했다. 사랑한다고 한 번만
말해주세요. 그리고 기나긴 침묵. 여자는 상대를 향해 아무
말도 하지 않았다. 그러다 보면 먼저 전화를 끊는 소리가 들
렸다. 어쩌면 중년 남자는 수화기를 내려놓은 뒤, 수음을 했
을지도 모를 일이었다.

그날의 그 남자나 지금의 자신이 크게 다르다고 생각하지
않는다. 그것이 아주 우스운 일이거나 위선적인, 혹은 치정이
라 할지라도 지금 그런 말을 듣고 싶다는 욕망이 여자를 짓누
른다. 반지를 내밀면서 남자는 사랑을 속삭였을 것이다. 달콤
한 말을 섞어가며, 상대를 설득했을 것이다. 여자는 등을 돌
리고 서 있는 남자를 바라본다. 몇 대의 담배를 피운 것일까.
그렇게 피면 몸에 해로울…… 그 순간 남자가 헌책방 안으로
들어온다. 무릎을 굽힌 채 여자의 눈을 들여다본다.

"혹시…… 찾게 되면 연락을 주시겠어요?"

심한 짝눈이다. 그러나 그것은 더할 수 없는 매력으로 다가
온다. 여자는 고개를 끄덕이며 종이를 건네받는다.

이봐요, 실은 당신의 그 반지 말이에요. 여기 내 주머니 속
에 있어요. 내 손에 꼭 맞던데요. 그러니 걱정하지 말아요.
어깨를 좀 펴봐요.

그러나 그 말들은 나오지 않는다. 여자는 침을 삼킨다.

남자는 먼 곳을 응시하다가 돌아서서 걷는다. 여자는 멀어

지는 남자의 뒷모습을 바라본다. 그는 자신이 응시했던 그 공터 쪽으로 걸어간다. 비둘기들이 남자를 피해 날아간다. 남자는 서성거리다 빈 의자에 앉는다. 등을 구부린 채 주머니 속을 뒤적거린다. 담뱃갑을 꺼내어 그것을 오래 들여다본다.

그제야 여자는 종이를 본다. 저 사람이 찾고 있는 것은 지금 내 호주머니 속에 들어 있지. 그렇지만, 그것을 줄 수는 없지. 하루빨리 여자를 잊는다면, 좋을 텐데. 그렇지, 그것은 나에게 좋은 일이지.

여자는 고개를 끄덕인다. 엉거주춤 문 앞에 서 있다가 어항을 들여다본다. 뱀은 꼬리를 구부렸다가 펼치며 앞으로 나아간다. 움직임을 더 자세히 보려는 듯 여자는 등을 구부린다. 주머니 속에 있는 반지를 꺼내어 들여다본다. 그러다 반지를 깨물어본다. 차가운 기운이 혀끝으로 전해져 온다. 여자는 놀라 힐끔 뒤를 돌아본다. 거기엔 아무도 없다. 여자는 반지를 떨어뜨릴까 봐 조심스럽게 손으로 감싼다. 한참 동안 매만지다가 반지를 어항 속에 집어넣는다.

헌책방에 뱀에 관한 책이 있었던가. 아니다. 그와 관련된 책들은 이곳에 없다. 그런 책들이 이곳에 있다 할지라도 뒤적거리며 찾아볼 의향이 있던가. 여자는 책을 읽는 것이 귀찮아서 던져버리고 말았을 것이다. 여자는 먼지가 묻은 헌책들을 가만히 쓰다듬는다. 오래된 냄새가 코끝을 타고 전해진다. 무심히 책을 넘기는 손길엔 어떤 애정도 배어 있지 않다. 책 속에 끼워져 있던 낙엽이 손끝을 타고 바닥으로 떨어진다. 저 낙엽. 얼굴을 모르는 누군가가 책 속에 넣었을 테지. 여자는 낙엽을 가만히 만져본다. 거기에는 여자가 짐작할 수 없는 어떤 추억이 서려 있었을 것이다. 그것은 자신과는 아무 상관없는 일이지만, 자꾸만 눈길이 가는 것은 무엇 때문일까. 낙엽을 얼굴 가까이에 대본다. 지금껏 누군가와 추억을 공유해본 적이 있었던가. 여자는 낙엽을 바깥으로 날려 보낸다.

뱀이 가느다란 모가지를 허공을 향해 치켜든다. 여자는 손으로 꿈틀거리는 뱃가죽을 만지면서 또 다른 손으로 톱밥 속에 있는 반지를 손에 쥐어본다. 아, 아직 이곳에 남아 있다. 여자는 안심하며 반지를 뱀의 꼬리에 끼운다.

오히려 반지는 남자보다는 뱀과 함께 있을 때 빛나는 것 같다. 이곳에는 남자의 흔적들이 너무 많다. 그의 책과, 소중히 여기던 반지와 그리고 연락처까지. 남자는 다시 이곳을 찾을 것이다. 그때는 그에게 과자나 음료수, 사탕을 건넬 수 있을 것이다. 그런 뒤에는 담담한 목소리로 위로해줄 것이다. 이봐요. 나도 계속해서 찾고 있어요. 어디 굴러 떨어진 것은 아닌지 바닥을 샅샅이 뒤져보고 있어요. 그런데 이것 좀 먹어보겠어요? 아주 달고 맛있어요.

남자는 또다시 눈웃음을 지을까. 쑥스러워하다가, 옛 추억을 떠올리는 건 아닐지. 그의 눈동자는 글썽일지도.

여자는 뱀을 움켜잡는다. 뱀이 흐느끼듯이 머리를 뒤흔든다. 녀석이 길고 가느다란 혀를 내밀고 있다. 여자는 뱀의 입 속으로 자신의 손가락을 천천히 넣어본다. 손끝이 따스하다. 그곳은 단 한 번도 남자의 손길이 닿아본 적 없는 여자의 질 속처럼 깊어 보인다.

여자는 뱀을 내려놓은 후 구석진 곳으로 다가가 숨어버린다. 밖에서는 보이지 않을 것이다. 그래도 책 사이로 보이는 틈새를 눈으로 흘낏거리면서, 자신의 바지 속으로 손을 집어넣는다. 어느새 그곳은 젖어 있다. 조금 전에 만졌던 뱀의 입 속보다도 따뜻하다. 여자의 입가에 장난스러운 듯 웃음이 감돈다. 그러다 누군가가 볼까 봐 흠칫 놀라며 손을 빼버린다.

헌책방 안으로 미세한 먼지들이 피어오른다. 여자는 나른한 표정을 지으며 손끝을 바지에 두어 번 문지른다. 그 순간 투명했던 뱀의 눈동자가 흐릿해져 있음을 느낀다. 몸통을 두르고 있던 검은 줄무늬 역시 회색빛으로 변해 있다. 여자는 고개를 내밀며 어항을 들여다본다. 처음 녀석을 보았을 때 얼마나 근사한 색을 지니고 있었던가. 그 빛깔은 얼마나 강렬하고 아름다웠던가. 게다가 헌책방에 들르는 사람들은 오래된 책보다는 어항 속에 들어 있는 것을 향해 관심을 두지 않았던가. 누군가는 만져보고 싶다고 했고 누군가는 한 번쯤 키워보고 싶다고 말하기도 했다.

사나움을 버리고 이렇게 순하게 변한 것은 녀석과 어울리지 않을 것이다. 혹시 나쁜 병에 걸린 것은 아닐까. 여자는 두려움을 느끼며 핑키를 던져준다. 그러나 아무런 반응도 없이 바라보기만 할 뿐 잔뜩 주눅이 들어 있다. 여자는 못마땅한 표정을 지으며 꼬리를 움켜잡는다.

왜 이렇게 변한 것인지 노인은 알고 있지 않을까. 여자는 신발을 구겨 신고 노인이 있는 곳으로 향해 간다.

"허물을 벗으려는 게야."

주름진 손으로 자신의 목을 어루만지며 노인은 말한다. 여자는 그제야 그것이 탈피를 하기 전에 나타나는 증상임을 알아차린다. 탈피를 하기 전 뱀의 눈은 시력을 잃은 듯 보인다고 했다. 얼마 후, 껍질을 벗게 된다면 지금보다 훨씬 더 커지고 길이도 자라나게 될 것이라고. 녀석뿐만 아니라 다 거쳐가는 증상이라는 것을 알아차린 후에야 여자는 안도감이 든다.

노인은 분무기를 쥐고 어항 속에 들어 있는 전갈을 향해 물을 뿌린다. 머리가 두 개였던 뱀은 보이지 않는다. 어디로 갔을까.

여자는 노인의 손에 돋아난 실핏줄을 바라보다가 어항을 끌어안는다. 어항 속의 톱밥들이 바닷가의 모래알처럼 출렁인다.

"어디…… 다녀오시는 길인가 봐요."

기름진 머리카락을 쓸어 넘기며 남자가 가까이 다가온다.

아, 이렇게 빨리 남자가 오리라고는 생각하지 못했다. 여자는
자신도 모르게 한 걸음 뒤로 물러선다. 여자의 눈빛이 복잡해
진다. 남자는 놀라게 해서 미안하다는 듯 손을 들어올린다.
　"아, 뱀이군요. 근사한데요."
　어항 속을 들여다보자마자 남자의 눈빛이 생기 있게 변한
다. 여자는 주머니 속을 뒤적여 그 속에 있던 사탕을 한 개
꺼내어 남자에게 건네준다. 아무런 말도 하지 않는다. 다시
한 번 찾아온다면, 웃어보리라고 생각하지 않았던가. 무엇보
다 먼저 다정하게 말을 걸어보리라고 다짐하지 않았던가. 그
렇지만, 여전히 호주머니만 뒤적거리고 있을 뿐이다. 침묵이
흐르는 동안 남자는 사탕 껍질을 벗겨내면서 웃는다.
　"이렇게 멋진 놈은…… 정말 처음이에요."
　남자의 눈이 투명하게 빛난다. 조금만 더, 가까운 곳에서
들여다볼 수 있다면. 여자는 어항 속에 들어 있던 뱀을 꺼내
어 남자의 손에 올려주고 싶다는 충동을 느낀다. 아니, 손이
아니라 저토록 연약해 보이는 어깨와 목에 둘러주고 싶다고.
몇몇 사람들이 관심을 보일 때에는 불편하고 거북했던 마음
이 남자 앞에서는 사라진다. 남자 곁에서 다디단 향내가 나는
듯하다. 여자는 남자의 검은 머리통을 올려다본다. 오늘도 머
리를 감지 않은 것일까. 그런데 설마 어항 속에 있는 반지를 보
게 되는 것은 아니겠지. 여자는 불안한 듯 어항을 가로막는다.
　남자가 다가온다. 더 이상 가까이 오지 않기를…… 여자는

치아 사이로 보이는 남자의 선홍빛 혀를 쳐다본다. 그것은 뱀의 혀보다도 부드러워 보인다. 여자는 침을 삼킨다. 남자는 더 가까이 오려다가 책을 뽑아든다.

"아, 이 책을 여기서 발견하네요. 이거 구하기 힘든 건데."

여자는 막막한 눈길로 남자의 검은 머리통을 올려다본다. 구부러진 저 등을 오랫동안 끌어안고 싶다고, 그리하여 반지 따위에 정신을 쏟지 않게 하고 싶다고 여자는 생각한다. 책을 만지고 있는 남자를 향해 손을 뻗으려다가…… 손가락을 다시 뺀다. 남자는 등을 돌린 채 헌책들을 뒤적거린다. 여자는 팔짱을 긴 채로 슬쩍 자신의 가슴을 매만진다. 자신 이외에는 한 번도 누군가가 만져본 적이 없는 가슴을. 여자의 속살이 얼마나 희디흰지, 얼마나 부드럽고 따뜻한지 남자에게 한번 보여주고 싶다는 생각이 가슴을 뜨겁게 한다.

"아차, 이것 좀 보세요."

남자는 즐겁다는 듯이 여자의 눈을 응시한다. 빳빳하게 펼쳐진 천 원짜리 지폐 한 장이 손끝에서 흔들린다. 남자는 운이 좋았다. 그것은 다른 사람이 한 것이 아니라 언젠가 자신이 한 일이라는 것을 여자는 알고 있었다. 뱀을 키우기 이전에 헌책방 안에 있다가 잠이 쏟아지곤 할 때면 책 사이에 지폐를 몇 장 끼워 넣곤 했다. 그것은 무료함을 떨쳐버리기 위한 행동이었을 뿐 다른 의도는 없었다.

남자가 어린아이처럼 즐거워하니 여자 또한 기분이 좋아진다. 다가올 미래의 어느 날 그러한 행동을 반복하게 될지도 모르겠다. 여자는 구겨진 스커트 자락을 매만지다가 다시 남자를 바라보지만 그는 더 이상 이쪽을 보지 않는다. 여자는 고개를 돌린 후 천천히 어항을 살핀다.

　이상한 일이야. 잠이 오질 않아. 그래서 말인데 나도 뭔가를 좀 키워볼까 해. 방 안에 틀어박혀 게임만 하는 게 점점 지겨워져. 어떤 것을 키우는 게 좋을지 나에게 좀 알려줘.
　새벽마다 걸려오는 거미 알의 전화. 여자는 깊이 생각도 하지 않고 잠결에 배, 뱀이라고 중얼거린다. 뱀이라고? 거미 알이 그렇게 물을 때, 고개를 끄덕이며 수화기를 내려놓는다. 눈을 감은 채 거미 알이 뱀의 꼬리를 매만지고 있는 모습을 상상해본다. 만약 한 번 더 자신에게 묻는다면 그때는 어떤 뱀을 추천해줄 수 있을까. 그린 스네이크. 그래, 그것이 좋을 것이다. 그것은 매우 예민하고 까다로워 환경이 달라지면 음식을 거부한다고 했다. 처음 키우는 사람들 앞에서는 대개 거식증을 보이고 얼마 가지 않아 죽게 된다고 했다.
　졸음이 점점 쏟아진다. 여자는 침을 삼키며 두꺼운 이불 속으로 숨는다. 전화벨이 울려도 일어서지 않는다. 어둠 속에서 얼굴을 찡그리고 있다. 전화벨은 멈추지 않고 끊임없이 울린다. 텅, 텅, 차가운 빈방을 조금씩 흔들어놓는다.

여자는 신경질적으로 이불을 내린 뒤 전화기의 코드 선을
뽑아버린다. 숨 막히는 저 전화벨 소리. 잠깐이라도 좋으니
자신의 애기를 좀 들어달라고 할지라도, 졸음 앞에서 전화를
받을 수는 없을 것이다. 거미 알은 정말 저 멀리에 있기나 한
것일까.

날이 밝을 때까지 여자는 이불 속에서 웅크리고 있다. 며칠
동안 잠을 이루지 못한 사람처럼 그 속에서 헤어나지 못한다.
일어서다가 벽에 걸린 거울을 통해 평소보다 부은 얼굴을 본
다. 손과 발도 퉁퉁 부어 있다. 여자는 흐트러진 머리카락을
매만진다. 긴 머리카락이 떨어진다. 그제야 열한 시간 이상을
잠으로 보냈음을 깨닫는다. 뽑았던 전화선의 코드를 다시 꽂
은 후 어항이 있는 쪽으로 바짝 다가간다.

네가 있는 곳이 청계천 어디라고 했지. 외출하게 되면, 한
번 찾아가보겠어. 그때는 꼭 너의 그, 그 녀석을 좀 보여줘.

거미 알의 목소리. 그래, 한 번쯤은 보여줄 수도 있을 것이
다. 그것은 어려운 일이 아니다. 여자는 눈을 비빈 후 어항을
조심스럽게 매만진다. 그런데…… 아무리 뒤적거려도 녀석
이 보이지 않는다. 또다시 숨어버린 것일까.

순간 여자의 표정이 차갑게 변한다. 어항을 뒤집어 그 속에
있던 톱밥들을 쏟는다. 구석에 놓아두었던 물그릇도 순식간
에 쏟아진다. 여자의 손가락이 조금씩 떨린다. 무엇이 만져지
는 것 같다. 여자는 느릿한 손놀림으로 그것을 들어 올린다.

수백 개의 구멍이 뚫려 있는 허물이다. 껍질은 얇고 가늘어 금방이라도 찢어질 듯하다. 스타킹을 뒤집어놓은 것처럼 길게 늘어져 있다. 언젠가 노인이 말했던 것이 이것이었던가.

　여자는 자리에서 일어나 가구의 틈새를 급한 눈으로 살피기 시작한다. 손으로 바닥을 쓸어본다. 옷장을 열었다가 다시 뒤돌아서서 구석구석을 살핀다. 바닥에는 과자 부스러기와 머리카락이 남아 있다. 문을 열고 밖을 내다보지만 어디에도 보이지 않는다. 그제야 여자는 뱀이 도망쳤다는 것을 깨닫는다. 한동안 막막한 눈길로 자신의 손을 내려다본다. 언젠가 녀석이 이 손바닥 위를 기어갔었지. 얼마나 간지러웠는지. 여자는 생각에 잠긴다. 그러다 두툼한 자신의 손을 매만진다. 로션을 바르지 않은 손등. 트고 갈라져 있다. 여자의 눈빛이 사막의 모래바람처럼 불안하게 흔들린다.

　시간이 아주 더디게 흐른다. 헌책방에 가야 할 시간임에도 여자는 더 이상 밖으로 나오지 않는다. 허물을 두 손에 꼭 쥐고 변기 위에 앉아 있을 뿐이다. 한 평이 채 되지 않는 좁은 화장실. 갑갑함도 느끼지 못하고 그곳에 있다. 창틈 사이로 새어 들어오는 빛은 뱀이 남기고 간 허물 끝에 머물러 있다.

　뱀은 전보다 더 자랐을 것이다. 뱀이 삼켜버린 그 얇은 반지가 떠오른다. 반지를 찾기 위해 애쓰던 남자, 그는 오늘도 헌책방 앞에서 서성거릴 테지. 당신이 애타게 찾던 반지는 뱀이 삼켜버렸다고 말해줘야 하는 것은 아닐까. 남자는 당황하겠지. 그것이 아니라면 안타까운 표정을 짓다가 체념을 할지도 모른다. 남자가 만약 기운 없이 돌아선다면 어떤 표정을 지어야 할까. 여자는 흐르는 땀을 닦아낸다.

천천히 바지와 팬티를 내린다. 오줌 줄기가 변기 속으로 섞여 들어갈 때쯤 허물을 서서히 찢기 시작한다. 냉동실에 핑키는 몇 마리나 남아 있을까. 다섯 마리, 아니 여섯 마리. 그것은 어쩌면, 내일이면 쓰레기통에 버려질지도 모르겠다. 아니다. 끝까지 미련을 버리지 않을 것이다. 무언가를 기다리는 것, 쓸데없는 희망을 품는 일에는 이력이 나 있지 않았던가.

여자는 바닥에 놓인 어항을 노려보다가 휘청거리며 일어선다. 아무렇게나 뒤섞인 톱밥들. 두 손으로 어항을 들어 올린다. 그것을 비스듬히 기울여 변기 속으로 천천히 쏟아낸다. 들고 있던 허물마저 변기 속에 떨어뜨린다. 톱밥과 허물이 뒤섞여 출렁인다.

요즘엔 왜 게임을 하지 않지? 나 말이야. 아이디를 바꿨어. 이제는 거미 알이 아니야. 궁금하면 들어와서 확인해봐. 그리고 말이야. 지난번에 네가 말한 그, 그 녀석 이름이 뭐라고 했지?

또다시 다가왔다 사라지는 거미 알의 목소리. 그 목소리는 자신을 위협하고 있는 것 같다고 여자는 생각한다. 그때 방 안에서 전화벨이 다급하게 울린다. 아직 밤이 오려면 멀었는데 거미 알, 또 너구나…… 손을 뻗으며 전화벨 소리가 나는 곳으로 다가가려다 돌아선다.

여자는 수도꼭지가 있는 쪽으로 엉거주춤 다가간다. 물이 쏟아지는 곳에 쭈그리고 앉아 다리를 한껏 벌린다. 고개를 숙이고 자신의 몸속 깊은 곳 거뭇한 부분을 들여다본다. 아, 동굴처럼 깊고도 짙은 어둠이다. 여자는 자신의 아랫도리를 세심한 손놀림으로 매만져본다. 좁은 창문 사이로 들어오던 빛이 두 눈가에서 머문다. 여자는 질 속으로 서서히 손가락을 밀어 넣는다.

고개를 숙이자, 거기에 뱀 한 마리가 나른한 듯 입을 벌리고 있는 것이 보인다. 뱀은 한없이 부드러워 보이는 혓바닥을 길게 내밀고 있다. 여기에 숨어 있었다니. 여자는 뱀을 빼내기 위해 안간힘을 써본다. 조금만 더 손가락이 닿는다면 꼬리가 잡힐 것이다. 아니, 토실하게 살이 오른 뱃가죽이 먼저 잡힐 것이다. 무엇이 먼저 잡히든지 어서, 저 어두운 곳에서 빼내고 싶다고, 더는 축축한 곳에서 견디지 못할 것이라고, 여자는 불안한 듯 얼굴을 찡그린다. 그러나 뱀은 아랑곳하지 않고 손이 닿을 수 없는 깊숙한 곳으로 멀리 달아나버린다.

악
취

더럽고 경쾌한 얘기를 하려고 해. 기괴하다고 생각해도 좋아. 내가 어떤 냄새에 집착하고 있는지 당신에게 알려주고 싶어. 어쩌면 그 냄새, 당신도 맡아봤을지 몰라. 내가 사랑하는 건 냄새야. 고약한 냄새, 찌든 냄새, 썩는 냄새, 참기 힘든 역겨운 냄새야. 하수구에서 나는 오물 냄새, 더러운 바닷가에 떠 있는 기름 냄새, 노인에게서 풍기는 입 냄새, 마늘 냄새, 시체 썩는 냄새야. 사람들은 그 냄새를 견디지 못하지. 하지만 나는 거기에서 어떤 고통을 느껴. 그 냄새들은 대개 불온해. 그래도 나는 피하고 싶지 않아. 그것들은 날 아주 유쾌하게 만들어. 눈을 감은 채 희열을 느끼는 거야. 나는 한 번 맡은 냄새들을 아주 오래 기억해. 언젠가 딱 한 번 그 냄새 속에서 죽고 싶다는 생각을 했어. 서서히 내 몸속으로 들어와 신경들을 마비시키는 것 같았어. 나는 그 냄새에 파묻힌 채 울고 싶었어. 그건 쉽게 볼 수 없는 폐허 같거든. 내가 가장 싫어하는 건 청결하게 몸을 씻은 뒤 향수를 사용하는 인간들이야. 생각해봐. 겨우 향수 같은 걸 가지고 깨끗해질 수 있겠어? 어쩌면, 이렇게 계속 냄새에 집착하게 되면, 나쁜 병에 걸리게 될지도 몰라. 그렇지만 이 중독에서 벗어나고 싶은 생각은 추호도 없어.

피터는 자주 박쥐를 그렸어. 그는 세상에서 박쥐가 가장 아름답다고 말했어. 그의 그림 솜씨는 실로 놀라웠어. 사물이나 동물, 심지어 인물까지도 너무 멋지게 그리는 재능이 있었지. 사람들은 피터의 솜씨를 보고 자주 감탄했어. 특히 그가 직접 그린 그림을 인터넷 사이트에 올릴 때면 수많은 사람들이 피터의 재능을 향해 한마디씩 하곤 했어. 직접 찍은 사진이 아니냐고 의심하는 사람들도 있었으니까. 피터는 그런 사람들을 비웃었어. 왜 믿지 못하는 거지? 그는 자주 중얼거렸어. 그러면서도 그동안 그려왔던 그림들을 게시판에 하나둘씩 올리고 있었어. 그걸 즐기는 듯했어. 실제로도 그는 박쥐 같았어. 어두운 곳에서 나오지 않는 박쥐. 사람들에게 겁을 주고 놀라게 만드는 박쥐 말이야. 나는 무섭지 않았어.

나는 피터를 사랑했어. 그에게선 독특한 향이 났었으니까. 그의 손은 늘 축축하게 젖어 있었어. 잊지 못할 거야. 그의 손과 목에서 나던 냄새, 혀와 성기에서 나던 냄새를 말이야. 나는 피터를 혼자서 간직하고 싶었어. 그는 나의 독특한 취향이 좋다고 말했어. 개성 있어. 사람을 놀라게 하는 버릇이 있어. 나를 웃게 만들어. 그는 말했어. 그 순간 행복해서 숨조차 쉴 수 없었어. 그런데, 희열은 너무도 짧았어. 피터가 갑자기 집을 나가버린 거야. 생각지 못한 일이었어. 어디 가야 찾을 수 있지? 잠에서 깰 때마다 나는 중얼거렸어. 다시 한 번 그의 몸에서 나던 음습한 냄새를 맡고 싶어. 세상을 다 뒤져서라도 그의 손과 목에서 나던 냄새를 다시 한 번 느끼고 싶어. 그를 발견하면 달려가서 그의 팔뚝에 매달릴 거야. 어디 다녀온 거야? 아름다운 피터, 널 찾느라 힘들었어. 통닭을 뜯어 먹던 너의 그 이빨을 물어뜯고 싶어.

나는 거리에서 액세서리를 팔아. 그것들은 대개 내가 한밤중에 만든 것들이야. 한눈에 봐도 눈에 띌 정도로 매혹적이고도 빛나는 것들이야. 시선을 잡아끄는 것, 걸음을 멈추게 하는 것, 청결한 것, 사람들은 그런 것들을 선호하지. 특히 여자들은 아름다운 것을 보면 그냥 지나치지 못해. 길을 걷던 여자들이 걸음을 멈출 때면 나는 자주 거울을 보여주곤 해.

예뻐요. 잘 어울려요. 그때마다 내 입에선 거짓말이 술술 튀어나왔어. 언제부터 거짓된 말들이 쏟아져 나오게 되었는지 알 수 없는 일이었어.

피터를 만난 것도 그 길에서였지. 모래바람이 심하게 불던 날이었어. 나는 목도리로 입을 틀어막은 채 우두커니 서 있었어. 그날따라 장사가 잘 되지 않았어. 그런데 내 맞은편에 많은 사람들이 모여 있는 거야. 대체, 무슨 일이지? 나는 궁금해하며 사람들 틈으로 들어갔어.

거기엔 피터가 그림을 그리고 있었지. 아주 매력적인 모습이었어. 그는 레게 머리를 하고 있었어. 나는 점점 그에게 다가갔어. 그런데, 역한 냄새가 나는 거야. 나는 눈을 감은 채 그 냄새에 몰두했어. 구역질이 날 것 같았지. 손톱을 깨물며 주변에 있던 사람들의 표정을 살폈어. 혹시 그들도 어떤 냄새를 맡았는지 확인해보기 위해서였어. 하지만, 아무런 반응도 보이질 않았어. 사람들은 오직 피터의 그림만 내려다보고 있었지. 누군가는 탄성을 자아내기도 했어. 살찐 비둘기들도 서서히 그쪽으로 몰려들었어.

피터가 온 이후로 계속 모래바람이 불어왔어. 나는 액세서리를 팔면서도 맞은편에 있는 그를 의식했어. 물을 마실 때에도 밥을 먹으러 갈 때에도, 자리에서 일어나 스트레칭을 할 때에도 놓치지 않고 지켜봤어. 그럴 때마다 그의 곁에 다가가고 싶은 충동을 억제할 수 없었어.

어느 날 피터는 나를 향해 손짓을 했어. 가까이 와보란 뜻이었지. 나는 몹시 긴장을 하며 그에게 갔어. 그는 비둘기들에게 모이를 주고 있었어. 나는 피터 옆에 자리를 잡고 앉았어. 그렇게 대화가 시작된 거야. 그는 자신의 레게 머리를 비비 꼬며 나를 향해 웃어주었어. 자신은 뉴올리언스에서 왔다고 했지. 나는 고개를 끄덕였어. 그가 흑인이라고 해서 거부감이 느껴지진 않았어. 오히려 외국인이어서 더 마음에 들었어. 그동안 내가 사랑한 건 모두 외국인들뿐이었어. 한국 남자를 사랑한 적은 단 한 번도 없었어. 그는 내가 사랑한 아홉 번째 남자였지.

어느 날, 그는 부모를 따라 나온 어린아이를 그리고 있었지. 실물보다 더 멋지게 아이를 그려주었어. 아이도 무척 만족스러워했지. 돈을 많이 받았는지 피터도 무척 즐거워 보였어. 그럴 때는 나 역시 기분이 좋아졌어. 저녁 여섯 시가 되자, 그는 편의점으로 들어가 빵과 우유를 사 먹었어. 거리에서 오랫동안 생활을 한 사람처럼 보였지. 나는 밖에서 그를 오랫동안 응시했어. 그런데 그가 나를 보더니 갑자기 웃음을 터뜨렸어. 이유를 알 수 없었지만 나 역시 웃음을 보였지. 그는 편의점 문을 열고 나와 거리를 어슬렁거리기 시작했어. 나는 애완견처럼 그를 따라다녔어. 가끔 그는 나에게 빵을 던져주기도 했지. 하지만, 난 빵 따윈 먹지 않았지. 오직 그에게서 나는 역한 냄새만을 맡고 싶었어.

우리는 서서히 가까워져갔지. 훗날, 그는 털어놓았어. 나를
처음 본 순간 호감을 느꼈다고 말이야. 진심인지 알 수 없었
지만, 그 말을 믿어보기로 했어. 내가 먼저 용기를 내어 고백
을 했어. 함께 사는 것이 어떻겠느냐고 말이야. 그는 잠시 고
개를 갸웃거리더니 허락을 했어. 매일 밤 그를 끌어안은 채
잠들 수 있다는 생각에 내 발걸음은 너무도 가벼워졌어. 허밍
소리를 내며 피터를 쫓아가고 있었지.

그는 고기를 좋아하지 않았어. 어느 날 피터가 제안을 했
어. 이제부터 함께 야채나 과일 같은 걸 먹어보지 않겠느냐고
말했지. 나는 고개를 끄덕였지. 그를 위해서라면 그 정도쯤은
바꿀 수 있다고 생각했어. 하지만, 나는 여전히 돈만 생기면
고기를 사는 버릇을 고치지 못하고 있었어. 물론 고기들을 냉
장고에 넣지는 않았어. 그것들이 상하도록 며칠이고 싱크대
위에 올려두었어.

잘 봐, 피터. 나는 악취 나는 것이 좋아. 나는 그에게 말했
어. 그는 이해한다는 듯 고개를 끄덕거렸어. 잠에서 깨어나면
집 안에선 고기 썩는 냄새가 진동을 했어. 벌레들이 들끓었
지. 그뿐이 아니었어. 집 안 어디에서나 곰팡이를 쉽게 볼 수
있었어. 우리는 쓰레기들 속에서 조심조심 걸음을 옮겨야 했
지. 청소를 하고 싶지는 않았어. 그래야 할 필요를 못 느꼈던

거야. 더 정신없는 곳에서 살고 싶었어.

그는 젠터스까지 사랑해줬어. 젠터스는 내가 키우던 고양이야. 그 녀석은 절대로 온순하지 않았지. 특히 낯선 사람들을 보면 자주 사나워지곤 했어. 야생의 습성이 사라지지 않아서일 거야. 피터는 그런 젠터스까지 자주 안아주었어. 그럴수록 녀석은 더욱 사납게 울어댔어. 피터와 내가 잠들 때까지 어두운 지하 방 모퉁이에서 끝없이 울어댔어. 젠터스가 조용해질 때까지 나는 그의 손에 얼굴을 묻고 눈을 감았어. 보름달이 뜬 밤이었지.

우리는 자주 여행을 다녔어. 차를 타지는 않았어. 자전거조차 없었어. 늘 갑작스럽게 출발하곤 했지. 도보 여행이었던 거야. 한없이 북쪽으로 올라갔어. 목적지도 없었어. 끝없이 펼쳐진 국도를 향해 걸었지. 그러다 다리가 아프면 바닥에 주저앉기도 했지. 지나다니는 사람은 없었지. 세상은 너무 고요했어.

나는 피터의 얼굴을 바라보았어. 얘기를 좀 해줘. 너의 얘기를. 고향에선 어떤 일들이 있었지? 그때마다 그는 천천히 자신의 고향 얘기를 해주었어. 가족들과 항상 음악을 틀어놓고 춤을 췄다고 했지. 어떤 춤을 췄지? 지금 한번 보여줄 수 있어? 내 질문에 그는 두 팔을 벌리며 자연스럽게 몸을 흔들었어. 그러고는 말했지. 아버지는 트럼펫을 불었어. 어머니 역시 재즈를 잘 불렀다고 했지. 그런 그의 모습이 무척 자유로워 보였어. 그는 그 어떤 것도 의식하지 않았어. 음악에 대해서 무척이나 조예가 깊었지. 블루스와 팝, 재즈 등 여러 음악에 대해서 관심을 표현했어.

그런데, 어느 순간 피터가 젠터스에 대해 말하기 시작했어. 그는 혼자 남겨진 젠터스를 걱정하고 있었지. 하지만 나는 고개를 저었어. 걱정하지 마. 젠터스 따윈 생각하지 말라고. 나는 질투심에 사로잡혀서 말했어.

그때쯤이었을 거야. 저 멀리 폐가가 보였어. 나는 피터의 손을 잡고 그쪽으로 향해 갔어. 국도 변엔 차들이 보이지 않았어. 불빛조차 없었어.

우리는 조심스럽게 문을 열고 안으로 들어갔지. 오래된 먼지가 가득 쌓여 있었어. 천천히 주변을 살폈지. 그러다 그와 함께 자리에 앉았어. 세찬 바람에 문이 삐거덕거렸지. 유리창이 마구 흔들렸어. 피터, 누군가가 이 집을 버리고 떠난 것같아. 나는 조용히 말했어.

그날 밤, 그곳에서 나는 피터와 사랑을 나누었어. 격렬하고 뜨겁게 말이야. 무섭진 않았어. 피터는 나를 들어올리더니 구석진 곳으로 걸어갔어. 칠십 킬로가 넘는 내 몸을 그토록 가볍게 들어올린 사람은 피터가 처음이었지. 나는 쾌감을 느꼈어. 그럴수록 그의 머리카락에 얼굴을 묻었어. 구역질이 났지. 피터는 나에게 왜 그러느냐고 물어보았어. 하지만, 그 모든 것을 말로써 설명할 수 없었어. 불가능한 일이야. 나는 조용히 속삭였어. 그는 그저 이해한다는 듯 가만히 나를 안아주었어.

어둠 속에서 내려다본 그의 얼굴은 아름다웠어. 목조건물 안에서 나는 그의 몸을 천천히 감싸 쥐었어. 우리는 몸부림을 치듯, 고통스럽게 서로의 옷을 벗겨냈어.

나는 지금 검은색 원피스를 입고 있어. 피터가 처음이자 마지막으로 사준 거야. 그도 분명 기억하고 있을 거야. 나를 본 순간 멀리서 먼저 다가올지도 모르겠어.

집을 나오면서 내가 만든 액세서리를 했어. 아주 빛나는 것이지. 이것 좀 봐. 나보다 아름다운 걸 매달고 있는 사람은 보이질 않아.

지하철을 타려고 해. 안내 방송이 들리고 있어. 지하철 문이 열리자, 꾸벅꾸벅 졸고 있는 사람들이 보여. 우선 흑인이 있는지 먼저 찾아봐야겠어. 어딘가에 피터가 앉아 있을지도 몰라. 나는 주위를 둘러보기 시작했어. 그런데, 사람들이 유심히 나를 쳐다보고 있어. 저렇게 넋 놓고 쳐다보는 놈들, 한 대씩 갈겨주고 싶어.

나는 계속해서 걸어가. 내 앞에 구걸을 하는 장애인이 서 있어. 찬송가가 천천히 울려 퍼지고 있어. 하지만 사람들은 그쪽을 바라보진 않아. 장애인이 구걸을 할 때마다, 시선을 돌리지. 나는 장애인을 따라 걸으며 의자에 앉아 있는 사람들을 살펴볼 뿐이야. 하나같이 따분한 표정을 짓고 있어. 그중엔 향수를 뿌린 인간도 있어. 나는 그런 인간들을 노려보고 있어. 그렇게 깨끗한 척은 하지 마. 그렇게 고고한 척은 하지 마. 악취를 맡고 싶어. 나는 천천히 의자에 앉아 있는 노인에게 걸어갔어. 피터의 냄새와 비슷했기 때문이야. 하지만 그만큼 강렬하진 않았어. 그 순간 검은 안경을 쓴 장애인이 지하철에서 내렸어.

나는 재빨리 그를 따라 내렸어. 그는 이미 이 길을 많이 와본 듯해. 어느새 장애인은 계단 쪽으로 향해 가고 있어. 그런데 그는 쓰고 있던 안경을 벗은 채 걷는 거야. 장애인이 아니었어. 연기를 하고 있었던 거야. 나는 재빨리 그에게 다가가 물었어.

"피터를 본 적 있어?"

내 손은 어느새 그의 팔을 부여잡고 있었어. 그는 몹시 당황을 했지. 하지만 이내 고개를 내저으며 내 팔을 뿌리쳤어. 그러더니 앞으로 걸어가기 시작했어. 나는 계단을 빠르게 올라갔어. 이마와 목에서 땀이 흘러내렸지.

나는 어깨를 떨었어. 그럴수록 장애인은 더 멀어져만 갔어. 더 이상 그를 잡을 수 없었지. 그가 아니더라도 누군가를 붙잡고 물어보고 싶었어. 피터를 알아? 그에게 이르는 길을 알려주겠어? 멱살이라도 잡고 싶었지. 하지만 도저히 그럴 기운이 없었어.

그 순간 집으로 돌아가야겠다는 생각이 들었지. 나는 반대편에서 다시 지하철을 탔어. 의자에 앉았을 때, 발목에서 조금씩 피가 흐르고 있었어. 어디서 긁힌 것인지 기억나지 않았어. 아프진 않았어. 피가 흐르도록 그냥 내버려두었어. 곧 멈추리라는 걸 알고 있었던 거야.

점점 오한이 일었어. 집으로 가는 길이 아주 멀게 느껴졌지. 사방은 어두웠어. 저 멀리, 젠터스의 울음소리가 들렸지. 녀석도 배가 고팠을 거야. 부엌에는 썩은 고기들이 아무렇게나 놓여 있겠지. 방 안도 어지럽혀 있을 거야. 그것은 나에게 익숙한 일이야.

문을 열자마자, 피터가 남기고 간 그림들이 여기저기 찢어져 있었어. 어디 있지, 젠터스? 이리로 와봐. 나는 외쳤어. 녀석을 찾는 일은 아주 쉬웠어. 냉장고 옆에 숨어 있었지. 나는 젠터스를 노려보았어. 어둠 속에서 녀석의 두 눈이 빛났어.

나는 차가운 바닥에 그대로 주저앉았어. 텔레비전을 틀었지. 넋 나간 듯이 오랫동안 화면을 응시했어. 천천히 볼륨을 낮췄지. 더 이상 아무 소리도 들리지 않았어. 화면 속의 사람들, 그들이 무슨 말을 하는지 알아들을 수 없었어. 그들은 배를 부여잡고 웃기도 했지. 그것은 비웃음 같았어. 내가 있는 곳은 더없이 고요했어. 어쩌면 피터도 혼자서 텔레비전을 보고 있을지 모르겠어. 그래, 그 역시 아주 고독하게 살고 있을

거야. 그런 생각을 하니 안심이 되었어. 나는 젠터스의 길고
도 날렵한 꼬리를 어루만졌어. 그럴수록 젠터스는 가만히 있
지 않고 계속 빠져나가려고 했어. 나는 더욱더 힘을 주었어.
꼬리를 잘라낼 듯 힘 있게 잡았어. 들어봐. 피터가 오고 있
어. 나는 젠터스에게 중얼거렸어. 반드시 피터는 오기로 되
어 있어.

  갑작스럽게 많은 비가 쏟아져 내렸어. 이따금 천둥 번개까
지 쳤지. 나는 창문을 닫고 모조리 커튼을 쳤어. 추위를 느꼈
어. 한참 동안 방 안에서 서성거렸지.
  첫번째 피터는 아주 못생긴 녀석이었지. 아일랜드에서 온
녀석이었는데, 바이올린 연주가였어. 섬세한데다 낭만적인
구석이 있었지. 하지만, 소심해서 매번 내 눈치만 봤어. 왜
누군가의 눈치를 봐야 하지? 왜 타인의 시선을 의식하는 거
지? 나는 그런 것을 참을 수 없었지. 그런 겁쟁이와는 더 이
상 같이 살고 싶지 않았어. 두번째 역시 별반 다를 게 없었어.
그는 케냐 출신의 흑인이었지. 몸매는 근사했어. 처음엔 아주
좋았어. 하지만 그에게서 나던 악취도 얼마 가지 않아 사라져
갔어. 나는 그들에게 씻지 말아달라고 부탁했어. 하지만, 하
나같이 내 말을 듣지 않았지. 헤어지고 난 후에 나는 더 이상
그들을 기억하지 않기로 했어. 그것은 아주 쉬운 일이었지.

아홉번째 피터를 만나면서 그동안 만났던 녀석들이 떠오르지 않았어.

나는 모니터 앞으로 다가갔어. 게시판엔 많은 글들이 올라와 있었지. 대부분 피터의 그림을 언제 볼 수 있느냐고 묻는 사람들의 글이었어. 내가 그를 만나고 싶어 하는 것처럼, 사람들 또한 그의 그림에 목말라하고 있었나 봐. 나는 글쓰기 버튼을 클릭했어. 그러고는 빠르게 키보드를 두드리기 시작했어.

"피터는 여행을 떠났습니다. 돌아오려면 시간이 조금 걸릴 겁니다."

내 글이 올라가자마자 언제쯤 돌아오느냐고 묻는 사람들의 글이 이어졌어. 누군데 그런 글을 남기는 거냐고 질문하는 사람도 있었지. 나는 침묵했어. 많은 사람들이 피터의 안부를 궁금해하고 있었어. 나는 그들에게 걱정하지 말라고 했어. 그리고 덧붙였어. 그는 뜨거운 태양이 내리쬐는 지중해로 떠났다고. 모자를 쓰고 바닷가에서 수영을 하고 있을 거라고. 그는 잠시 휴식을 취하러 갔다고. 곧 별일 없었다는 듯 다시 이곳으로 돌아올 것이라고 했지. 그 글을 본 사람들은 모두들 피터를 부러워했어.

나는 생각했어. 지금 당장 피터의 얼굴을 볼 수 없다면, 그가 남기고 간 그림들을 반복해서 보는 것으로 허전함을 달래보겠다고. 하지만 한계가 있었지. 이번엔 젠터스가 찢어놓은 그림들을 바라보았어. 그것들을 펼치고 조심스럽게 풀로 붙이기 시작했어. 그것은 사람의 눈이었어. 나는 젠터스를 노려보며 피터의 그림들을 매만졌어. 그런 후에 천천히 내 코끝으로 갖다 댔지. 아무것도 느낄 수 없었어. 결국 그 그림들을 구석에 밀어두고 자리에서 일어설 수밖에 없었지.

천천히 부엌으로 갔어. 불도 켜지 않고 캄캄한 곳에서 썩은 음식들을 가지고 요리를 하기 시작했지. 어디로 가야 찾을 수 있을까? 어디로? 머릿속이 마구 뒤엉키는 것 같았지. 기름이 튀어 올랐어. 프라이팬에 더 많은 기름을 부었어. 그때 불현듯 피터와 어울렸던 몇몇 흑인 녀석들이 떠올랐어. 그래, 기억 나. 피터는 간혹 몇몇 흑인 녀석들과 골목에서 담배를 피워대곤 했지. 그들은 무슨 얘길 했던 거지? 무슨 궁리를 했던 거지? 하지만 아는 것이 없었어. 피터 또한 그들에 대해 말하지 않았지. 나는 만들어놓은 음식을 그대로 둔 채 밖으로 나갈 준비를 했어.

최대한 빨리 걸었어. 담장은 금방이라도 무너질 것 같았어. 골목 곳곳엔 소변 냄새가 풍겼지. 아무렇게나 버려진 쓰레기들도 너무 많았지. 주변을 둘러보았어. 저 멀리서 몇몇 흑인 녀석들이 삐딱하게 서서 담배를 피워 물고 있었지. 나는 그들에게 다가갔어.

오랜만이야. 내가 먼저 말했어. 갑자기 누군가가 휘파람을 불었지. 하지만 주눅이 들지 않았어. 그런 것은 나와 어울리지 않았지. 피터를 봤어? 나는 공격적으로 물었어. 누군가가 내 팔을 잡았어. 그를 왜 찾느냐고 했지. 그들은 자신들과 함께 있는 것이 더 즐겁지 않느냐고 했어. 나는 그들을 비웃으며 팔을 뿌리쳤어. 피터가 아닌 녀석들에겐 관심조차 없었지. 혹시, 고향으로 돌아간 거 아니야? 누군가가 말했어. 노란색 모자를 쓴 흑인 녀석이었어. 나는 그를 쏘아보았어. 그럴 리가 없어. 나는 고개를 저으며 말했어. 녀석은 겁이 났는지 주춤거리다 뒤로 물러섰지.

그들은 더 이상 나를 상대하기 싫다는 듯 건물 속으로 들어가버렸어. 나는 천천히 귀를 막았어. 어디에선가 피터가 이 모든 걸 지켜보고 있는 것 같았어.

썩은 사과를 입에 물고 있었지. 하마터면 그걸 바닥에 떨어뜨릴 뻔했어. 피터가 게시판에 흔적을 남기고 간 거야. 거기엔 그의 그림이 올라와 있었지. 박쥐를 그린 그림이었어. 날개를 펼치고 있었어. 섬세하고 강렬했지. 박쥐들은 저수지 위를 날아가고 있었어. 섬뜩하다는 느낌은 들지 않았어.

피터는 아무런 글도 남기지 않고 오직 그림들만 올려놓았어. 오랫동안 목말랐던 나는 몇 시간이고 그의 그림에 의존해야만 했어. 그러는 동안, 직감할 수 있었지. 그가 박쥐를 찾기 위해 떠났다고 말이야. 나는 의심하지 않았어. 박쥐가 살고 있는 곳. 그래, 그곳으로 가면 피터를 쉽게 찾을 수 있을 거야.

　여기 좀 봐. 오래전에 피터가 그려준 그림 한 장이 있어. 내 모습이야. 붉게 염색한 머리, 자주색 반팔 셔츠를 입고 있어. 덧니 좀 봐. 웃을 때면 더욱 뾰족하게 드러나는 나의 모습을 봐. 내 시선은 정면을 보고 있지 않아. 약간 고개를 돌리고 있지. 그는 이런 내 이런 모습을 좋아했어. 자신감이 있어 보인다고 했지. 나는 그림을 그리고 있던 피터에게 다가가 그를 껴안았어. 소리 없이 웃었지. 이 그림이 완성되던 날, 우린 함께 통닭을 뜯어 먹었어. 서로의 입가에 묻은 양념들을 보며 얼마나 웃었는지 몰라. 이것 말고도 기억하고 있는 것이 많아. 아주 많아. 말할 수 없을 만큼. 믿지 않아도 좋아. 비웃어도 좋아.

　액세서리가 담긴 가방을 들고 다시 거리로 나갔어. 어찌 되었건 다시 돈을 벌어야 했지. 굶을 수는 없는 일이었어. 되도록이면 많은 음식을 사고 싶었지. 늘 허기가 졌으니까. 썩은 냄새가 진동을 하게 집 안 곳곳에 음식을 놔두고 싶었어. 그것이 잘못된 일이라고 생각하지 않아. 그건 취향의 문제야. 내 선택이고 자유야. 사람들의 마음속에도 제각각 쓰레기들이 있지. 더러운 찌꺼기들. 걸러지지 않는 오물들. 버리고 버려도 여전히 남아 있는데, 사람들은 다만 외면하고 있을 뿐이야. 그러니 마음속에 쓰레기가 있다고 괴로워하지 마. 토해내지 마. 악몽이 아니야. 흐느끼지 마.

거리엔 여전히 많은 사람들로 붐볐어. 나는 액세서리들을 진열했지. 아주 많은 사람들이 와야 할 거야. 이런 내 모습을 봐야 할 거야. 다가온다. 멈춘다…… 그때, 한 여자가 나를 빤히 쳐다보았어. 그녀는 오랜만이라며 내 안부를 물었어. 그동안 보이질 않아서 궁금했다고 했지. 나 역시 그 여자를 기억하고 있어. 지난번엔 팔찌와 귀걸이를 사 갔었지. 직업이 모델이라고 했던가. 언제나 뛰어난 패션 감각을 유지하느라 무척 애를 쓰는 듯했지. 무엇보다 여자에게선 지독한 향수 냄새가 났어. 아주 사람의 기분을 좋지 않게 하는 여자였지. 그런데 이번엔 조금 더 심했지. 나는 손으로 입을 틀어막았어. 견딜 수가 없는 거야. 여자는 그런 나를 의식하지 못하고 액세서리를 계속 만지작거렸어. 그뿐이 아니었지. 지난번에 비해 새로운 것이 없다고 투덜거렸어. 나는 여자가 발견하지 못한 또 다른 귀걸이를 보여주었어. 여자는 그것 또한 촌스럽다고 했어. 나는 거울을 내려놓고 멀어져가는 여자의 뒷모습을 한참 동안 쳐다봤어.

가지고 있던 액세서리를 전부 다 처분했어. 대신 토마토를 사들였어. 아주 깨끗하고 신선한 것들이었지. 액세서리를 팔던 그 자리에서 토마토를 팔기 시작했어. 누군가가 나에게 와서 액세서리는 팔지 않느냐고 물었어. 나는 고개를 흔들었어. 자세히 살펴보니 지난번에 찾아왔던 그 여자였어. 이번엔 혼자가 아니었지. 여자는 애인의 팔짱을 끼고 있었어. 무척이나 못생긴 남자였지. 그들은 한참 동안 토마토를 내려다봤어.

나는 여자에게 토마토를 내밀었어. 하지만 여자는 받지 않았어. 그런 건 필요 없다고 했지. 남자 역시 사양했어. 자신들은 배가 부르다고 했어. 그러더니 가던 길을 계속 걸어갔어. 상관없었지. 나는 토마토를 닦는 일에 열중했어. 수건엔 많은 먼지들이 묻어 있었어. 이따금 토마토의 맛이 유쾌했다고 하는 사람도 있었지. 나는 하품을 했어. 그리고 또 다른 토마토를 가리켰어.

"이것도 맛있습니다."

토마토를 사 가는 사람들이 점점 늘어나기 시작했어. 장사가 잘 되느냐고 묻는 사람도 있었지. 토마토 장사를 시작해보겠다고 말하는 사람도 있었어. 이따금 거리에 있던 사람들은 심드렁한 표정을 지으며 나를 쳐다보았어. 나도 그들을 심드렁한 표정으로 바라보았지. 나는 빠르게 걷는 사람보다 우두커니 의자에 앉아 있는 사람들을 주시했어. 아무것도 하지 않고 땅만 쳐다보고 있는 사람, 버림받은 사람, 혼자 남은 사람, 비참해 보이는 사람. 나는 주로 그런 이들을 주의 깊게 관찰

했어.

거리에 있으면 냄새 나는 사람들을 자주 만날 수 있었지. 그럴 때마다 나는 그들을 따라가고 싶은 마음을 억눌러야 했어. 여전히 나는 피터를 잊지 못하고 있었어. 그가 반드시 돌아올 것이라고 생각했거든. 그럴수록 토마토를 먹었어. 하루 종일 토마토만 먹을 때도 있었지. 그것만으로도 배가 불렀지. 나는 물을 마셨어. 자주 이가 시렸어.

이따금 토마토를 공짜로 달라고 하는 사람도 있었지. 그들은 대개 노숙자들이었어. 그런 사람들은 주의해야만 했어. 한 개를 주면 다음에 또 찾아와 배가 고프다고 할 테니까. 하지만, 나는 토마토를 노숙자에게 건네줬어.

"오래도록 씻지 마."

불쾌한 냄새를 맡으며 나는 말했어. 그는 고맙다며 가던 길을 계속 걸어갔어.

얼마 가지 않아 또 다른 노숙자들이 계속해서 나를 찾아왔어. 그들은 저마다 배가 고프다고 했지. 도저히 견딜 수 없다고 했어. 그들은 손을 내밀었어. 나는 인정머리가 없는 사람이지. 그들에게 동정 따윈 갖고 있진 않아. 그렇지만 내 코끝을 계속 자극하는 게 기분이 나쁘진 않았어. 나는 노숙자들에게 토마토를 건네며 피터를 찾아달라고 말했어. 그들은 모두 고개를 끄덕였지. 하지만 난 믿지는 않았어. 그저 희망이 필요했던 거야. 그래, 희망이었지. 예상했던 대로 그 누구도 피터를 찾아주지 않았어. 나 스스로 찾아야만 했지. 혼자서 찾아가야만 했지.

어느 날은 젠터스를 데리고 나와 거리에 서 있기도 했지. 오랜만에 밖으로 나왔기 때문인지 녀석은 가만히 있질 않았어. 이리저리 마구 돌아다녔어. 젠터스는 바닥에 떨어진 토마토를 먹기도 했어. 우린 그렇게 시간을 보냈어. 참으로 황량했어.

그런 날들이 이어졌지. 집으로 돌아올 때면 지하철 뒤 칸부터 앞 칸까지 걸어 다녔어. 검은색 원피스를 입는 날들이 늘어났어. 피터와 비슷한 사람들을 만난 적도 있었지만, 그들에게선 악취가 나지 않았어.

나는 입고 있던 검은색 원피스를 내려다봤어. 치맛단이 뜯어져 있었지. 유리문에 기대어 조금 웃어 보였어. 덧니가 드러났어.

이번엔 노약자석 앞으로 다가갔지. 그곳에 아이를 안고 있는 여자와 만취한 노인이 있었어. 아이는 편안하게 잠들어 있었어. 아이를 안고 있던 여자는 얼굴을 찡그리며 재빨리 다른 칸으로 건너갔어. 나는 여자가 있던 자리에 그대로 앉았어. 노인이 꾸벅꾸벅 졸고 있었지. 술 냄새가 나를 자극했어. 젊은 사람들 몇 명이 입을 틀어막으며 멀어져갔어. 누군가가 잠든 노인에게 욕설을 퍼붓기도 했지. 나는 숨을 들이쉬며 고약한 냄새를 오래도록 맡았어.

가로등 밑에 우두커니 앉아서 밤의 풍경을 바라봤어. 고개를 들면 쏟아지는 저 불빛. 잠이 오질 않았어. 그래서 밖으로 나온 거야. 골목에 쪼그리고 앉아서 한없이 기다렸어. 집 안에 있던 젠터스까지 끌고 나왔지. 구석진 곳에서 혼자 잠들려고 하면 녀석을 툭툭 건드렸어. 잠들지 마. 혼자 그래선 안돼. 이리로 와봐.

그럴수록 젠터스는 더욱더 사나워졌지. 내 팔과 발등을 마구 물어뜯었어. 어쩌면 젠터스도 피터를 기다리고 있는지도 모르겠어. 그가 돌아와야만 녀석이 배불리 먹을 수 있을 테니까.

새벽녘엔 쓰레기차가 지나갔어. 나는 오들오들 떨면서 눈을 비볐어. 너무 그리워했더니 눈이 아파. 무작정 나는 쓰레기차에 올라타려고 했어. 이봐요, 아저씨. 나를 좀 데리고 가요. 곱게 포장해서 리본으로 묶어주면 좋을 텐데. 나는 모르는 아저씨에게 처음으로 매달렸어. 하지만 받아주질 않았어. 나는 멀리 손을 흔들었어.

아침이 되어서야 다시 집으로 들어왔어. 집 안은 언제나 엉망이었지. 부엌과 방, 화장실 어디에서든 썩은 냄새가 진동을 했지. 나는 아예 냉장고 코드를 뽑아버렸어. 젠터스는 자주 음식물들을 뒤적거렸지. 그런 녀석이 꼴 보기 싫어 먹을 만한 걸 모두 없애버렸어. 오만한 젠터스의 행동이 내 눈에 거슬렸던 거야. 청결한 것을 원해? 나는 젠터스에게 물었어. 여기서 사는 것이 괴로워? 좋은 음식을 실컷 먹고 싶어? 그렇다면 밖으로 나가도 좋아. 마음대로 해도 좋아. 상관하지 않겠어. 녀석은 내 말을 알아들었다는 듯 문 앞에 있었어. 나는 웃었어. 어둠 속에서 희미하게 웃었어.

불을 켜지는 마. 불현듯 피터가 게시판에 올려놓은 그림이 떠올랐어. 박쥐가 저수지 위를 날고 있었지. 이번엔 그곳으로 떠나보려고 해. 세상에는 많은 저수지들이 있지. 낚시를 즐기거나 연인들이 사랑을 나누거나 자살을 하거나 새들이 머물렀다 가는 저수지. 아니야. 내가 찾는 곳은 피터가 혼자 떠난 저수지야. 박쥐를 발견한 그 저수지야.

재빨리 옷을 갈아입었어. 청바지를 입고 가방을 메고 운동화를 신었어. 오랫동안 집으로 돌아오지 않겠다고 다짐했어. 이번에는 젠터스까지 가방에 넣고 출발했지. 숨이 막혔는지 젠터스는 가방 속에서 끊임없이 울어댔어.

나는 걸어가면서 지도를 펼쳤어. 거기엔 저수지 따윈 나와 있지 않았지. 가만 있어봐. 어디로 가야 할까? 그래, 오래전 피터와 함께 저수지에 가본 적이 있지. 분명히 가본 적이 있어. 그런데, 거기가 어디였더라. 나는 계속 걷기 시작했어. 버스를 타고 지하철을 타고 쉬지 않고 걸었어. 어두운 밤이었지. 도로 위였어. 뒤를 돌아봤어. 물이 흐르고 있었지. 가만히 고개를 숙이고 있으니 내 의식이 서서히 마비되는 것 같았어.

주변은 고요했어. 다시 걸어와 여긴 저수지 앞이야. 주변엔 온통 갈대투성이야. 나는 수풀 사이를 지나며 낮게 허밍을 불렀어. 마치 피터를 따라갈 때처럼 말이야. 가방을 내려놓고 젠터스를 꺼냈어. 녀석은 주변을 기웃거렸지.

이번엔 양말까지 벗었어. 두 발을 물속에 담근 채, 천천히 하늘을 올려다보았어. 세상은 왜 이렇게 적막할까. 유영하던 물고기들이 서서히 내 발목을 감싸고 주변을 맴돌았어. 나는 두리번거렸지. 그는 어디 있지? 머리를 흔들었어. 쥐가 날 것 같았지. 그런데, 젠터스가 내게서 멀어져가는 거야. 이리 와, 어서! 나는 소리쳤어. 하지만 녀석은 아랑곳하지 않고 다른 곳으로 향해 갔어. 그런데, 이 지독한 냄새는 어디서 나는 거지? 이제 보니 아주 가까운 곳에서 풍겨왔어. 나는 입고 있던 티셔츠에 코를 갖다 댔어. 믿을 수 없었지. 이토록 지독한 악취는 처음이었지. 나는 수풀을 가르며 맨발로 뛰기 시작했어. 어서, 그 아홉번째 남자를, 검은 머리카락에서 악취가 나던, 손바닥에서 지독할 정도로 땀이 나던, 그토록 나를 유인하던, 숨 막히게 하고 불면을 주던, 내 의식을 분열시켜버리던, 뇌 속으로 파고 들어와 젓가락으로 휘휘 저어버리던, 육체의 영역을 넘어와 내장을 흔들어버리던, 그 지독한 상징을, 파열을, 끔찍함으로부터의 도피를, 다시 한 번 그를 만나, 이토록 너절한 희망들을 차라리 뽑아달라고, 간곡하게, 그런데 이 숨

찬, 헐떡거림을, 어찌해야 하는지, 이리로 와서 나를 아늑하
게 해줘, 오오, 그때까지 나는 입을 다물게. 벙어리가 될게.
아니, 지껄일게. 비껴갈게. 그러니, 너의, 그, 어, 어, 쉬잇,
쉿, 피터가 오고 있어.

·
줄
·

제대로 좀 매. 조금 더 오른쪽으로. 자, 겁내지 말고. 제대로 좀 묶어봐. 수전증인 건 아니지? 그런데 왜 이렇게 떨어? 빨랫줄 앞에서 겁내는 사람은 처음 봤어. 뭐가 질기다고 그래? 아까 한 약속은 꼭 지켜야 돼.

죽는 방법도 여러 가지가 있지. 우리는 다만 그중 하나를 선택하는 거지. 설마 이제 와서 안 하겠다는 건 아니지? 겁내지 마. 고통은 짧을 테니까. 그건 아주 짧고 달콤한 거야. 다들 엄살을 떠는 거라고. 하늘 위로 비행기가 지나가는 거지. 그렇게 빠른 거야. 그것은 솜사탕처럼 달콤한 거지. 우리는 그 속으로 사라지는 거지.

무슨 생각을 그렇게 해? 저 위에 올라가면 그들을 만날 수 있느냐고? 그런 일은 없을 거야. 왜냐하면 그들은 죄짓고 죽었기 때문에 좋은 곳으로 가지 않았을 거야. 그렇지만 우리는 좀 다르지. 설명하기는 어렵지만 뭐랄까. 우리는 아직 어려. 신이 불쌍히 여길 거야. 신은 모든 걸 알고 있어. 그가 알아서 좋은 곳으로 보내줄 거야. 너는 좋은 곳으로 가고 싶지? 먹고 싶은 거 마음대로 먹을 수 있는 곳으로. 그 인간을 다시는 만나지 않는 곳으로.

그 인간이 처음 온 게 언제였지? 일요일이었나? 날씨는 좋지 않았어. 천둥 번개가 쳤잖아. 장대비가 쏟아졌지. 그 인간은 장화를 신고 왔지. 문을 어찌나 세게 두드리는지 아주 시끄러웠지. 그날 네가 문을 열어줬잖아. 처음엔 그저 밀린 월세를 받아 가려고 찾아온 줄 알았지. 하지만 아니었어. 그 인간은 우리 집에 들어오자마자 춥다고 엄살을 떨었으니까. 뜨거운 물 좀 달라며 부탁을 하더군. 하지만 얼마 지나지 않아 돌변했지. 한쪽 다리를 꼬고 앉아 온갖 거드름을 피웠으니까.

그때에 비해서 우리들의 키는 많이 자랐지. 그뿐이 아니야. 가슴도 커졌지. 앞으로 더 커지겠지? 텔레비전에 나오는 여자들처럼? 그렇게 된다면 그 인간이 쉽게 놔주지 않을 거야. 그러니 빨리 진행시키는 게 좋겠지.

왜 그렇게 망설이는 거지? 뭐가 불안한 거야? 다른 방법이 있지 않느냐고? 집에 불을 지른다거나 멀리 도망을 간다거나? 멀리 간다 해도 마찬가지야. 사막을 가든 바다를 가든 다

마찬가지지. 장소는 다 환상에 불과해. 멍청한 인간들이 만들어낸 거지. 사람들이 제 아무리 떠들어봤자 우리가 보지 않았으니 믿을 수 없지. 바다가 있다고 떠들어대는데, 그것도 믿을 수 없지. 그 인간도 봤다고 했지? 바다 위로 갈매기들이 날아가는 것을 봤다고. 모래알은 아주 부드러웠다고. 다음에 한번 데리고 가주겠다고 했지? 너에게도 똑같은 말을 했군.

또 어떤 말로 너를 유혹했는지 말해봐. 먹고 싶은 게 있으면 말해보라고? 초콜릿, 갓 구운 식빵과 사과 잼, 고구마 케이크…… 너는 생각나는 것들을 마구 말했을 거야. 사주지 않는다는 걸 알면서도 속아 넘어갔겠지. 네가 그 말을 할 때 그 인간이 갑자기 가슴을 만지지 않았어? 안 봐도 뻔하지.

언젠가 아빠도 그런 말을 했지. 먹고 싶은 것들을 다 얘기하라고 했어. 하지만 한 번도 사다준 적이 없었지. 가만, 이제 보니 너는 아빠를 많이 닮았군. 그래서 내 눈에 더 거슬리는지도 모르겠어.

나는 가끔 아빠를 생각하지. 자주 감지 않던 머리카락. 늘 부어 있던 얼굴. 웅크리고 앉아 있던 모습까지도. 무엇보다 너무 나약했지. 게다가 감상적이었어.

아빠가 쓴 편지들이 저기 가득 쌓여 있지. 한번 읽어볼까? 얼마나 많은 여자들한테 편지를 썼는지 셀 수 없을 정도야. 일을 하지 않고 방 안에 틀어박혀 편지만 쓴 날도 있었지. 도대체 가장으로서 책임감이 없었지. 쓸모없는 편지는 다 갖다

버려야 해. 엄마는 또 어땠고? 성격은 괴팍한데다 잔소리가
심했지. 둘이 어떻게 만났는지 모르겠어. 둘 중 한 명이라도
현실적이었더라면 많은 것이 달라졌겠지. 이렇게 좁은 곳에
서 살지는 않았을 거야. 여길 봐. 방은 고작 한 칸인데다, 갑
갑할 뿐이지. 사 층이지만 빛조차 제대로 들어오질 않잖아.
만약 그들이 살아 있었다면 학교에 다녔을지도 몰라. 하지만
이제 와서 그게 다 무슨 소용이겠어?

　가끔 나는 미래를 상상하곤 했지. 아가씨가 된 모습을. 내
가 예쁘다고 생각하거든.

　뾰족구두를 신고 걷는 여자, 긴 머리카락을 늘어뜨린 여자,
가느다란 발목에 문신을 한 여자, 스카프를 하는 여자, 주홍
빛 담요를 덮고 잠드는 여자, 먼지처럼 가벼운 여자, 보름달
이 뜬 밤 베란다에서 담배를 피우는 여자. 무엇보다 여기, 발
목에 장미 문신을 해보고 싶어. 조금 아플 수도 있겠지만 한
번쯤 해보는 것도 괜찮을 거야.

　담배는 얼마 전에 피워본 적이 있지. 그 맛은 아주 지독했
어. 어디서 났느냐고? 그 인간의 바지 주머니에서 몰래 훔쳤
거든. 돈도 꽤 들어 있더군. 매번 자신이 가난하다고 말했잖
아. 그건 모두 거짓말이더군. 그 인간이 자고 있는 동안, 나
는 베란다 앞에서 담배를 피웠어. 죄의식은 느끼지 못했지.
담배꽁초들이 마구 쌓였어. 돈이 여기 있어. 냄새 좀 맡아보
겠어? 이게 얼마 만에 맡는 돈 냄새야. 이걸로 뭘 하는 게 좋

62

을까? 갑자기 뭔가가 먹고 싶어져.

어제도 우리는 라면으로 때웠지. 그제도 그랬지. 아주 비참해졌군. 라면은 몇 개 남았지? 벌써 다 떨어졌다고? 마지막으로 밥을 먹은 게 언제였지? 기억이 잘 안 나.

오래전에 엄마가 해주던 밥이 생각나. 그때는 걱정할 것이 없었지. 부엌에서 도마질하던 소리. 천장으로 쥐가 기어 다니는 소리. 손끝에서 나던 파마 약 냄새. 얘들아, 어서 와서 밥 먹어라, 엄마는 노래 부르듯 우리를 불렀지. 평소와는 다르게 무척이나 상냥했어. 그 목소리로 남자를 유혹한 거지.

생각나는 것들이 아주 많아. 아빠는 이 자리에 앉아서 술을 마셨지. 가끔 술병을 던지기도 했어. 술병이 깨질까 봐 우리는 피신을 해야 했지. 발바닥에 유리가 박히기도 했어. 너는 마구 소리를 질렀지.

그런데 뭔가가 수상하지 않아? 이 모든 게 음모가 아닐까? 그들의 죽음조차도 뭔가 이상해. 어디에선가 우리 몰래 살아 있는 거 아닐까? 어딘가에 숨어서 자기네들끼리 잘 살고 있을 것 같아. 인적이 드문 바닷가에서 수영이나 하면서. 때로는 근사한 식사를 하면서. 하지만 직접 죽은 걸 두 눈으로 똑똑히 봤잖아. 시체에서 썩은 냄새가 진동을 했지. 그렇게 고약한 냄새는 태어나서 처음이었어. 부인들이 우릴 동정했으니까. 너는 옆에서 계속 울기만 하던데. 그래야 할 것 같았다고? 네가 우니까 사람들이 우리를 가엾게 여겼지. 나는 그들에게 침이라도 뱉고 싶었어. 자기네들이 뭔데 동정을 하지? 그들의 눈물은 진심이 아니었지. 가식적이었지. 그저 우는 척을 한 거야.

앞으로 또 그렇게 울게 될 일이 있을까? 누군가가 우릴 위해 울어줄까? 누군가가 나를 위해 울어줬으면 좋겠어. 하지만 그럴 리가 있겠어? 설사 그렇다 해도 다 자기 자신들을 위한 거지. 저마다 자신들의 슬픔을 위로받으려고 하는 거지. 죽음 앞에서 호들갑을 떠는 거지. 그래, 호들갑을 떠는 거야.

한 가지, 부탁할 게 있어. 들어주겠어? 어려운 일은 아니야.

나를 위해 한 번만 울어줘. 연극이라 생각하고 한 번만 해줘. 너는 눈물이 많은 편이잖아. 뭐, 어때? 동생이 언니 소원하나 못 들어주니? 그런 표정은 짓지 마. 그 정도는 해줄 수 있지. 네가 몰라서 그래. 사람들은 자주 울어.

실은 어젯밤에도 들었거든. 아래층에 사는 여자 말이야. 얼마 전에 이사를 왔지. 아직 얼굴을 본 적이 없어. 어떤 여자일까 몹시 궁금해. 분명 못생겼겠지? 머리는 텅 비어 있겠지? 게으른데다 밤만 되면 술만 퍼마실 거야.

여자의 울음소리가 얼마나 컸는지 몰라. 도저히 외면할 수가 없었어. 그래서 나는 바닥에 귀를 대고 중얼거렸지. 이봐요, 그렇게 울지 말아요. 위층에는 당신보다 더한 사람이 살고 있어요. 기운 좀 내봐요. 힘을 좀 내봐요. 그렇게 말해도 눈물을 그치지 않더군. 밤 열 시쯤이었나? 시간은 기억나질

않아. 혹시 애인에게 차인 걸까? 앞으로 내야 할 방세가 걱정
되어서 그랬을까? 방세가 밀리면 그 인간이 여자를 찾아가겠
지. 그 이후로는 안 봐도 뻔하지. 여자도 옷을 벗겠지.

그 인간은 하루도 쉬지 않고 돌아다니지. 월요일은 101호,
화요일은 102호, 수요일은 201호 문을 두드리지. 일요일은
여기 문을 두드리지. 여기 사는 사람들도 모두 우리처럼 괴로
웠을까? 즐겼을지도 모르지. 여기 사는 사람들도 모두 우리
처럼 가난했을까? 돈을 숨겨놓았을지도.

그 여자가 우는 동안 넌 뭘 했지? 그래, 계속 잠만 자더군.
울음소리를 나 혼자 들을 수가 없었어. 그래서 이곳저곳으로
전화를 했지. 가장 먼저 101호 여자에게 전화를 걸었거든. 그
여자, 끝까지 울음소리를 못 들었다고 잡아떼더군. 거짓말이
라는 걸 알고 있었어. 남편의 눈치가 보였는지 급하게 전화를
끊더군. 너도 알 거야. 101호 남자가 여자를 매일 때린다는
소문이 있잖아.

나는 102호 여자에게 전화를 걸었어. 102호 여자가 우리에
대한 이상한 소문을 낸다는 거, 너도 알고 있지? 사람들에게
어떤 얘기를 하는지 알아? 우리더러 미친 자매들이래. 그래
서 나는 말했지. 앞으로 입조심을 하라고. 미친 건 우리가 아
니라 당신이라고. 그랬더니 잔뜩 겁을 먹더군. 여러 명과 통
화를 했지만 친절한 이웃은 한 명도 없었지. 모두들 무관심할
뿐이지.

혹시 들었어? 방금 무슨 소리가 들렸어. 누군가가 온 것일까? 분명 발소리가 들렸어. 오늘이 무슨 요일이지? 화요일인가? 그래, 화요일이지. 이상해. 그 인간은 일요일에 찾아오는데. 아무래도 나가봐야겠어. 왜 그렇게 벌벌 떨고 있지? 겁이 나는 거야? 그렇게 무서우면 방 안에 들어가 있어. 꼼짝도 하지 말고, 숨소리도 내지 말고 조용히 숨어 있어.

안에 아무도 안 계세요? 문 좀 열어주세요.

아래층 여자예요. 안에 계세요?

계셨군요. 열어줘서 고마워요. 잠깐 안으로 들어가도 되겠죠? 이렇게 만나게 되어서 반가워요. 어젯밤에도 여기에 올라오려고 했는데 그러질 못했어요. 복도가 너무 어두웠거든요. 하마터면 자빠질 뻔했어요.

여기서 혼자 살아요? 그럼 이 좁은 곳에서 부모님이랑 같이 살아요? 동생은 어디 있어요? 자고 있어요? 알았어요. 조용히 얘기할게요. 그러니까 인사를 하러 왔어요. 한번 만나보고 싶었거든요. 어떤 분들이 위층에서 살고 있는지 궁금했어요.

이사 오던 날 말이에요. 내가 이사 오던 날을 기억하죠? 창문 밖으로 몇 번이나 내다봤었잖아요. 그래요. 분명히 그쪽이었어요. 나와 눈이 마주칠 때마다 커튼 뒤로 피했잖아요.

무척 수줍음이 많은 분이구나, 생각했어요. 그쪽은 내가 궁금하지 않았어요?

그런데 이건 뭐죠? 빨랫줄이라는 건 알아요. 이걸 왜 천장에 매달아놨어요? 의자 위에 한번 올라가보라고요? 아니에요. 사양할래요. 굳이 그럴 필요 있나요?

아무것도 안 주셔도 괜찮아요. 커피를 마셨거든요. 아침에 일어나자마자, 나는 커피 한 잔을 마셔요. 그래야만 하루를 행복하게 시작할 수 있거든요. 여기 공기가 너무 좋은 것 같지 않아요? 아주 마음에 들어요. 전에 살던 방보다 훨씬 넓어서 좋고요. 무엇보다 빛이 들어와서 아주 살 것 같아요.

네. 살 것 같아요. 왜 그렇게 빤히 쳐다봐요? 내 얼굴에 뭐가 묻었나요? 혹시 하고 싶은 말이라도 있어요? 어제 말인가요? 내가 뭘 했지? 아무 일도 없었는데요. 울지 않았느냐고요? 설마 그럴 리가 있겠어요? 어제는 텔레비전을 보다가 일찍 잠들었어요.

이곳으로 이사를 온 뒤, 아무런 근심 없이 지내고 있거든요. 그쪽이 뭘 잘못 들은 게 분명해요. 혹시 가끔 이상한 소리를 들어요? 너무 예민한 거 아니에요? 아무래도 그런 것 같아요. 이런 말을 해서 미안해요. 요즘 내 생활에 불만은 없거든요. 하루하루 너무 행복하게 지내고 있어요. 그쪽은 어떤가요? 나처럼 만족스럽겠죠? 그런데 학교에 다녀요? 아니면 일을 해요? 학교도 안 다니고 일도 안 해요? 아, 너무 사생활을 캐물었군요. 그쪽은 나한테 궁금한 거 없어요? 아무 말이라도 괜찮아요. 얼마든지 얘기해도 좋아요.

언제 한번 아래층에 내려올래요? 내 목소리가 너무 큰가요? 동생이 깨어날지도 모르겠군요.

그런데 빨랫줄을 왜 나에게 주는 거죠? 언젠가 필요한 때가 있을 거라고요? 세심한 것까지 신경 써주고 고마워요. 하지만 이런 건 필요 없어요. 빨랫줄 없이도 그동안 잘 살아왔거든요. 그냥 가져가라고요? 알겠어요. 성의를 봐서 가져가긴 할게요. 밖으로 나오진 말아요. 다시 또 볼 수 있겠죠? 그럴 거라고 생각해요.

어서 나와봐. 누가 다녀갔는지 알아?

그 여자, 그 여자가 다녀갔어. 누구긴 누구야? 아래층 여자 말이야.

우리가 상상했던 대로야. 아주 못생겼어. 키는 작더군. 게다가 아주 뚱뚱했지. 팔십 킬로는 넘을 것 같더군. 왼쪽 뺨에 흉터까지 있던데. 칼자국이 분명했어. 뭐 하는 여자지? 그걸 물어보지 않았군.

오랫동안 햇빛을 못 봤는지 얼굴이 아주 창백했어. 뭔가에 잔뜩 시달린 사람처럼 보였지. 게다가 좀 이상했어. 자기가 먼저 빨랫줄이 필요하다고 하던데. 그래서 어떻게 했냐고?

당연히 줬지. 더 필요하면 얘기하라고 했어. 빨랫줄은 우리에게 많으니까. 쥐약도 줄 걸 그랬나? 부엌에 쥐약을 잔뜩 숨겨놓았는데 깜빡했군. 서랍 속에 수면제도 잔뜩 있는데. 미처 생각을 하지 못했군.

뭐라는 줄 알아? 하루하루 견딜 수가 없대. 자신의 외로움을 토로하는데 아주 불쌍해 보였지. 눈물을 글썽이기에 물 한 잔을 줬지. 어쩌면 우리보다 빨리 죽을지도 모르겠어.

그 여자와 어떤 얘길 했냐고? 아주 많은 얘길 나눴지. 할 말이 아주 많았거든. 우선 그 인간을 조심하라고 했어. 조심한다고 될 일이 아니지. 하지만 그 말을 꼭 해주고 싶었어. 그날 왜 울었느냐고 물어봤지. 혼자 있는 것이 너무 외로웠대. 비명은 왜 질렀느냐고 물어봤지. 쥐를 봤다더군. 세상에서 쥐가 가장 싫대. 엄살이 심한 여자야. 그래서 주의를 줬지. 아무리 싫어도 꾹 참아야 한다고. 그렇게 자신의 감정을 드러내지 말라고 했어.

여기서는 아무도 당신에게 관심을 갖지 않는다고 말했어. 이곳에서는 모두가 숨죽이며 지낸다고. 오로지 침묵만이 존재한다고 단단히 일러두었어. 그랬더니 뭐라는 줄 알아? 호들갑을 떨면서 조만간 이사를 가야겠대. 이 동네가 이렇게 무서운 곳인지 몰랐다는군. 인간미를 전혀 느낄 수 없는 곳이라고. 그래서 뭐라고 대꾸했냐고? 하루빨리 집주인과 만나서 상의를 하라고 했지. 조만간 또 한 명의 이웃이 떠나가겠군.

그래, 이곳은 인간이 살 수 없는 곳이지. 이사를 왔다가 다시 떠나는 곳이지. 다시는 돌아오고 싶지 않은 곳이지. 폐허처럼 쓸쓸한 곳이지.

모두들 이곳에서의 기억은 잊으려고 하겠지? 우리도 잊으려고 일을 꾸미는 걸까?

왜 자꾸 천장을 쳐다보는 거지? 빨랫줄을 보니 두려워져? 이제 그만 저걸 풀어도 되지 않느냐고? 슬슬 겁이 나는 모양이군. 네가 그럴 때마다, 나는 꼭 악마가 된 것 같아. 내가 널 유혹해서 저 줄을 매단 건 아니잖아. 처음엔 너도 동의를 했지.

언제 올라갈 거냐고? 오늘 밤에 올라갈 거야. 밤부터 비가 쏟아진다고 했잖아. 날이 추워지겠군. 이런 날이 제격이지. 그래, 이런 날에 일을 저질러야 해. 앞으로 몇 시간 남았지? 해가 지려면 시간이 많이 남았군.

남은 시간 동안 해보고 싶은 게 있어? 있으면 말해봐. 들어줄 수도 있지. 나는 아주 너그러운 사람이야. 원하는 게 있냐고? 갑자기 너의 웃는 모습이 보고 싶군. 네가 마지막으로 웃은 게 언제였지? 너무 오래되어서 기억이 안 나. 어떻게 하는 거냐고? 우선 입을 크게 벌리고, 소리를 내는 거지. 배를 부여잡고 미친 듯이 소리를 내는 거지. 왜 불을 끄는 거지? 내 얼굴을 볼 자신이 없다고? 어서 불을 켜. 밝은 곳에서 웃어야지. 어두운 곳에서 웃어봤자 소용이 없지.

이런, 책들이 다 쏟아졌군. 먼지 나는 걸 봐. 이 많은 책들을 다 어떻게 할까? 고민이 되는데. 고물상에 팔아버릴까? 누가 가져가기나 하겠어? 차라리 모조리 태워버릴까? 그것조차 번거롭지. 이 책들은 아빠가 사다 놓았지. 필요 없는 걸 잔뜩 쌓아만 놨어. 골치 아픈 것들은 딱 질색이지. 다 씹어 먹고 싶어. 아빠는 주로 시를 읽었지. 한 손에 술병을 들고 종이를 넘겼지. 아무리 괴롭고 슬퍼도 참고 견뎌야 한다는 뻔한 내용이었지. 인생을 찬양하는 구절도 있었어.

그는 가끔 성경 책도 읽었지. 이따금 그는 술에 취하면 성경 책에 머리를 박고 기도를 드렸지. 머리카락을 쥐어뜯으면서 잔뜩 폼을 잡았으니까. 혼자서 괴로운 척을 하다가 우리의 이름을 나지막이 불렀지. 어서 가까이 와라, 애들아. 뭘 먹고 싶니? 갖고 싶은 게 있으면 말해보렴. 술을 좀 사 와라, 애들아. 엄마 말씀을 잘 들어야지. 거짓말을 해서는 안 된다. 좋은 세상이지, 애들아. 착하게 자라거라. 같이 기도를 하자꾸나, 애들아. 그때마다 우린 한결같이 대답했어. 네, 아빠. 우리에게 좋은 것들을 주는 아빠. 배가 고파요. 갖고 싶은 게 많아요. 이곳을 떠나고 싶어요, 아빠. 우리는 주기도문을 외웠어. 사도신경도 외웠지.

이번 기회에 우리도 기도를 할까? 어떻게 하는 거냐고? 우선 신을 불러야지. 그런 다음 살짝 눈을 감는 거지. 그래, 퇴폐적으로. 진실하게 기도를 하자고? 그래, 껌을 씹듯이. 자, 이렇게 두 손을 모으고? 그래, 그 인간 앞에서 다리를 벌리듯이. 지상에서의 마지막 기도를? 그래, 술을 좀 마셔야겠군. 버림받은 자가 마지막 위로를 받으려는 것처럼? 골치가 아프군. 기도가 그렇게 어려운 건가? 나는 이쯤에서 사양하겠어. 하려거든 너 혼자 해.

엄마와 아빠는 무슨 기도를 했을까? 무척 궁금해. 그들은 교회에서 결혼식을 올렸지. 가끔 나는 교회에서 헌금을 훔치기도 했어. 찬송가를 들은 후에 아빠가 청혼을 했다던데? 나는 도벽에 대해 죄책감을 느끼지 않았어. 엄마의 노래를 들으며 아빠가 시를 썼다던가? 그래, 그랬을 거야. 사랑을 갈구하는 시? 영원을 맹세하는 시? 결국 헌금에 손을 댔다가 들켜서 뺨을 맞았지. 밤이 가는 것도 모르고 그들은 서로를 끌어안았겠지? 뺨을 맞는 건 생각보다 몹시 아팠어. 서로의 몸에서 지독한 냄새가 났겠지? 헛된 맹세를 하며 미래를 약속했겠지? 그래, 원래 맹세라는 것은 헛된 것이지. 언젠가 깨지고 마는 것이니까.

이제 저 새장은 어쩌지? 그들이 결혼할 때 산 것 말이야. 그들의 사랑을 증명해주는 것이지. 하지만 어쩌나? 새들은 늘 죽어만갔어. 그래도 아빠는 꼬박꼬박 새를 사다 넣었지. 이제 한 마리만 남았군. 101호 여자를 줄까? 아니지. 그 여자는 너무 수다스럽지. 그럼 102호 여자 줄까? 그 여자는 궁둥이가 너무 크지. 걸을 때마다 씰룩거리는 궁둥이를 봐. 그럼, 아래층 여자를 줄까? 그 여자도 곧 떠날 텐데 그럴 필요 없지. 그렇다면 그 인간을 줄까? 어림없는 소리.

들었어? 방금 무슨 소리가 들렸어. 밖에 누가 왔나 봐. 너는 가만히 있어. 내가 나가볼게. 이 시간에 누구지?

문 좀 열어주세요. 아무도 없어요? 빨리 좀 열어보세요. 아래층 여자예요.

아직 집에 있었군요. 다행이에요. 그런데 이쪽은 동생인가요? 이제 보니 쌍둥이처럼 닮았군요. 잠깐 안으로 좀 들어갈게요. 그래도 되겠죠?

어디서부터 얘기를 시작해야 할지 모르겠어요. 아까 나에게 빨랫줄을 줬었죠? 내려가자마자, 음악을 틀어놓고 빨래를 하기 시작했어요. 커피를 한 잔 마셨는데 너무 기분이 좋았거든요. 도무지 혼자 있는 것 같지 않았어요.

사실 오늘이 내 생일이거든요. 오후에 기념 파티를 하려고 했어요. 한 남자가 꽃과 케이크를 보내준다고 했거든요. 그 남자가 누군지 알아요? 이삿짐센터 직원이에요. 이사를 왔던 날, 나를 보고 한눈에 반했다고 고백을 했거든요. 하여튼 그를 만날 생각이었어요. 그동안 아껴두었던 술병도 딸 생각이었죠. 하지만 일이 잔뜩 꼬였어요. 어디서부터 얘기를 해야 하는지 모르겠어요. 어쨌든 나는 언제나 행복한 여자거든요. 하루하루 절망하는 법이 없어요. 지금껏 나를 사랑해줬던 남자들도 한결같이 말하곤 했어요. 당신 옆에 있으면 저절로 행복해져. 당신이 옆에 있으면 걱정할 게 없어. 그런 말을 들을 때마다 말로 표현할 수 없을 만큼 기분이 좋았어요. 그 달콤한 말들을 잊을 수가 없었어요. 지금껏 내 인생은 암울하지 않았거든요. 주눅 든다는 건 내 인생에 있을 수 없는 일이거든요. 그런데 집주인 말이에요. 집주인 알죠?

그 사람이 와서 이 꼴로 만들어놨어요. 여기, 치마가 찢어진 것 좀 봐요. 이걸 어떻게 받아들여야 좋을지 모르겠어요. 지금 나에겐 위로가 필요해요. 위로가 필요해서 찾아왔어요.

오늘이 무슨 요일이냐고요? 무슨 요일이지? 화요일? 그래요. 화요일이에요. 이상하다니요? 토요일 날 마음을 굳게 먹고 있어야 한다니요? 무슨 말인지 잘 모르겠어요. 어쨌든 여기 내 치마를 좀 봐줘요. 아주 우습잖아요. 옷을 다 빨아서 입을 것도 없어요. 이렇게 초라한 모습으로 서 있고 싶지 않아요. 그러니까 괜찮을 거다, 잠시 꿈을 꾼 것이다, 그런 말이 듣고 싶어요. 금방이라도 눈물이 쏟아질 것 같아요. 어서 아무 말이라도 내게 좀 해줘요. 물론 잘 알아요. 여기에서는 조용히 해야 한다는 것을. 하지만 진정이 안 돼요.

우선 마실 차라도 한잔 주세요. 차가 없으면 아무 거라도 주세요. 혹시 따뜻한 죽 같은 거 없어요? 갑자기 죽이 먹고 싶어요. 아, 알겠어요. 조용히 할게요. 그럼 남은 음식이라도 뭐 없어요? 다음에 우리 집에 오면 그때는 내가 대접할게요.

이번 주말에 내려올래요? 왜요? 시간이 안 돼요?

교회에 다니나 보조? 아, 나는 안 다녀요. 하지만 매일 밤 기도를 하죠. 이렇게 두 손을 모으고 말이죠. 앞으로도 계속 할 거예요. 신이, 신이 있겠죠? 신이 날 불쌍하게 여기겠죠? 길에서 구걸하는 자들을 불쌍히 여기겠죠?

대답 좀 해줘요. 앞으로 뭘 해야 되죠? 기다리라니요? 무작정 기다려요? 뭘 기다리죠? 음식이요? 우리에게 배달될 음식을? 토요일을 기다리라니요?

아, 전화가 왔어요. 전화 좀 받아봐요. 나더러 받으라고요? 알았어요. 그 정도는 해줄 수 있어요. 여, 여보세요? 네, 맞습니다만, 지금은 받을 수가 없는데요. 누, 누구시죠? 전 여기 사는 사람이 아니에요. 얘길 하시면 전해드릴게요. 네. 아주 많아요. 맛있는 거라면 뭐든지 좋아요. 그래요. 언제나 배가 고파요. 맛있는 걸 먹고 싶어요. 알겠어요. 기다릴게요.

들었어요? 이리로 음식을 배달했대요. 누구냐고요? 글쎄요. 잘은 모르지만 아주 따뜻한 분 같았어요. 다정한 분 같았어요. 세상에서 가장 친절한 분이라고요? 스타킹을 손수 벗겨주시는 분이라고요? 아, 모르겠어요. 어쨌든 이쪽으로 온다고 했어요.

그런데 이제 보니, 자매들의 얼굴이 무척이나 평온해 보여요. 정말 그래 보여요. 어떻게 해야 하는지 나에게도 좀 알려줘요. 마음을 비우라고요? 네? 고약한 마음을? 방법을, 방법을 모르겠어요.

　저건 언제 걸어놨어요? 빨랫줄 말이에요. 천장을 볼 때마다 자꾸 불안해져요. 다리가 후들거려요. 불안하지 않아요? 아무렇지도 않아요? 이상하군요. 저 위를 보면서 무슨 생각을 해요? 바다에 대한 생각을 해요? 얼마 전에 바다에 다녀왔어요? 좋았겠군요. 거기서 뭘 했어요? 부드러운 모래 위에 누워서 하늘을 봤어요? 해가 질 때까지 수영을 했어요? 가끔 나도 바다를 상상하곤 해요. 오래전에 다녀온 적이 있거든요. 지중해, 생각만 해도 근사하죠. 햇빛을 받으며 한참을 걸었어요. 축복을 받은 것 같았거든요. 인생의 축복, 신의 축복, 살아 있다는 것에 대한 축복 말이죠. 그런데 여긴 뭔가 잘못되어 있다고 생각하지 않아요? 여긴 너무 좁고 어둡잖아요. 게다가 불안하게 흔들리는 저 줄과 금방 내다 버려야 할 것 같은 새장을 좀 봐요…… 어쨌든 다음에 또 바다에 가게 된다면 나도 데리고 가줘요. 그렇게 된다면 이곳에서의 일은 모두 잊어버리게 될 거예요. 다녀온 뒤 다시 행복한 여자로 살아가는 거죠. 그럴 거죠? 꼭 그럴 거죠?

　지금은 더 이상 못 참겠어요. 물, 물이라도 좀 줘봐요. 시원한 물도 없어요? 그게 없다면 다른 것을 줘봐요. 행복을 느낄 수 있는 그런 것을 좀. 이번 생이 끝날 때까지 어떻게 해서든지 행복한 여자로 남을 거예요. 그런데 이봐요, 나보다 훨씬 어린 것 같은데 조금 더 다정하게 대할 수 없어요? 언니라고 생각하고 좀더 친절하게 대할 수 없어요?

　이봐요. 잠깐만요.

　잘 알다시피, 여긴 당신 집이 아니잖아요. 어떤 권리로 음식과 물을 내놓으라고 하는 건지 도무지 이해할 수 없군요. 호의도 진심으로 우러나야 베푸는 것 아닌가요? 안타깝게도 댁한테는 그런 감정이 생기질 않는군요.

　물론 당신의 눈에 슬픔이 가득 차 있다는 건 우리도 알고 있어요. 하지만 그것은 전적으로 당신 스스로 해결해야 할 문제가 아닌가요? 무엇보다 우리에겐 시간이 없답니다. 시간, 그것은 무척이나 신성한 것이죠.

　지금 집주인에 대해서 애길 했나요? 우리 역시 그에 대해서 잘 알고 있어요. 그의 걸음걸이라든가 밥 먹을 때의 습관까지도 다 알고 있죠. 여기 이사 온 사람들도 처음엔 모두들 그렇게 겁에 질려 했답니다. 그때마다 우린 그들에게 위로를 해주지 않았죠. 뭐 그럴 필요 있나요? 불행이 존재한다는 건 모두가 다 알고 있는 사실 아니던가요? 게다가 당신은 고작 한 번 겪었을 뿐이잖아요.

　해결할 수 있는 방법을 알려달라고요? 어쩌면 그것은 생각보다 간단할지 몰라요. 당신 스스로를 죽이는 방법이 있잖아요. 아니면 용기를 내서 그 인간을 죽일 수도 있겠죠. 그 인간을 죽이는 게 힘들다면, 우리가 도와줄 수도 있어요. 그런데 지금 당신은 몹시 흥분을 한 것 같군요. 그런 상태로 일을 하다가는 그르칠 수도 있으니까요. 조심해야 할 겁니다.

우선 여기 수면제를 줄 테니 집에 가서 이걸 잔뜩 복용해보도록 하시죠. 잠에서 깨어나면 뭔가 잊게 될지도 모르니까요. 당신은 행복한 여자라면서요? 행복이라는 단어가 왜 이렇게 불편한지 모르겠군요. 댁보다 나이가 어리지만 친절을 베풀어야 하는 이유는 어디에도 없답니다. 나이는 어리지만, 이미 영혼은 너무 늙어 너덜너덜해졌으니까요.

이제 그만 나가줘야겠군요. 어서, 좋은 말할 때 어서 썩 나가 줘요. 자, 어서요!

갔지?

갔어?

좀더 차갑게 대할 걸 그랬나? 더 잔인한 말을 해줄 걸 그랬나? 왜 그렇게 매몰차게 대해야 하느냐고? 우리 앞에서 저 여자가 우는 걸 원하지 않거든. 친절한 사람이었다고, 좋은 이웃이었다고 기억되길 원하지 않거든. 그런 건 필요 없지. 그저 아무것도 기억하지 않았으면 좋겠지. 모두 다 그렇게 사라지는 거지.

저 여자 때문에 우리의 귀중한 시간을 낭비했군. 저 여자는 지금 자신의 고독을 피하기 위해 여기에 올라온 거지. 고독 앞에서 한시도 견디지 못하고 흥분을 하는 거지.

그래도 아직은 살아갈 힘이 남아 있는 모양이군. 그동안 만났던 남자들 애길 꺼내는 걸 봐. 그 말을 할 때 여자는 자신감에 차 있더군. 하지만 이상하지. 그 애길 하는데 잠시 질투가 나더군. 그래, 우습게도 질투가 났지.

한때 나는 과거를 추억하고 미화하는 인간들을 경멸했었지. 그거야말로 쓸모없는 일이라고 여겼거든. 인생이라는 것은 그렇게 추억할 만한 것이 못 된다고 생각했지. 그런데 저기 천장을 가만히 올려다보니 내게는 추억할 사람이 단 한 명도 없군. 뭔가 부서지는 것 같아.

대체 행복이 뭐지? 사람들은 왜 행복이라는 말을 지껄이는 거지? 결국 남들에게 보여주기 위한 행복이라면 그거야말로 가치 없는 것이지. 그런 행복은 쓸모없는 것이지.

저 여자의 고독에선 처절함이 느껴지지 않더군. 하지만 네가 저런 말을 했더라면 조금은 다르게 받아들였을 거야. 나는 분명 죄의식을 느꼈겠지. 그래, 그랬을 거야. 그런데 가만, 이제 보니 너의 배가 왜 이렇게 불룩 나온 거지? 밥을 먹지 않았는데 왜 이렇게 배가 나온 거지? 혹시 임신을 한 건가? 아이라니! 생각만 해도 끔찍하군. 혹시 그 인간의 아이를 가진 건가? 아니면 다른 놈의 아이인가? 솔직히 한번 말해봐. 너에게도 사랑하는 남자가 있었지. 그놈과 이곳을 떠나려고 계획까지 세웠잖아. 결국 나에게 들통 나고 말았지만. 네가 그놈과 부둥켜안고 있을 때마다, 내가 뭘 했는지 알아? 고작 새에게 모이를 줬지. 아주 쓸쓸했어. 창문으로 몰래 훔쳐보기도 했으니까. 생각보다 너는 적극적이더군. 그렇게 유혹할 줄은 꿈에도 몰랐지. 너는 그의 목을 감싸고 키스를 하더군. 도무지 떨어질 생각을 하지 않았어. 그럴수록 나는 불안했지. 네가 나를 두고 떠날까 봐.

새에게 한번 물어볼까? 새장 속의 새야, 너도 알고 있지? 어서 대답을 해보렴. 그동안 어떤 일이 있었는지 다 털어놓으렴. 다 들어줄 수 있으니까, 말해보렴. 네가 보았던 걸 다 얘기해봐, 어서. 그런데 자세히 보니 너는 참으로 추하고 징그럽게 생겼구나. 털도 다 빠진 걸 보니 끔찍하다. 내 동생이 아직 삶에 대한 미련이 많은 것 같은데, 네가 설득 좀 해 보렴. 어서 대답을 해봐. 이런, 아무런 말도 없군.

어쨌든 나는 새장 속의 새에게 모이만 줬지. 그때만 해도 지금처럼 징그럽지는 않았어. 어쩌다 이렇게 되었지? 어쩌다 이 꼴이 되었지?

무엇을 그렇게 보고 있지? 네 말대로 빨랫줄이 흔들리는군. 그러지 말고 누군가에게 전화를 걸어보자고? 어디로 걸지? 유서를 써보자고? 뭐라고 쓰지? 그것조차 번거롭지. 시간을 조금만 유보하자고? 너도 나도 죽겠다고 엄살을 부리는데, 우리라도 유보를 하자고? 살아서 하고 싶은 게 많다고?

살아서 보고 싶은 게 많다고? 나도 몇 가지 있지. 발목에 장미 문신은 꼭 새겨야 하는데. 아름답고 기이한 무늬를 새겨야 하는데.

아무래도 그 인간을 두고 먼저 떠난다는 게 마음에 걸려. 다시 온다고 했잖아. 그 인간이 온다면, 저 줄로 그의 목을 서서히 조여볼까? 괴롭다며 엄살을 부릴 거야. 한 번만 살려달라고 사정을 할 거야. 그 모습이 보고 싶군.

잠깐 의자에 앉아야겠어. 그동안 너무 피곤했거든. 너도 이리로 와서 앉아봐. 이렇게 가만히 있으니 저 멀리서 파도 소리가 들려. 이곳은 여전히 암흑이야. 제정신으로는 살 수 없는 세계지. 모두들 어디로 가는 거지? 시간 속으로? 고여 있는 시간 속으로? 괴로움에 떠는 시간 속으로? 눈물은 어디로 가는 거지? 먼 곳으로? 다시는 돌아올 수 없는 곳으로?

철썩철썩,

일요일

일요일마다 교회에 갑니다. 예배가 끝나면 교회에서 빵을 줍니다. 과자를 줍니다. 교회 사람들은 친절합니다. 때로는 친절을 가장합니다. 그 친절이 부담스러워 교회를 빠져나옵니다. 길을 걸으면서 빵을 먹습니다. 탐욕스러운 비둘기들이 모여듭니다. 비둘기들을 피해 집으로 돌아옵니다.

나무 의자에 앉아 풍금을 칩니다. 풍금 소리는 아름답습니다. 무척 아름답습니다. 흰 건반과 검은 건반을 누릅니다. 밤 아홉 시입니다. 고독을 잊기 위해 풍금을 칩니다. 고독이 사라지는 걸 느낍니다. 불안을 잊기 위해 풍금을 칩니다. 불안이 사라지는 걸 느낍니다. 모든 걸 잊기 위해 페달을 밟습니다.

현관문 열리는 소리가 들립니다. 풍금을 치면서 뒤를 돌아봅니다. 그가 서 있습니다. 우리는 풍금 치는 것을 그만둡니다. 그는 풍금을 치는 것을 이해할 수 없다고 말합니다. 늘 그런 말을 합니다. 이번에도 다르지 않습니다. 그가 우리의 팔을 잡아끕니다.

처음에는 그저 밀린 월세를 받아가기 위해 찾아온 줄 알았습니다. 월세 얘기를 하던 그가 우리를 훑어보더군요. 사는데 불편한 것은 없느냐고 그가 물었습니다. 우리는 불편한 것이 없다고 대답했습니다. 그는 비웃었습니다. 식탁 위에 다리를 올려놓고 한동안 거드름을 피우다가 우리를 겁탈했습니다.

그는 물을 가져오라고 명령합니다. 우리는 말없이 물을 가져다줍니다. 그는 어깨를 주물러달라고 말합니다. 우리는 그의 어깨를 주물러줍니다. 그는 곧 잠이 듭니다.

그는 다시 떠날 준비를 합니다. 그는 통닭을 주문하겠다고 말합니다. 닭발을 주문하겠다고 말합니다. 피자를 주문하겠다고 말합니다. 그는 개를 끌고 밖으로 나갑니다. 시간이 흐릅니다. 아무것도 배달되지 않더군요. 시간이 흐릅니다.

우리는 착한 어린이들입니다. 사실 말썽을 조금 피웁니다. 반항적이고 가끔 싸움을 하기도 합니다. 마태복음을 읽는 어린이들입니다. 마가복음을 읽는 어린이들입니다. 아무것도 믿지 않습니다. 진실을 믿지 않으며 사랑 역시도 믿지 않지요. 사실 좀 제멋대로입니다. 믿음과 구원과 사랑이라는 말을 싫어합니다. 특히 구원이라는 말을 싫어합니다. 그 말을 들으면 머리가 아프거든요.

어른들은 우리를 보면 호통을 칩니다. 자주 못된 짓을 합니다.

학교에 다니지는 않습니다. 학교에서 쫓겨난 지 오래되었습니다. 우리에겐 잔소리를 하는 부모가 없습니다. 안부를 묻는 선생도 없습니다. 우리에겐 공부에 대한 욕심이 없습니다. 대신 그가 놓고 간 성경 책을 읽습니다. 그 속에는 많은 것들이 들어 있더군요.

신을 만납니다. 신과 대화를 합니다. 많은 것을 알고 싶습니다. 삶에 대한 모든 것. 언젠가 알게 되는 날이 있겠지요. 그는 틈나는 대로 성경 책을 읽어야 한다고 강조합니다. 풍금을 연주하는 것은 쓸모없는 일이야! 성경 책을 읽으며 사랑을 베풀어야 해! 그는 자주 중얼거립니다. 우리 앞에서 찬송가를 부릅니다. 음정이 맞지 않습니다. 박자가 맞지 않습니다. 그는 따라서 불러도 좋다고 말합니다.

그는 건물의 집주인입니다. 교회의 전도사이기도 합니다. 그는 쉴 새 없이 돌아다닙니다. 월요일에는 101호, 화요일에는 102호, 수요일에는 201호를 찾아갑니다. 그리고 일요일에는 우리를 찾아옵니다. 일요일이 될 때마다 우리는 고독해집니다. 일요일이 될 때마다 불안해집니다. 불행해집니다.

딩동. 그가 초인종을 누릅니다. 딩동. 자꾸만 초인종 소리
가 들립니다. 개 짖는 소리가 들립니다. 환청이 아닙니다. 우
리는 아직 미치지 않았습니다. 그는 언제나 개를 끌고 다닙니
다. 개는 사납습니다. 아주 사납습니다. 개 짖는 소리를 잊기
위해 풍금을 칩니다. 가끔 우울하고 가끔 즐겁습니다. 가끔
절망하고 가끔 참담합니다. 풍금 소리는 아름답습니다. 열심
히 페달을 밟습니다.

　다시 페달을 밟는다. 누군가는 강박이라고 말할 것이다. 페
달을 밟는 동안 집 앞으로 비둘기들이 모여든다. 베란다에도
비둘기들이 모여든다. 우리는 자리에서 일어나 밖으로 나갈
준비를 한다. 교회로 간다.
　거리에서 실업자들을 만난다. 술 취한 사람들을 만난다. 학
생들을 만난다. 광인을 만난다. 노인을 만난다. 교회에서는
목사님이 열심히 설교를 하고 있다. 사람들이 아멘이라고 말
한다. 우리는 아멘이라고 말하지 않는다. 그저 주위를 둘러볼
뿐이다. 우리 옆에는 할머니가 앉아 있다. 할머니는 설교 시
간 내내 졸고 있다. 재빨리 할머니의 가방 속에 손을 집어넣
는다. 지갑을 훔친다. 할머니는 그것도 모르고 열심히 기도를
한다. 우리는 지갑을 들고 교회를 빠져나온다.
　오래전에도 다른 교회에서 돈을 훔친 적이 있다. 교회 사람

에게 걸려 뺨을 맞은 적이 있다. 부모에게 전화를 걸겠다고 협박하는 사람도 있었다. 우리는 아무 말도 하지 않았다. 죄의식도 느끼지 않았다. 괴로워하지도 않았다.

언제부터 이런 일을 했을까? 기억나지 않는다. 왜 이런 짓을 하는 것일까? 돈이 필요하기 때문이다. 우리는 아직 어려서 돈을 벌 수 없다. 그렇다고 도움을 주는 사람도 없다. 도움은 사양한다. 불쌍하게 보이는 것이 싫기 때문이다.

훔친다. 교회에서 지갑을 훔치고 과일 가게에서 과일을 훔치고 서점에서 책을 훔친다. 망신을 당한 적도 여러 번 있다. 경찰서에 끌려간 적도 있다. 훔치는 것도 버릇이라는 걸 알았다. 훔치는 것도 중독이라는 걸 알았다. 중독이 고약한 것임을 알았다. 언젠가 과일을 훔치다가 몽둥이로 두들겨 맞은 적이 있다.

운이 좋은 날에는 과일을 들고 집으로 돌아온다. 과일의 색상이 무척 마음에 든다. 하얀 사과, 검은 바나나, 파란 수박, 갈색 포도. 과일의 색이 무척이나 마음에 든다.

검은 바나나가 굴러간다. 토마토가 굴러간다. 복숭아가 굴러간다. 수박이 굴러간다. 수박이 굴러갈 때면 이상하게 마음이 아프다. 언젠가 과일 가게에서 커다란 수박을 훔치고 싶다. 풍금 위에 올려놓고 싶다. 검은 바나나를 올려놓고 싶다.

하얀 사과를 올려놓고 싶다. 우리는 연주를 한다. 사랑으로 가득한 집. 천국 같은 집. 믿음으로 충만한 집. 천사들이 모여드는 집. 천사들이 합창하는 집. 고약한 우리 집.

　풍금 위에 있는 사과를 먹는다. 포도를 먹는다. 포도가 우리에게 말한다. 열심히 좀 쳐봐! 제대로 좀 쳐봐! 사과가 박수를 친다. 청중이 되어 박수를 친다. 우리는 풍금 위에 올려둔 참외를 먹는다. 참외가 말한다. 그만 좀 먹고 제대로 된 연주를 해봐! 먹는 것을 중단하고 다시 풍금을 친다.
　연주가 지겨워지면 성경 책을 읽는다. 성경 책을 읽는 것이 지겨워지면 동화책을 읽는다. 『헨젤과 그레텔』을 읽는다. 사랑으로 가득한 나라. 믿음으로 가득한 나라. 믿음으로 충만한 집. 권력으로 가득한 나라. 권력으로 충만한 집. 동화책을 읽는 것이 지겨워지면 우리는 굴러다닌다. 사과처럼 굴러다닌다. 수박처럼 굴러다닌다. 앞으로 구르고 뒤로 구른다. 옆으로 구른다.

　훔친 돈으로 과일을 삽니다. 과일을 먹습니다. 목사님은 도둑이 많아져서 걱정이라고 말합니다. 모두들 조심을 하자고 목사님은 설교 시간에 말합니다. 우리는 걱정스런 표정을 짓습니다. 하지만 멈출 수가 없습니다. 아직 많은 욕망이 있습니다. 욕망은 좋은 것 아닌가요? 우리는 문신을 해야겠다고 생각합니다. 어른들은 왜 그런 짓을 하냐고 물을 겁니다. 남의 이목 같은 건 신경 쓰지 않습니다. 그러기엔 인생이 너무 짧은 것 아닌가요? 사실 남의 얘길 듣는 건 좀 피곤합니다. 그때마다 당신들이나 잘하라고 말하고 싶습니다. 사람들은 자주 남의 흉을 봅니다. 남이 잘되는 것을 배 아파합니다. 잘 난 사람을 질투합니다. 언제나 남이 실패하기를 바랍니다. 실패하면 또 불쌍하다고 위로를 합니다.

우리는 위로 같은 건 바라지 않습니다. 누군가는 자존심이 세다고 말합니다. 살아가는 건 참으로 복잡합니다. 어른이 되기 전에 인생이 얼마나 피곤한 건지를 배웁니다. 인생이 얼마나 지겨운 것인지를 배웁니다. 인생이 얼마나 황홀한 것인지를 배웁니다.

문신을 하러 갑니다. 문신을 하러 온 사람들이 무척 많습니다. 차례를 기다립니다. 드디어 우리 차례가 됩니다. 엉덩이에 장미 문신을 합니다. 가슴에 장미 문신을 합니다. 우리 몸에 새겨진 문신이 마음에 듭니다.

집으로 돌아갑니다. 천사들이 찾아오는 집. 구원으로 가득한 집. 언젠가 하늘에서 밧줄이 내려와 집을 들고 올라갔으면 좋겠습니다. 아마 우리는 소리를 지르겠지요. 사실 집으로 돌아가는 길이 불안합니다. 어디로 가는 것일까요?

일요일도 아닌데 그가 와 있습니다. 기다렸다는 듯 그가 소리를 지릅니다. 어디에 갔다가 이제 돌아온 것이냐고 소리를 지릅니다. 우리는 아무 대답도 하지 않습니다.

술을 가져와, 어서! 그가 명령합니다. 내 어깨를 주물러, 어서! 또다시 그가 명령합니다. 술을 가져다줍니다. 그리고 그의 어깨를 주무릅니다. 그가 눈을 감습니다. 현관 앞에 있던 개도 잠을 청합니다. 우리는 그에게 다가가 잠들었는지 확인합니다. 그리고 그의 지갑에서 돈을 훔칩니다.

훔치는 것은 언제나 즐겁습니다. 스릴이 있습니다. 정말 즐겁습니다. 밖으로 나와서 군것질을 합니다. 눈에 보이는 것은 다 사먹습니다.

우선 핫도그를 사먹습니다. 아줌마, 핫도그 하나 주세요! 명랑하게 말합니다. 핫도그에 케첩을 뿌려 먹습니다. 맛있더군요. 아줌마, 한 개 더 추가요! 다시 명랑하게 말합니다. 그리고 호떡을 사 먹으러 갑니다. 호떡 속에 들어 있는 설탕을 좋아합니다. 아줌마, 호떡 하나 주세요! 그렇게 말합니다. 아줌마가 호떡을 더 줍니다. 아껴서 먹습니다. 다른 곳으로 갑니다. 과자를 사고 빵을 사고 삼각김밥을 사고 햄버거를 삽니다. 다 사 먹습니다.

계속 먹는다. 그리고 걸어간다. 한참을 걷는다. 갈 곳이 없어서 집으로 돌아온다. 그가 몽둥이를 든 채 우리를 기다리고 있다. 달아날 생각을 한다. 그러나 곧 그에게 끌려간다. 그가 멱살을 잡는다. 몽둥이를 휘두른다. 우리는 얻어맞는다. 쓰러진다. 그가 말한다. 고약한 손버릇을 가진 놈들이라고. 한 번 더 자신의 지갑을 훔치면 죽여버리겠다고. 우리는 대답하지 않는다. 그는 몽둥이를 들고 풍금 앞으로 다가간다. 풍금을 부수기 시작한다. 우리는 소리를 지른다. 울음을 터뜨린다. 풍금은 곧 부서진다. 검은 건반에 금이 간다. 우리의 마음에도 금이 간다. 그는 당장 집을 비우라고 말한다. 결국 집에서 쫓겨나고 만다. 갈 곳이 없다. 한참을 망설인다. 집 근처에 버려진 창고가 있다. 그곳으로 간다. 부서진 풍금을 버려둔 채 그곳으로 간다. 창고는 비좁다. 창고에서 생선 냄새가 난다. 문을 열어둔다. 그래도 생선 냄새가 난다. 우리 몸에서도 생선 냄새가 난다. 잠이 든다. 꿈을 꾼다. 썩은 생선이 되는 꿈을 꾼다. 썩은 생선이 되어 굴러다닌다. 누군가 우리를 쓰레기통에 던진다.

쓰레기통 속에서 신음한다. 너희들은 필요 없어! 저리 꺼지지 못해? 어부들이 말한다. 우리는 걱정한다. 어디론가 팔려가야 하는데. 사람들이 쓰레기통 속에 껌을 던진다. 우리들 몸에 껌이 달라붙는다. 사람들이 가래침을 뱉는다. 뒤척인다. 신음을 하며 뒤척인다. 쓰레기통 속에서 악취만 풍긴 채 사라진다. 끔찍한 꿈이다.

꿈에서 쇠 파이프를 든 그가 쫓아온다. 도망을 친다. 그가 계속 쫓아온다. 멀리 달아난다. 먼 곳으로 달아난다. 폭력을 피해 달아난다. 하늘에서 밧줄이 내려온다. 우리는 밧줄에 매달린다. 하늘로 올라간다. 신을 만날 거라고 생각한다. 천사를 만날 거라고 생각한다.

하늘로 올라갑니다. 천사들을 만납니다.

천사들이 말합니다. 잭, 너희들이 잭이니?

아니요. 잭이 아닙니다.

다시 천사들이 말합니다. 그렇다면 너희들은 누구니?

몰라요. 사실 우리도 우리 자신에 대해 모릅니다. 존재에 대해 모릅니다.

천사들이 말합니다. 어쩌다가 이곳까지 왔니?

글쎄요. 정말 어쩌다가 벌어진 일입니다.

천사들이 말합니다. 너희들은 좀 불쌍해 보이는구나.

맞아요. 잘 보셨어요. 불쌍한 아이들입니다. 우리들에게 평화를 주세요. 우울하고 괴롭습니다. 음식을 먹을 때만 신이 납니다. 가끔 음식과 대화를 나누기도 합니다. 핫도그야, 안녕. 호떡아, 안녕. 하얀 사과야, 안녕. 어느 날 하얀 사과는 우리들에게 말을 겁니다. 자기 좀 맛있게 먹어달라고요. 우리는 사과의 부탁을 들어줍니다. 그건 어려운 일이 아니거든요. 과일 가게를 지나칠 때면 과일들이 일제히 합창을 합니다. 다른 곳으로 데려가달라고요. 그래서 슬쩍 과일을 훔치는 겁니다. 말하자면 과일의 부탁을 들어주는 것이죠. 이렇게 말하면 조금 황당한가요? 가끔 사람들이 우리에게 황당하다고 말합니다. 아마도 그럴 겁니다. 하지만 사람들의 말은 신경 쓰지 않습니다.

천사님, 혹시 신을 만나면 안부 좀 전해주시겠어요? 악마님을 만나면 안부 좀 전해주시겠어요? 심심하면 한번 내려오시겠어요? 마주 앉아서 술 마시고 담배를 피워도 좋겠는데요. 아니면 아편이라도 좀.

이 시간이 무척 마음에 듭니다. 꿈을 꾸는 것이죠.
아무것도 하지 않는데도 시간이 흘러갑니다.
시간을 탕진합니다. 인생을 탕진합니다.
성경 책을 읽어도 시간이 흘러갑니다. 동화책을 읽어도 시간이 흘러갑니다.
소설책을 읽어도 시간이 흘러갑니다. 사실 소설은 재미가 없죠.

사람들은 말합니다. 그 따위로 쓰려거든 집어치워!

사람들은 쉽게 말합니다. 자신의 괴로움은 참지 못하면서 남의 괴로움은 즐겁니다.

질투하고 욕을 하고 삿대질을 합니다.

사실 남의 돈을 훔치는 우리도 잘난 것은 없습니다. 오히려 못난 편에 속하지요. 우리는 말하고 고백합니다. 비웃고 조롱합니다.

슬프게 존재합니다.

슬프게 존재합니다.

하늘을 바라봅니다. 하늘이 노랗습니다. 땅에 있던 밧줄이 하늘로 올라옵니다. 우리는 밧줄에 매달립니다. 땅으로 내려갑니다. 땅은 하얗더군요.

사람들의 머리는 갈색입니다. 우리는 몇 년도에 태어났나요? 우리의 나이는 열 살인가요?

열한 살인가요? 사람들은 먹고 마십니다. 천국을 생각하는 것일까요?

기도를 합니다. 열심히 기도를 합니다.

언젠가 우리도 신을 만나겠지요.

어느 날 길에서 목사님을 만난다. 목사님이 우리를 보고 웃는다. 목사님은 교회에 열심히 나오면 생활이 나아질 것이라고 말한다. 우리는 그것을 어떻게 확신하느냐고 묻는다. 하나님은 가난한 자들의 편이다. 탐욕과 권력에 눈먼 어른들보다 아이들을 더 사랑하신다. 유년은 아름다운 것이다. 목사님이 말한다.

아무 대답도 하지 않는다. 이 세계를 지배하는 부르주아에 대해, 폭력에 대해, 무질서에 대해, 정치에 대해 말하지 않는다. 권력에 대해, 혼돈에 대해 말하지 않는다. 사회 속에서 점점 삐뚤어져가는 우리 자신에 대해 말하지 않는다. 목사님과 헤어진다. 목사님은 빨리 걷는다. 유년은 아름다운 것이다. 헤어진 뒤 그 말의 의미를 생각한다. 아름다움이란 말은 우리 삶과 아무 연관이 없다. 무엇이 아름다운가? 생각한다. 외면한다. 말한다. 싸운다. 비튼다. 도피한다. 도주한다. 폭력으로 난무한 이 세계. 균열로 가득한 이 세계. 불안으로 가득한 이 세계. 다들 아픈 것일까? 사람들이 병원으로 간다. 환자들이 산책을 한다. 나무를 바라본다. 하늘을 바라본다. 하늘이 빨갛게 변한다.

우리는 머리를 자른다. 염색을 한다. 담배를 산다. 담배를 피운다. 어른들 흉내를 낸다. 언제쯤 자신을 사랑할 수 있을까? 경멸하지 않고 사랑할 수 있을까? 혐오하지 않고 사랑할 수 있을까? 언제쯤?

길에서 다시 목사님을 만납니다. 목사님은 조만간 다른 교회로 갈 거라고 말합니다. 평화로운 바닷가 마을로 가서 목회 활동을 할 거라고 목사님은 말합니다. 우리는 물어봅니다. 평화로운 바닷가 마을로 가신다고요? 지금 농담하시는 거죠? 목사님, 그런 곳이 있나요? 그런 곳이 있을 거라고 생각하시나요? 있다면 좀 데려가주세요. 목사님, 이러시면 안 되지요. 우리를 버리고 가시나요? 탐욕과 권력에 눈먼 어른들보다 아이들을 더 사랑하시는 목사님, 그곳에 누가 있는데 가시는 거죠?

할머니들이 있나요? 예쁜 아가씨들이 있나요? 아줌마들이 있나요? 우리도 언제 한번 그곳에 초대해주시겠어요? 하하하하 목사님, 말썽은 안 피울 자신이 있다고요. 바다로 뛰어들어가 자살 소동을 벌이지도 않을 테니까요. 인자하신 목사님을 난감하게 만들지도 않을 테니까요. 목사님은 탐욕과 권력에 눈먼 어른들보다 아이들을 더 사랑하십니다.

그러자 목사님이 당혹스러워하면서 다른 곳으로 떠납니다. 우리는 목사님의 등에 대고 말합니다. 목사님, 지금도 유년은 아름다운 거라고 생각하시나요? 대답은 해주셔야죠. 목사님은 뒤를 돌아보지 않습니다.

사람들은 아마 우리에게 미쳤다고 말할 겁니다. 제정신이냐고 말할 겁니다. 사람들은 판단하길 좋아합니다. 규정하길 좋아합니다. 오해하길 좋아합니다. 미친 사람 취급하길 좋아합니다. 우리는 사람들의 눈 밖에 난 아이들입니다. 시간이 흐를수록 타락합니다. 하늘을 올려다봅니다. 초록색 비가 내립니다. 밧줄을 타고 하늘로 올라갑니다.

누가 이렇게 초록색 비를 뿌리나요? 대체 누가? 사방을 둘러봅니다. 그곳에서 마귀들을 만납니다.

마귀들이 말합니다. 잭, 너희들이 잭이니?

아니요. 우리는 아무것도 아니에요.

마귀들이 말합니다. 그럼 대체, 너희들은 뭐니? 어쩌다가 여기까지 왔니?

글쎄요. 어느 날 밧줄이 내려와 있던데요. 그저 밧줄에 매달렸을 뿐이에요.

마귀들이 말합니다. 너희같이 못생긴 것들은 잡아먹고 싶지 않구나.

맞아요. 맞아요. 마귀님, 잘 보셨어요. 우리는 아주 맛이 없답니다. 먹어봤자 아무 맛도 나지 않을 거예요. 우리는 달콤한 것을 좋아합니다. 신맛이 나는 걸 좋아합니다. 하지만 그런 맛이 나지 않습니다. 그저 쓴맛만 날 뿐이거든요. 마귀님, 하늘에서도 토마토가 굴러가는군요. 하얀 사과가 굴러가는군요. 토마토와 사과가 왜 저런 색인가요? 잘못 본 건가요? 그런데 마귀님, 유년이 아름다운 거라고 생각하시나요?
정말 그렇게 생각하시나요? 마귀님은 말이 없군요. 마귀님,
이러다가 마귀님이 우릴 잡아먹는 건 아닌가요? 저 밧줄을
끊어버리는 건 아닌가요? 걱정이 되어서 말이죠. 우리에겐
아무것도 없는데 말입니다.

　이를테면 이런 것들. 유복한 환경, 잘난 부모, 커다란 식
탁, 사회적 지위, 쌓여가는 돈, 금고 열쇠, 통장의 개수, 일요
일의 한가한 나들이, 부모들이 싸주는 도시락, 그들의 안정,
그들의 여유, 그들의 친절, 수입 자동차, 아이들이 떠나는 어
학연수, 유창한 영어 실력, 가진 자의 위선. 떠나고 돌아온
다. 돌아오고 떠난다.

　더 이상 페달을 밟지 않는다. 더 이상 책을 읽지 않는다.
작가들의 얼굴이 사기꾼처럼 보인다. 미안하게도 말이다. 피
하고 달아난다. 우리는 교활한 어린이. 방탕한 어린이. 무지
한 어린이. 아부하는 어린이. 유쾌한 어린이. 지껄이는 어린
이. 혐오하는 어린이. 순진한 척하는 어린이. 똑똑한 척하는
어린이. 괴로워하는 어린이. 좌절하는 어린이. 멸시하는 어린
이. 욕하는 어린이. 허영심 많은 어린이. 구박받는 어린이.

중독에 빠진 어린이. 난폭한 어린이. 전율하는 어린이. 불길함과 내통하는 어린이. 비트는 어린이. 저항하는 어린이. 사나운 어린이. 퇴폐적인 어린이. 정신 나간 어린이. 미친 어린이. 그야말로 미친 어린이. 우리들의 미래는 과연 어떻게 될까? 어떤 직업을 갖게 될까? 사무원, 엿장수, 정육점 주인, 전기 기술자, 트럭 운전수, 보험회사 직원, 때밀이, 자동차 수리공, 선원, 목공소 직원. 세상에는 참 많은 직업이 있다. 하지만 몇 년 후에 우리는 소년원에 갈지도 모른다.

미래를 생각하니 가슴이 아프다. 엄살을 부리고 싶다.

별이 빛나는군요. 별을 비틀고 싶습니다. 별을 찢고 싶습니다. 별을 먹고 싶습니다. 별이 빨간색일 수 있나요? 그렇게 보입니다. 별이 손을 흔드는군요. 우리도 손을 흔듭니다. 별이 속삭입니다. 우리도 속삭입니다. 털어놓을 비밀이 없군요. 사실 너무 많아서 어떤 말부터 해야 될지 모르겠습니다. 불안과 도발에 대해서, 뻔뻔함과 당돌함에 대해서, 멍청함과 바보스러움에 대해서, 강박과 경박함에 대해서.

사실 좀 불안합니다. 많이 불안합니다. 그래서 가끔 도발적인 행동을 합니다. 알고 보면 좀 뻔뻔합니다. 무엇보다 멍청합니다. 강박은 기본으로 가지고 있습니다. 경박하다는 말도 자주 듣습니다. 다른 세계를 꿈꿉니다. 낯선 세계를 꿈꿉니

다. 계속 성벽을 쌓습니다. 누가 우리의 세계관을 엿볼까 봐
서요. 성벽을 무너뜨립니다. 좀더 확실한 개성을 갖고 싶어서
요. 성벽을 무너뜨리고 다른 곳으로 갑니다. 다른 곳으로 도
망칩니다.

　비겁함, 교활함, 위선, 착각, 부도덕함, 불길함. 모든 걸
버리고 다른 곳으로 갑니다. 성당에서 수녀님을 만납니다. 수
녀님에게 인사합니다. 안녕하세요. 수녀님, 그동안 잘 지내셨
지요? 수녀님이 우리를 보고 웃습니다. 수녀님은 말이 없습
니다. 우리는 절로 갑니다. 절에서 스님을 만납니다. 안녕하
세요, 스님. 그동안 잘 지내셨지요? 스님 역시 말이 없습니
다. 교회로 갑니다. 목사님이 부임을 하셨더군요. 목사님에게
인사를 하지 않습니다. 목사님이 우리에게 물어봅니다.
　너희들! 왜 인사를 하지 않는 거냐?
　글쎄요. 잘 모르겠는데요, 목사님.
　교회의 어른을 믿지 못하는 거냐? 하나님의 말씀을 믿지
않는 자는 곧 멸망할 거다.
　그건 좀 무서운 말인데요, 목사님.
　목사님이 예배당으로 들어갑니다. 설교를 시작합니다. 목
사님은 요즘 아이들이 버릇이 없다고 말합니다. 부모들의 제
대로 된 가르침이 필요하다고 말합니다. 우리는 입을 다뭅니

다. 사람들이 헌금을 냅니다. 우리는 헌금을 내지 않습니다. 돈이 없거든요. 사람들이 찬송가를 부릅니다. 누군가 앞에 나와서 피아노를 칩니다.

풍금을 생각합니다. 「고양이 왈츠」를 쳤던 날이 있었는데요. 「젓가락 행진곡」을 쳤던 날이 있었는데요. 모든 것은 다 지나가는 것일까요? 지난날이 아득하게 느껴집니다.

피아노 연주가 끝이 납니다. 예배도 끝이 납니다. 무의미에 대해서 생각합니다. 무의미해도 괜찮다고 생각합니다. 서사에 대해 생각합니다. 찌그러짐에 대해 생각합니다. 시간이 주는 괴로움에 대해 생각합니다. 형식에 대해 생각합니다. 논리에 대해 생각합니다. 폭력에 대해 생각합니다. 마귀에 대해 생각합니다. 눈을 감으면 자꾸만 마귀가 떠오릅니다. 사실은 착한 아이들이 아닙니다. 아무리 생각해봐도 그렇습니다.

목사님이 바뀐 뒤 달라진 것이 있다. 교회의 담장이 점점 높아진다. 목사님은 헌금을 많이 내야 한다고 강조한다. 교회에서는 더 이상 점심을 주지 않는다. 가난한 자들이 쓸쓸히 자신의 집으로 돌아간다. 여전히 우리는 헌금을 내지 않는다. 돈이 없다.

어느 날 바닷가로 떠난 목사님이 우리에게 편지를 보내온다. 편지를 읽기 시작한다. 목사님이 우리의 안부를 묻는다.

그러나 답장을 하지 않는다. 평화로운 바닷가 마을에 가고 싶어질까 봐 답장을 하지 않는다. 목사님은 십계명에 대해 말한다. 마가복음에 대해 말한다. 마태복음에 대해 말한다. 일요일. 우리는 편지를 읽다가 밖으로 나간다. 돌아다닌다. 계속 돌아다닌다. 일요일. 산책을 한다. 사람들이 야구를 한다. 사람들이 섹스를 한다. 사람들이 토마토를 먹는다. 오래된 토마토를 먹는다. 바나나를 먹는다. 썩은 바나나를 먹는다. 찌그러진다. 모든 것이 찌그러진다. 일상이 찌그러진다. 균열이 생긴다.

일상이라는 것. 사랑이라는 것. 고통이라는 것. 시간이라는 것. 슬픔이라는 것. 절망이라는 것. 어느 날 절망이 절망을 먹고 있다. 절망이 사라진다. 슬픔이 슬픔을 먹고 있다. 슬픔이 사라진다. 시간이 시간을 먹고 있다. 시간이 사라진다. 고통이 고통을 먹고 있다. 고통이 사라진다. 사랑이 사랑을 먹고 있다. 사랑이 사라진다. 일상이 일상을 먹고 있다. 일상이 사라진다. 소용돌이친다. 역겨워서 삼킨다. 역겨워서 토해낸다.

토해냅니다. 토마토를 토해냅니다. 복숭아를 토해냅니다.

바나나를 토해냅니다. 세상이 빙글빙글 돕니다. 벨 누르는 흉내를 냅니다. 딩동딩동. 창고에 벨도 없는데 벨 누르는 흉내를 냅니다. 다시 딩동딩동. 빛이 쏟아집니다. 눈이 따갑습니다. 눈을 비빕니다. 창고가 삼각형으로 변합니다. 창고가 직사각형으로 변합니다. 우리는 창고 문을 닫습니다. 갑자기 땅이 흔들립니다. 지진이 난 것 같습니다. 이리저리 흔들립니다. 곧 넘어집니다. 누군가 창고 문을 두드립니다. 창고 문을 엽니다.

누구신가요? 당신은?

나다, 마귀다.

당신이 마귀라구요? 정말 마귀인가요?

우리는 질문합니다. 마귀가 대답합니다.

그래, 내가 마귀다.

믿을 수가 없군요. 믿을 수가 없는데요. 그걸 어떻게 증명하지요?

검은 옷을 입고 있는 걸 봐. 내가 마귀야.

믿을 수가 없군요. 검은 옷을 입고 있는 건 너무 많은데요. 검은 사과, 검은 독수리, 검은 양탄자, 검은 사자, 검은 물, 검은 세계. 이 세계가 모두 검은색으로 보입니다. 눈을 뜨고 있어도 검은색으로 보입니다.

시끄러워! 입 좀 다물어!

마귀가 말합니다.

네에.

우리는 입을 다뭅니다.

조언을 해주려고 왔어. 이렇게 살아선 안 돼! 이 따위로 인생을 살아선 곤란해!

그럼 어떻게 살아야 하는 거죠? 친절하신 마귀님?

우선 물건을 훔치지 마. 혼란을 일으키지 마. 다 제자리에 갖다 놔. 균열을 일으키지 마! 흐트러뜨리지 마! 착란을 일으키지 마!

마귀는 잔소리를 하고 사라집니다. 마귀가 있던 자리에는 풀만 돋아 있습니다. 풀을 바라봅니다.

어디선가 개 짖는 소리가 들리지 않아? 아니, 아무 소리도 안 들려. 어디선가 풍금 소리가 들리지 않아? 아니, 아무 소리도 안 들려. 안 들린다. 안 들려. 안 들린다. 안 들려. 그래, 안 들린다. 우리는 꿈틀거린다. 불안해하면서 인생을 살아간다. 아직 우리는 어린이인데. 어린이에 불과한데. 착란의 세계. 균열의 세계. 혼돈의 세계. 꿈틀거린다. 꿈틀거려. 유년은 정말 아름다워야 하는 것일까? 꼭 그래야 하는 것이라면. 누군가 우리에게 살아가는 방법을 알려준다면. 인생. 인

생이라는 말을 떠올린다. 목구멍이 아파온다. 목구멍이 정말
아프다.

어느 날 들판에서 마귀가 풍금을 친다. 마귀의 연주 실력은
형편없다. 우리는 마귀를 밀어낸다. 우리는 들판에서 풍금을
친다. 마귀가 우리를 밀어낸다. 들판에서 실랑이를 벌인다.
고작 한 대의 풍금을 가지고 실랑이를 벌인다. 골동품 같은
풍금 때문에 실랑이를 벌인다. 비 오는 들판에서 자꾸만 마귀
가 풍금을 치고 있다. 마귀가 열심히 페달을 밟는다. 초록색
비가 내린다. 누가 하늘에서 초록색 비를 뿌리는 것일까. 누
군가 고통스럽게 비를 뿌리고 있다. 마귀의 연주 실력이 형편
없다. 우리의 실력이 그것보다는 나은데. 그렇게 중얼거리며
들판을 떠난다. 고독한 풍금이 비에 젖는다.

숲에서 마귀가 풍금을 치고 있다. 마귀의 연주 실력이 점점
나아진다. 나무들이 신음한다. 나무들이 쓰러진다. 마귀의 풍
금 실력이 점점 나아진다. 마귀가 풍금을 삼킨다. 풍금을 토
해낸다. 풍금이 부서진다. 우리는 소리를 지른다.

어느 날 길에서 집주인이었던 그를 만난다. 전도사였던 그
를 만난다. 그가 우리에게 말한다. 너희들을 위해서 음식을

주문했지. 통닭을 주문했지. 닭발을 주문했지. 그동안 너희들을 속인 게 아니야. 아니야. 우리는 더 이상 그의 말을 믿지 않는다. 그에게서 도망친다. 우리에게서 도망친다. 얼굴이 찌그러진다. 세상이 찌그러진다. 우리는 하하하하 웃는다. 창고로 돌아온다. 창고가 찌그러진다. 창고에 남아 편지를 쓴다. 세상에서 가장 고독한 편지를 쓴다.

바닷가로 떠난 목사님께
목사님은 정말 평화로운 바닷가 마을에 살고 계신 건가요? 목사님은 이 세계의 비밀을 알고 계신 거죠? 그럴 거라고 생각합니다. 목사님, 목사님은 거짓말을 하셨습니다. 유년은 외롭고 길고 고독한 것입니다.

목사님은 더 이상 편지를 보내지 않는다. 우리도 더 이상 편지를 쓰지 않는다. 바다의 안부가 궁금해진다. 그것이 정말 존재하는 것이라면. 만약 쓰레기로 가득 찬 바다라면. 곧 보러 갈 것이다. 일요일이 오면 보러 갈 것이다. 일요일이 오기 전에 보러 갈 것이다. 아마도.
해적선이 나타나기 전에.
물고기들이 죽기 전에.

고기잡이배들이 돌아오기 전에.

잭이 깨어나기 전에.

잭이 잠들기 전에.

잭이 잠들어 있다. 하늘에서 창고가 내려온다. 별들이 신음한다. 빨간 별들이 신음한다. 별들을 앰뷸런스에 태워 병원으로 보내고 싶다.

신음을 멈추게 하고 싶다. 흰 가운을 입은 의사들이 치료해 줄 것이다. 간호사들이 별들의 엉덩이에 주사를 놓을 것이다. 별들이 약을 먹을 것이다. 우리와 함께 약을 먹을 것이다. 별들이 우리의 가슴에 붕대를 감아준다. 팔과 다리에 붕대를 감아준다. 언젠가 우리는 서로의 뺨을 때릴지도 모른다. 어느 비극의 시간에.

알 수 없는 일이다. 다른 곳으로 간다. 그곳에서 비둘기들을 만난다. 광인들을 만난다. 할머니를 만난다. 미친개들을 만난다. 미친개가 울고 있다. 광인과 할머니가 서로를 끌어안은 채 울고 있다. 바닥에 주저앉아서 우리는 적기 시작한다. 평화로운 일요일. 평화로운 일요일이라고 땅바닥에 적는다. 고독한 일요일이라고 적는다. 싸우는 일요일이라고 적는다. 소용돌이치는 일요일이라고 적는다. 미친 일요일이라고 적는다. 적으면서 우리는 웃는다. 이제 작별할 준비를 한다.

삶에 대한 미련 없이.
질긴 환멸 없이.
땅에 박혀 있던 슬픔이 하늘로 올라간다.
슬픔의 코가 길어진다.
모든 슬픔을 감춘 채
안녕히.
부디 안녕히.

꼽추의 장례식

아버지는 꼽추였습니다. 그는 그림을 그렸죠.

오늘은 그의 장례식입니다. 한동안 깊은 생각에 잠겼지만 가지 말아야겠다는 결론을 내렸습니다. 아버지도 이런 저를 이해해줄 것 같네요.

이쪽으로 오시죠. 여기 낡은 의자에 앉으시죠.

아버지는 이 의자를 무척 좋아했습니다. 늘 이곳에 앉아서 그림을 그렸으니까요.

지금 밖의 날씨는 어떤가요? 바람이 많이 불고 있나요? 눈이 쏟아지고 있나요? 그런 거라면 올해 들어 내리는 첫눈이

겠군요. 아마도 그럴 겁니다.

추위가 찾아오면 아버지는 부쩍 우울해했습니다. 추위를 잘 견디지 못했죠.

십일월 무렵이면 그의 얼굴은 창백해졌습니다. 말수 또한 줄어들었죠. 그는 조용히 작업에 열중하곤 했습니다. 그때마다 그의 작업에 방해가 되지 않도록 발소리조차 신경 써야 했습니다. 싱크대 앞에서 그릇을 씻는 소리라도 들리면 그는 예민한 눈초리로 저를 쏘아보았거든요. 그럴 때는 조용히 밖으로 나와 동네 근처를 산책했습니다. 제 방은 그의 작업실 위층에 있었기 때문에 자주 동선이 겹치곤 했거든요. 그래선지 밖에 나와 있을 때가 더 편했습니다.

산책을 할 때면 자주 아버지에 대해 생각했습니다. 이토록 많은 날들을 살아내고도 자신의 고통 하나쯤 견디지 못한단 말인가. 저는 그 앞에서 너그러운 표정을 지었지만 사실 그를 이해할 수 없었습니다. 그의 기질이나 성격, 가치관 같은 것들을 말입니다. 한 사람을 이해하는 것이 얼마나 지난한 일인지 아버지는 저에게 가르쳐주었습니다.

그래도 다행히 겨울만 지나면 아버지는 건강을 되찾았습니다. 주변에 친구들은 많지 않았지만 한 번 마음을 연 상대와는 깊은 대화를 나누었죠. 하지만 많은 사람들을 만나지는 않았습니다. 친목 모임이나 동료 화가들의 모임에는 일체 나가지 않았습니다. 되도록 사람들과 거리를 둔 채 고독한 시간을 보냈습니다.

문득 K 아저씨가 생각나는군요. 그나마 아버지와 가깝게 지냈던 분입니다. 그는 아버지의 대학 1년 선배이자 미술평론가였죠. 아버지가 좌절할 때마다 작품 활동을 계속할 수 있도록 격려와 도움을 준 분입니다. 아무래도 오늘 장례식에선 K 아저씨가 많이 애써줄 거라고 생각합니다.

문상객을 향해서 그가 가장 먼저 인사를 하겠죠. 안타까운 표정을 지으며 눈물을 훔칠 겁니다. 다행이군요. 죽음 앞에서 슬퍼할 그런 분이라도 있어서 다행입니다.

지상에 남아 있던 아버지의 가족은 유일하게 저 한 명뿐이었습니다. 하지만 그를 사랑한 사람은 유독 많았습니다. 주변에 여자들이 끊이질 않았죠. 그림을 잘 그렸기 때문일까요. 많은 여자들이 아버지 곁에서 서성거렸죠. 그는 돈이 많은 편도 잘생긴 편도 아니었습니다. 그런데도 여자들이 먼저 호감을 보이더군요. 물론 아버지도 그들의 호의를 거절하지 않았습니다.

문득 그의 등이 떠오릅니다. 그의 등은 심하게 굽어 있었죠. 보는 이로 하여금 연민을 자아낼 정도였습니다. 그의 키는 고작 백삼십 센티미터를 간신히 넘을 뿐이었습니다. 외모는 아주 볼품이 없었죠. 그러나 그의 눈빛만은 아주 강렬했습니다.

　아버지 곁에 있던 여자들도 하나같이 매력이 있었죠. 그들은 젊고 아름다웠습니다. 여자들이 아버지와 나란히 서 있을 때 저는 기이한 느낌에 사로잡히곤 했습니다. 도무지 어울리지 않았기 때문입니다. 그 불균형을 뭐라고 설명해야 할지 모르겠군요. 그중에는 이십 대 초반의 젊은 여자도 있었습니다. 물론 저보다 어린 여자들이었죠. 하지만 그 누구도 아버지의 연인은 될 수 없을 것 같았습니다. 이상하게도 그런 생각이 들더군요.

　아버지는 여자들에게 최선을 다해서 친절하게 대했습니다. 다른 여자들의 서운함을 사기도 했죠. 여자들은 질투를 하면서 아버지에게 원망 섞인 눈빛을 보내더군요. 그 역시 여자들의 마음을 눈치챘을 겁니다. 하지만 그럴수록 그는 무심한 표정을 짓더군요.

　그는 누구의 곁에서도 오래 머무르지 않았습니다. 그럴 만한 사람이 아니었죠. 그의 친절함은 그저 보이는 모습에 불과했을 뿐 사람들이 없을 때는 달라졌습니다. 자상함은 사라지고 오로지 사람에 대한 혐오와 멸시만이 남아 있었습니다. 누구도 자신의 마음에 들지 않는다고 하더군요. 사람에 대해 너무 많은 기대가 있었던 탓일까요.

　어느 날은 밥을 먹다가 컵을 집어 던진 적도 있었죠. 지난밤 작업실에 찾아온 여자가 마음에 들지 않는다고 했습니다.

그 여자의 화장과 옷차림, 밥 먹을 때의 습관 등을 지적하면서 그는 온갖 비난을 했습니다. 그때마다 생각했습니다. 세상에 완벽한 사람이 있는가. 너무 다른 그의 모습을 보면서 저는 혼란을 느꼈습니다. 한 사람 안에 얼마나 많은 모습이 있는가. 그 뒤에 얼마나 추악한 면이 있는가. 한 편의 연극을 보고 있는 것 같더군요.

시간이 지나면서 그는 가까이 지내던 여자들의 손길을 뿌리쳤습니다. 그는 지적이면서도 성숙한 여자, 지혜로우면서도 까다롭지 않은 여자, 게다가 음탕함까지 갖춘 여자를 찾고 있었습니다. 그는 늘 권력을 쥐고 있었죠. 눈에 보이지 않는 권력욕. 여자들은 항상 약자처럼 보일 뿐이었죠. 아버지 앞에서 눈치를 보고 신경을 쓰는 여자들이 참 안쓰러웠습니다. 결국 사랑이 권력이라면, 그것만이 남는 것이라면 그 사랑은 얼마나 비열하고 이기적인 것인가. 그것은 얼마나 쓸쓸하고 참혹한 것인가. 사람을 얼마나 초라하게 만드는 것인가. 그런 생각을 했습니다. 몇몇 여자들은 지나칠 정도로 저에게 잘해주더군요. 물론 아버지 때문이라는 걸 알고 있었습니다.

그의 곁에서 제가 할 수 있는 일은 아무것도 없었습니다. 그저 말없이 식탁 앞에 앉아서 밥을 먹는 게 전부였죠. 그의 기분을 맞추기 위해 여자들의 험담을 늘어놓지도 않았습니다. 그렇다고 그들이 괜찮아 보인다는 말도 꺼내지 않았습니다. 여자를 만나는 것은 그의 개인적인 일이라고 여겼기 때문입니다.

　그래도 가끔은 그런 생각을 했습니다. 아버지가 젊은 여자와 관계를 맺을 때 어떤 표정을 지을까. 그림을 그릴 때처럼 그렇게 고집스러운 표정을 지을까. 그게 아니라면…… 가끔 인터넷상으로 포르노를 보면서 남자들의 표정을 유심히 살폈습니다. 그들의 행위보다는 표정에 눈길이 가더군요. 그러면서 줄곧 아버지를 떠올렸습니다. 저들처럼 여자들의 등을 자연스럽게 쓰다듬겠지. 어쩌면 그들의 등에 입을 맞출지도 모른다.

　간혹 그의 주변에는 눈에 띄는 여자도 있었습니다. 이름이 이연이라고 했습니다. 작업실에서 취미로 그림을 배우는 여자였죠. 아버지는 생활비를 벌기 위해 학생이나 일반인 들에게 그림을 가르쳤거든요. 그녀 역시 아버지의 매력에 이끌리는 듯했습니다. 작업실에서 그들의 웃음소리를 자주 들었죠. 그런데 이상하게도 그때마다 불안해지더군요.

　어느 날 그녀가 먼저 말을 걸었습니다. 아버지에게 많은 얘길 들었다고 그녀가 말하더군요. 잠시 침묵했습니다. 대체 어떤 얘길 주고받은 것일까. 의심스런 눈으로 그녀를 훑어봤습니다. 어딘지 모르게 자신감이 있더군요. 인생에 대해 두려워하는 기색은 전혀 보이지 않았습니다. 그녀는 줄곧 저에게 말을 걸어보려고 했지만 저는 번번이 대답을 피했습니다. 그러자 그녀는 다시 그림에 열중하더군요.

말없이 그녀의 뒷모습을 바라봤습니다. 아름다운 목선. 반듯한 등. 순간 그녀의 벗은 모습을 한번 보고 싶다는 충동을 느꼈습니다. 그리고 그 몸을 탐하는 아버지의 모습을 상상했습니다. 아니 그것은 망상이었을 겁니다. 저는 괴로움에 떨면서 고개를 저었습니다.

단둘이 남아 있는 동안 그녀에게 조심스럽게 묻고 싶었습니다. 당신은 한 남자에 대해 얼마나 알고 있는가. 열등감 많은 꼽추 남자에 대해 얼마나 알고 있는가. 당신이 알고 있는 것은 일부분에 지나지 않는다. 그런 말들을 꺼내고 싶었습니다. 하지만 용기가 나지 않더군요.

물을 끓이면서 줄곧 그녀의 곁을 서성거렸습니다. 끓는 물 속에 제 얼굴을 비춰봤죠. 순간 짐승처럼 보이더군요. 두려움에 떨면서 뒤로 물러섰습니다. 오디오 앞으로 다가가 음악을 틀었죠. 최대한 그녀의 작업을 방해하고 싶었습니다. 그럴수록 그녀는 작업에 더 열중하더군요. 늦은 저녁 외출했던 아버지가 돌아오면서 그 시간은 끝이 났습니다.

식사를 하는 동안 그녀는 밝은 미소를 보이며 화제를 이끌어나갔죠. 가만히 아버지의 얼굴을 쳐다봤습니다. 행복한 건가. 그런 건가. 도무지 알 수 없었습니다. 그녀는 차를 마시고 자리에서 일어났습니다. 그 역시 배웅을 하기 위해 밖으로 나가더군요. 무엇보다 그가 어떤 반응을 보일지 궁금했습니다.

시간이 흐른 뒤 그는 문을 열고 작업실로 돌아왔습니다. 재빨리 그의 표정을 살폈죠. 어김없이 욕설을 내뱉더군요. 그리고 그녀를 비난하기 시작했습니다. 이상하게도 그때부터 안도감을 느꼈습니다. 복잡하고 불편했던 마음도 서서히 가라앉으며 평화가 찾아왔습니다.

저는 창문을 열고 한참을 서 있었습니다. 그녀는 아무것도 모른 채 집으로 돌아가고 있겠구나. 아버지의 추악한 모습까지도 본 사람은 나 하나뿐이구나. 그렇겠구나. 그러자 문득 그녀의 아름다운 목선과 등이 떠올랐습니다.

갑자기 아버지가 저를 쳐다보며 웃더군요. 그것은 분명 비웃음이었습니다. 그는 방금 전 작업실을 떠난 여자에 대해 어떻게 생각하느냐고 물었습니다. 아, 잘 모르겠어요. 저는 떨리는 목소리로 대답했습니다. 정말, 잘 모르겠어요, 아빠. 그러자 그가 한심하다는 듯 저를 바라봤습니다. 그는 저와의 관계에서도 권력을 갖고 있었습니다. 저는 등을 돌린 채 거울에 비친 모습을 바라봤습니다. 제 목선은 방금 전 작업실을 떠난 여자처럼 아름답지도 않았습니다. 누군가의 시선을 끌 만큼 매력적이지도 않았습니다. 거울을 보면서 그저 차갑게 웃었습니다. 그리고 팔을 뻗어 등을 만졌습니다. 물론 거기엔 어떠한 혹도 달려 있지 않았죠. 여기, 여기 등 좀 만져봐요. 날개가 돋아나는 것 같지 않아요? 그렇죠? 날개가 맞죠? 아빠? 저는 자꾸만 등이 가려워서 긁기 시작했습니다.

언젠가 제 등에서 날개가 돋아날 것이라고 상상했습니다. 물론 검은 날개라도 좋을 것만 같았습니다. 그런 날개가 생길 것이기에 아버지가 그토록 저를 질투하고 제 앞에서 권력을 갖는 것이라고 생각했습니다. 그것은 분명 매혹적인 일이었기 때문입니다. 그때마다 그런 생각을 했습니다. 그는 한낱 가엾은 꼽추에 지나지 않는다. 겁낼 필요 없다. 신이 그의 등에 저주를 내린 것뿐이다.

사실 아버지가 지닌 권력을 갖고 싶었습니다. 하지만 그것은 쉽게 가질 수 있는 것이 아니더군요. 가끔 아버지가 군주나 황제처럼 보였습니다. 그러나 시간이 흐르면 그들도 늙고 병들기 마련이라고, 결국엔 그 자리에서 내려오기 마련이라고, 운이 나쁘면 자식들이 그의 목을 베기도 한다고, 결국 그 자리는 칼을 겨눈 사람이 차지하기 마련이라고. 그런 생각을 하면서 그의 곁에 머물러 있었습니다. 때로는 그가 제 앞에 무릎을 꿇고 눈물을 흘리는 상상을 했습니다.

결국 살아가는 동안 자신조차 믿을 수 없다고, 겉으로 보이는 건 속임수에 불과하다고 저는 중얼거렸습니다. 그때부터 인생이 다르게 보이기 시작했습니다. 아니 인생이라는 것이 두려워지기 시작했습니다. 그것은 생각보다 훨씬 더 가학적이고 폭력적인 것이었습니다. 거대한 소용돌이가 분명했습니다. 소용돌이 속에서 살아남는 일. 결국 그 폭력 앞에서 어떤 행동을 취할 것인지 저는 고민하기 시작했습니다. 좀처럼 해답이 나오지 않더군요.

제가 아버지를 의심했듯이 아버지 또한 저를 의심했던 것 같습니다. 물론 그와 저 사이에 친밀감이나 다정함 같은 것은 존재하지 않았습니다. 관계를 회복시키기 위해 노력을 하기도 했습니다. 함께 여행을 떠난 적도 있었죠. 그러나 여행은 그저 형식적인 것에 지나지 않았습니다.

그와 함께 간 곳은 추자도였습니다. 배를 타고 가야 하는 섬. 상추자와 하추자로 나뉜 섬. 막상 가보니 두 개의 섬을 다리로 연결해놓았더군요. 그곳에 서 있으면 멀리 무인도가 한눈에 보였습니다. 여행을 하면서도 아버지와 저는 줄곧 거리를 두었습니다. 저는 하추자에, 그는 상추자에 머물러 있었죠. 민박집만 같았을 뿐 낮에는 서로 마주칠 일도 없었습니다.

정확히 몇 시였는지 기억나지 않는군요. 상추자로 가던 길에 멀리서 다가오는 그를 봤습니다. 그는 길들여지지 않은 짐승처럼 보였죠. 갑자기 두려워지더군요. 다리에는 이런 글귀가 새겨져 있었습니다. 이 다리는 1940년대 초반에 무너진 적이 있다. 결국 그 무게를 이기지 못하고 무너진 것이다.

조금 섬뜩하게 다가오더군요. 무게라는 단어. 그 앞에서 그만 고개를 돌렸습니다. 중심을 잃으면 금방이라도 다리 아래로 떨어질 것만 같았죠. 그 밑은 바로 바다였습니다. 한없이 불안하고 위태로운 바다. 그는 계속 다가오더군요. 몹시 피곤해 보였습니다. 섬으로 오는 동안 배 안에서 많은 사람들의 시선을 받았던 게 떠올랐습니다. 꼽추를 처음 본다는 듯 사람들은 계속 쳐다봤죠. 결국 아버지는 그들의 시선이 불편했는지 객실 밖으로 나갔습니다. 금방이라도 파도가 그를 삼켜버릴 것만 같아서 저는 한참 동안 유리창에 손을 대고 있었습니다. 그러다 흔들리던 배 안에서 몇 번이나 구역질을 했습니다. 아버지를 쳐다보던 사람들도 결국 뱃멀미를 견디지 못하더군요. 배 안에서 아무렇지도 않은 듯 찬바람을 쐬던 사람은 아버지뿐이었습니다. 결국 뱃멀미를 하던 사람들이 하나둘 잠을 청할 때쯤 아버지는 다시 객실로 돌아왔습니다. 섬으로 가는 동안 내내 비가 내렸죠. 바다를 보면서 그는 대체 무슨 생각을 했던 것일까. 저는 다시 구토를 하기 시작했습니다. 바다가 낭만적인 것이 아니라 무섭고 고약한 것임을 그때 깨달았습니다.

추자도라는 섬은 무척 고요했습니다. 관광객들은 좀처럼 보이지 않았습니다. 낚시꾼들이 대부분이었죠. 아버지는 선착장 근처를 하염없이 배회했습니다. 도무지 살아 있는 사람처럼 보이지 않더군요. 문득 저 자신도 유령처럼 느껴졌습니다.

늦은 밤이 되도록 아버지는 민박집으로 돌아오지 않았죠. 민박집 주인도 어떻게 된 거냐고 물었습니다. 그 순간 추자도의 다리를 생각했습니다. 민박집 주인에게 그곳으로 가야 한다고 말했죠. 그는 뜬금없이 무슨 소리냐고 묻기만 하더군요. 그때부터 줄곧 생각했습니다. 그는 다리 아래로 추락한 것이 분명하다. 결국 내일 무너진 다리와 그 잔해만을 보게 되겠구나. 그 속에 으스러져 있는 가엾은 꼽추의 뼈를 보겠구나. 살아 있다는 것은 결국 이런 것인가. 치욕을 견디는 일인가.

시간이 흐른 뒤 멀리서 민박집 주인의 목소리가 들려왔습니다. 밖으로 나가보니 저 멀리 어둠 속에서 아버지가 걸어오고 있더군요. 그는 온통 비에 젖어 있었습니다. 더러운 장화까지 신고 있었습니다. 그의 남루함은 말로 표현할 수가 없었죠.

그는 바닷가를 따라서 걸었다고 말하더군요. 그 말을 믿을 수 없었습니다. 아니에요. 다리, 다리 근처에 간 거죠? 그렇죠? 아빠? 추궁하듯 그렇게 묻고 싶었습니다. 살아 있는 그를 보자 이상하게도 허탈해졌습니다. 결국 그의 죽음을 보고 싶었던 것일까요. 여행을 마치고 돌아오면서 아버지의 곁을 떠나야겠다고 다짐했습니다. 하지만 그때마다 그가 번번이 저를 붙잡더군요. 그는 자신의 그림을 봐달라고 했습니다. 사실 그의 곁을 떠날 수 없었던 것은 그의 그림 때문이었습니다.

그는 작품을 완성할 때마다 저에게 보여주었거든요. 자신

의 고통을, 그림을 그리면서 겪는 죽음 같은 고독을 누군가가
봐야 한다고 말하더군요. 고독을 증명할 사람이 필요하다고
했습니다. 다른 사람은 도무지 믿을 수 없다고. 자신이 죽고
나면 그림들을 가져다가 비싼 값에 팔아넘길 거라고 했습니다.
　그 순간 한 번도 본 적이 없는 어머니의 모습을 상상했습니
다. 대체 어떤 사람이었을까. 그녀가 곁에 있었다면 나 대신
이런 일을 했겠구나. 그래, 그랬겠지. 어떤 사람이었기에 아
버지가 그녀에게 정착하려고 한 것일까. 미래, 더러운 미래를
저당 잡힌 채…… 그러자 갑자기 얼굴조차 기억나지 않는 그
녀에게 극심한 질투를 느꼈습니다. 하지만 그녀에 대해 알 수
있는 것은 아무것도 없었죠. 누군가에게 물어볼 수조차 없었
습니다. 아버지는 봉인된 비밀처럼 아무것도 알려주지 않더
군요. 막연히 그녀가 아버지의 곁을 떠난 것이라고 추측했습
니다.

　왜 그런 생각을 했는지 모르겠습니다. 어릴 적에는 꼽추의
딸, 화가의 딸이라는 얘기를 자주 들었죠. 아이들의 놀림감이
되기도 했으니까요. 하지만 저는 별로 신경 쓰지 않았습니다.
그에겐 남들과는 다른 특별한 힘이 있다고 믿었기 때문입니
다. 그것은 곧 그의 등에 있다고, 그 속에 숨겨진 비밀과 매
혹이 있다고 여겼습니다. 물론 장애를 극복한 천재 화가라는

수식어가 붙은 후로는 사람들의 시선이 달라지더군요.

사람들은 제가 아버지를 닮아 자의식이 강하고 예술가적 기질이 있을 거라고 추측했습니다. 어떤 사람들은 저에게 그림을 그려보라고 조언했죠. K 아저씨도 그렇게 말했습니다. 하지만 그때마다 아버지의 표정은 싸늘해졌습니다. 그는 제가 그림을 그리는 걸 원하지 않았습니다. 자기 한 사람이면 충분하다고 말하더군요.

그림에 대한 그의 인식만은 뚜렷했습니다. 잘 그리고 못 그리고를 떠나 진실해야 한다고, 그 속에 혼이 배어 있어야 한다고 그는 말했습니다. 다른 사람들을 속이고 거짓된 말과 행동으로 사람들을 곤경에 빠뜨렸지만 그림에서만큼은 진실을 추구했습니다. 자신을 완전히 던져서 그림 속으로 걸어 들어 갔습니다.

그 때문일까요. 전시회가 열릴 때, 사람들은 그림 앞에서 숙연해하다가 눈물을 훔쳤습니다. 저는 멀리서 그들을 지켜 봤습니다. 그가 꼽추라는 상황 속에 있었기 때문인지 사람들은 그의 치열한 예술혼에 감탄을 하더군요.

그는 주로 나무를 그리는 일에 집착했습니다. 불타는 나무의 이미지. 그건 그 자신과도 잘 어울렸습니다. 그러나 후반기에 들어서는 누드화로 관심이 옮겨가더군요.

언젠가 그는 저에게 한 가지 부탁을 했습니다. 자신의 모델이 되어달라고 하더군요. 꼭 저를 그려야만 만족스러운 그림이 될 거라고 했습니다. 처음에는 물론 거부감을 느꼈습니다. 그것은 쉽게 납득할 수 없는 일이었습니다. 하지만 그의 부탁은 아주 간절했습니다. 그러자 차츰 제 생각도 바뀌기 시작했습니다. 저토록 고약한 게 열망이라면 한 번쯤은 부탁을 들어줘야겠구나. 그래야겠구나. 그런 생각을 했습니다. 하지만 그런 일은 두 번 세 번 이어졌습니다. 옷을 벗고 있으면 황량한 벌판에 서 있는 것 같더군요.

저는 주로 목조 계단에 서 있었습니다. 까다로운 그의 요구에 따라 자세를 달리하는 일은 그리 어렵지 않았습니다. 완성된 그림을 봤을 때 저는 그만 놀라고 말았죠. 거기에는 두 손으로 얼굴을 감싸고 있는 여자의 모습이 있더군요. 여자는 흐느끼는 것 같았습니다. 아니, 괴로워하는 것 같았습니다. 그림은 지독하게 어두웠죠. 무엇보다 저는 현실을 끔찍하게 여기는 모습으로 그려져 있었습니다. 아버지가 일부러 저를 더 어두운 곳으로 밀어버리는 것 같았죠.

사실 그의 누드모델이 되었다는 이유만으로 사귀던 사람과 헤어진 적도 있습니다. 그 남자는 도무지 이해할 수 없다고 하더군요. 처음에는 그저 남들보다 더 가까운 부녀 사이라고 생각했던 것 같습니다. 하지만 그는 서서히 아버지와의 관계를 의심했습니다. 물론 저는 그런 일은 없다고 부정했습니다. 믿지 않더군요. 사실 누구를 만나든 그것은 결국 아버지의 시선을 끌기 위한 것이었습니다. 타인을 만나면서도 줄곧 아버지의 모습을 떠올렸습니다. 가끔 지하철을 타거나 길을 걸을 때 꼽추를 만나기도 했습니다. 물론 그들은 아버지보다 젊은 남자들이었죠.

힘겹게 계단을 오르는 그들을 보면서 저는 그런 생각을 했습니다. 저들을 아버지에게 소개시킨다면 그는 어떤 표정을 지을까. 자신과 닮은 사람이라며 좋아할까. 아니면 절망할까. 그런 상상을 했습니다.

가끔 아버지는 이해할 수 없는 행동을 하더군요. 어느 날 작업실에서 잠이 든 적이 있었죠. 새벽 무렵 제 곁으로 다가오는 아버지의 발소리를 들었습니다. 아무래도 그는 제가 잠들었다고 생각한 것 같습니다. 하지만 저는 눈을 뜨고 있었죠. 갑자기 그가 제 등을 만지더군요. 그리고 서서히 목을 쓰다듬었습니다. 금방이라도 자리에서 일어나 그를 쏘아보고 싶었습니다. 차라리 다른 곳을 만지는 게 나을 것 같았습니다. 그는 자신과는 다른 제 등을 확인하는 것 같더군요. 물론 그 시간은 길지 않았습니다.

그는 곧 방으로 들어갔지만 저는 자리에서 일어날 수 없었죠. 그때 한 가지 추측을 했습니다. 아버지가 그토록 많은 여자들을 만나는 것은 그들의 등 때문이라고. 그래, 그것이 분명하다고. 그는 자신과는 다른 이들의 등뼈를 만지며 자학하고 괴로워했을 겁니다. 그리고 그 힘으로 다시 그림을 그렸을 겁니다.

　이제 그 얘기를 해야겠군요. 그 얘길 하지 않는다면 그와 저 사이에 어떤 의미도 갖지 못할 테니까요. 어릴 적에는 그의 등에 매달려 있는 것을 좋아했습니다. 그런데 아무런 예고도 없이 갑작스런 일이 생겼습니다. 평화로운 일요일이었죠. 오랫동안 그에게 매달려 있었습니다. 튀어나온 혹을 조심스럽게 만지는데 갑자기 그가 저를 마당 한복판으로 내던지더군요. 한 번, 두 번. 도무지 정신을 차릴 수가 없었습니다. 바닥으로 떨어지면 다시 들어서 저를 내동댕이쳤습니다. 무언가를 붙잡아야 한다고 생각했지만 그럴 겨를이 없더군요. 그의 힘에 짓눌려 아무것도 할 수 없었습니다. 소리를 질렀던 것 같기도 합니다.

　그의 모습은 거대한 괴물처럼 보이더군요. 어린아이로서는 좀 끔찍한 경험이었습니다. 저는 그대로 바닥에 엎드려 있었습니다. 아버지는 곧 저를 끌어안고 병원으로 달려가더군요. 다행히 몇 군데 심한 골절상을 입었을 뿐 척추에 이상이 생기지는 않았습니다. 적어도 그를 닮은 꼽추가 되지는 않았습니다.

　그 후 아버지는 자신의 죄를 뉘우치기라도 하듯 저를 끔찍이 아끼고 돌보더군요. 하지만 저는 더 이상 속지 않았습니다. 그는 죄의식과 자책감 사이에서 끝없이 줄타기를 했죠. 그때 생각했습니다. 언젠가 저 사람이 완전히 무너지는 모습을 보고 싶다고. 그렇게 된다면 극심한 쾌감을 느낄 것만 같았습니다.

계속 전화벨이 울리는군요. 아마도 K 아저씨일 겁니다. 장례식에 참석하라는 애길 전하기 위해서 전화를 하는 거겠죠. 하지만 저는 그곳에 가고 싶지 않습니다. 사람들의 연민을 느끼며 그 자리에 앉아 있고 싶지 않습니다. 지금쯤 사람들은 그의 죽음을 안타까워하며 눈물을 흘리고 있을 겁니다. 아버지와 가까이 지내던 많은 여자들이 그곳에 왔을지도 모릅니다. 그들조차 오지 않는다면 아주 쓸쓸한 장례식이 되겠죠. 어쩌면 그들은 얼굴조차 내밀지 않는 저를 비난하고 있을지도 모릅니다.

저는 이곳에 남아 그의 유품을 정리하고 보관할 생각입니다. 장례식이 끝나면 미술 관계자들과 기자들이 이곳으로 찾아오겠죠. 그들은 전시회를 열자며 저를 설득하려 들 겁니다. 그리고 유품이 될 만한 것을 찾기 위해 이곳을 둘러보겠죠.

아버지는 작업실에 많은 애착을 갖고 있었습니다. 빛조차 제대로 들어오지 않는 이 공간을 그는 사랑했습니다. 대부분의 시간을 이곳에서 보냈죠. 그는 오래된 나무 의자에 앉아 먼 곳을 응시했습니다. 처음에는 그가 무엇을 보는지 알지 못했습니다. 저는 무엇을 보느냐고 물었습니다. 그때마다 그는 헛것을 보고 있다고 하더군요. 헛것이요? 다시 한 번 물었습니다.

그는 천천히 고개를 끄덕였습니다. 죽음이 가까워오고 있다는 걸 그때서야 짐작했죠. 헛것만큼 매혹적인 것은 없다고 그는 말하더군요. 헛것을 본다는 것은 그가 약해졌다는 증거가 아닌가. 그런데 지금은 제 눈에도 헛것이 보이는군요. 그리고 이렇게 마주 앉아 얘기를 하는군요.

이제 그날의 얘기를 해야 할 것 같습니다. 누드모델이 되었던 그날 말입니다. 늦은 밤 그의 작업에 참여하기 위해 천천히 옷을 벗었습니다. 사실 컨디션이 좋지 않았죠. 다른 날보다 추위를 느꼈습니다. 빨리 작업을 끝내고 따뜻한 방으로 들어가 눕고 싶었습니다. 힘없이 목조 계단을 올라갔습니다. 그런데 갑자기 그가 소리치더군요.

"옷을 입어라, 어서!"

한없이 차가운 목소리였습니다. 그는 예민한 데다 눈치가 빨랐습니다. 멀리서도 제 몸의 변화를 알아차리더군요. 한동안 그는 담배를 피웠습니다. 저는 재빨리 옷을 입었습니다.

그는 한숨을 내쉬더니 누구의 아이냐고 묻더군요. 아무 대답도 하지 못했습니다. 그저 두려움에 떨어야 했습니다. 또다시 그가 다가와 저에게 폭력을 행사할까 봐 두려웠습니다. 거대한 폭력. 거대한 환상. 그리고 망상. 저는 도망치듯 작업실을 빠져나왔습니다. 사실 갈 데가 없었습니다. 늦은 밤이 되도록 밖에서 한참을 서성였습니다. 그의 싸늘한 표정을 감당할 자신이 생기지 않더군요. 그의 모델이 된 것은 그날이 마지막이었습니다.

그는 계속 그림에 몰두했지만 더 이상 제게 보여주지 않았죠. 저 역시 궁금하다는 말을 꺼내지 않았습니다. 다행인지 불행인지 뱃속의 아이는 빛을 보지 못했습니다. 아이가 태어났다면 아버지는 아이에게도 비슷한 행동을 취했을 겁니다. 오래전에 저를 마당 한복판에 내던진 것처럼 아이에게도 그랬겠죠. 그는 충분히 그러고도 남을 사람이었습니다.

문득 이연이라는 여자가 떠오릅니다. 그녀는 유일하게 아버지의 아이를 갖고 싶어 했죠. 작업실에서 그들의 대화를 들은 적이 있습니다. 그녀는 임신을 하고 싶다고 말하더군요. 아버지는 대꾸하지 않았습니다. 대신 이 층을 올려다보더군요. 순간 저와 눈이 마주쳤죠. 결국 제가 먼저 고개를 돌렸습니다. 그러자 그들은 서로의 비밀을 털어놓듯 뭔가를 속삭였습니다.

그날 이후 저는 그녀에게 전화를 걸었습니다. 무엇보다 그녀에게 진실을 알려줄 필요가 있다고 생각했습니다. 아버지가 어떤 사람인지, 그가 당신을 얼마나 하찮게 생각하는지 알려주고 싶었습니다. 제가 아니면 그 누구도 진실의 일부를 전해주지 못할 테니까요. 괴로워하는 그녀의 모습을 계속 상상했습니다. 처음에는 그쪽에서 먼저 전화를 끊더군요. 다시 전화를 걸어 제 신분을 밝혔습니다. 그러자 한참 동안 말이 없더군요. 잠시 후 그녀는 용건을 물었습니다. 전처럼 친절하지는 않았죠. 그런데도 저는 침착하게 모든 걸 말하기 시작했습니다. 통화를 하는 내내 그녀의 목소리는 담담했습니다. 모든 비밀, 삶의 비밀을 알고 있다는 듯 아무렇지도 않아 보였습니다.

그녀는 제 말을 믿지 않았죠. 오히려 저를 이상한 여자로 취급했습니다. 그녀가 저를 미친 여자로 생각하는 것 같아서 저는 한 가지 제안을 했습니다. 아버지가 죽고 나면 그림을 전부 당신에게 팔겠다고 말했습니다. 그러자 전화는 끊어졌죠. 갑자기 혼란이 찾아오더군요. 주변을 둘러싼 모든 것들이 거대한 음모로 느껴졌습니다. 아버지와 그녀가 한통속으로 보였습니다. 아니 모든 것이 부조리한 연극처럼 보였습니다.

아버지가 돌아오지 않은 건 그날 저녁이었죠. 목조 계단에 앉아서 그를 기다렸지만 그는 끝내 돌아오지 않았습니다. 경찰에 신고도 하지 않은 채 저는 오랫동안 목조 계단에 앉아 있었습니다.

실종되었던 그를 찾아낸 곳은 작업실에서 가까운 산책로였습니다. 그는 인적이 드문 길가에 쓰러져 있더군요. 생각보다 그는 평화로워 보였습니다. 처음에는 깊은 잠을 자고 있는 줄 알았습니다. 깨우면 금방이라도 일어날 것만 같았죠. 지나간 삶에 대해 아무런 미련이 없어 보이더군요. 그런 표정은 처음이었습니다. 살아 있는 동안 한 번도 보지 못했습니다. 결국 그가 이루려고 했던 것은 다 무엇이었는지. 그의 집착과 집념, 그리고 그림에 대한 욕망은 다 무엇이었는지.

그날 저는 욕망이 한없이 부질없고 참담한 것이라는 걸 알았습니다. 이것은 모두 짧은 시간에 일어난 일입니다. 마지막 그의 모습은 잊혀지지 않는군요.

살아 있다는 것은 무엇인가요.

살아서 증오한다는 것은 무엇인가요.

살아서 견딘다는 것은 무엇인가요.

사랑한다는 것은 무엇인가요.

기억한다는 것은 무엇인가요.

기록한다는 것은 무엇인가요.

모든 것이 부질없게 느껴집니다. 그렇게 느껴집니다. 누군가는 물을 겁니다. 아이의 아버지는 누구였느냐고. 하지만 잘 모르겠습니다. 언젠가 아버지와 저를 의심했던 한 남자, 지금도 쉴 새 없이 전화를 하는 K 아저씨, 지하철에서 우연히 만난 꼽추 남자였는지. 하지만 그가 누구든 중요하지 않을 겁니다. 언젠가 아이는 다시 제 앞에 나타날지도 모르니까요.

추운 겨울입니다. 누군가를 추억하는 것조차 쉽지 않은 매서운 겨울입니다. 밖에는 세찬 눈발마저 날리고 있으니. 이런 날 그림 속의 여자는 아주 오랫동안 비명을 지를 겁니다.

이제 그만 자리에서 일어나야겠군요. 문득 제 자신이 아주 퇴폐적으로 느껴집니다. 몹시 타락한 여자처럼 느껴집니다. 오래전 권력을 차지하기 위해 부모의 목을 벤 자는 누구였던가요? 그의 눈을 한번 들여다보고 싶습니다. 흔들리던 배 안에서 꼽추를 향해 차가운 시선을 보낸 사람들은 누구였던가요? 다시 한 번 그들을 만나고 싶습니다.

아버지는 분명 저의 모든 행동을 이해하고 용서해줄 것입니다.

날이 밝으면 홀로 배를 타려고 합니다. 멀리 파도 속으로 사라져가는 사무친 그의 눈을 볼 수 있을 겁니다. 서서히 제 등에서 돋아나는 검은 날개를 꺾어 먼 곳으로 던지고 싶습니다. 그것은 더럽고 가벼운 날개, 추한 악마의 날개일 겁니다. 어느 날 배 안에서 꼽추인 한 남자를 조롱했던 사람들에게도 신의 저주가 내리길 바랄 뿐입니다.

그럴 겁니다, 아빠. 아마도 그럴 겁니다.

저는 아빠의 딸입니다. 악마의 편에 선 신의 딸입니다. 꼽추의 딸입니다.

지금쯤 당신의 육체는 어디로 가고 있는지요. 악의 편으로 가고 있는지요.

바실리 사원

마야콥스키 극장을 찾는 일은 쉽지 않았다. 날이 어두워지기 전에 도착하리라고 예상했던 내 짐작은 빗나갔다. 초행길에서, 그것도 통역 없이 모스크바 시내를 두 시간째 헤매고 있었다. 이미 하늘은 먹구름으로 잔뜩 뒤덮여 있었다.

지난밤, 모스크바 탄생 팔백육십 주년을 맞아 시내 곳곳에서 폭죽이 터졌다. 붉은 광장 안으로 평소보다 많은 관광객들이 몰려들었다. 니콜스카야 거리 역시 많은 차들로 붐볐다. 그즈음, 나는 레닌 묘 근처를 지나고 있었다. 시월혁명의 주인공이자 러시아 사람들에게 여전히 추앙을 받고 있는 레닌. 수십 개의 지하 계단을 내려가면 검은 외투를 입고 조용히 잠들어 있는 그의 모습을 볼 수 있었다. 늦은 밤 굳게 닫힌 그

의 묘지엔 적막감마저 감돌았다. 그와 다르게 멀리 보이는 성
바실리 사원에선 화려한 불빛을 뿜어내고 있었다.

"저쪽으론 모스크바 강이 흐르고 있어요. 강물은 멀리 카
스피 해까지 흘러가죠."

함께 걷던 김선규가 나에게 말했다. 므기모 국제 관계학부
에 유학 중인 스물두 살의 청년. 모스크바에 머무는 일주일
동안, 그의 숙소에서 신세 질 예정이었다. 정 선배의 소개로
만난 청년은 지나칠 정도로 유약해 보였다. 눈 밑으로 흘러내
리는 머리카락과 짙은 속눈썹. 육십 킬로도 채 안 될 것 같은
그의 마른 체구는 러시아라는 나라와 어울리지 않았다.

"처음에 여기 왔을 땐 겁을 먹었던 게 사실이에요."

그가 나에게 자신의 외로움이나 고국에 대한 그리움을 호
소했다면 부담스러웠을 것이다. 하지만 다행히 그런 얘기들
은 꺼내지 않았다.

"혹시라도 그곳을 못 찾게 되면 전화를 주세요."

숙소로 돌아온 후에 미리 준비해놓은 보드카를 꺼내며 그
가 말했다. 나는 술잔을 건네며 그에게 미소를 지었다. 열 평
남짓한 그의 방 안엔 싱글 침대와 오래된 책상이 놓여 있었
다. 벽면에는 이름을 알 수 없는 외국 가수들의 포스터가 붙
어 있었다. 오래 걸어 다닌 것이 피곤했는지 그는 잠시 소파
에 기대어 있다가 정 선배에게 전화를 걸었다. 그러곤 얼마간
통화를 하더니 나를 바꿔주었다.

"거기 날씨는 어때? 추위 때문에 고생 좀 하고 있지?"

수화기 저편으로 정 선배의 목소리가 들렸다. 술을 마셨는지 조금은 들뜬 음성이었다.

"가고 싶었던 곳으로 갔으니 몸조심하고."

정 선배는 늦은 밤에 위험한 지역으로는 가지 말라고 강조를 했다. 지나친 그의 염려가 부담스러웠다. 모스크바에 가겠다고 정 선배에게 말했을 때, 그는 뻐딱한 자세로 서서 담배를 내밀었다. 나는 최대한 담담한 표정을 지으며 담배 연기를 내뿜었다. 정 선배가 어떤 생각을 하는지 신경 쓰고 싶지 않았다. 그러기엔 내 감정은 지독히 메말라 있었다. 그저 확인하고 싶었을 뿐이었다.

"무엇을 확인하는데?"

그가 노골적으로 물었을 때에도 나는 오랫동안 침묵했다.

"알았다."

어깨를 두드리는 그의 손엔 힘이 실려 있었다. 퇴근 후 집으로 돌아와 겨울옷을 챙기면서 모스크바에 머무는 날이 일주일이 아니라 칠 년쯤이었으면 좋겠다는 생각을 했었다. 그렇게 많은 시간이 한꺼번에 지나가길 바라고 있었다.

극장 앞에 도착했을 땐, 다행히 이십여 분 정도 시간이 남아 있었다. 공연을 기다리는 사람들이 저마다 팸플릿을 들고 서 있었다. 극장 내부로 들어서자 벽면 중앙에 걸려 있는 마야콥스키의 흑백사진이 보였다. 젊은 시절의 마야콥스키는 무언가를 강렬하게 갈구하듯 먼 곳을 응시하고 있었다. 그 옆에는 그의 어린 시절 사진이 있었다. 심각한 표정을 짓고 있는 소년은 한없이 예민하고 불안해 보였다. 금방이라도 어린 마야콥스키가 사진 밖으로 걸어 나올 것 같아서 나는 주춤거리며 한 걸음 뒤로 물러섰다.

그 옆에 있던 고풍스럽고도 우아한 실내 장식들이 눈에 들어왔다. 극장의 오래된 역사와 전통을 자랑하듯 화려했다. 벽에 걸린 액자들을 바라보다가 사람들을 따라 발길을 옮겼다.

확인하는 차원에서 다시 한 번 연락을 했을 때, 여자는 인터뷰 약속이 잘 떠오르지 않는다며 잠시 침묵했다. 이제 와서 인터뷰를 거절하겠다는 것인가. 러시아에서 활동 중인 마임이스트 이정경. 그녀를 만나기 위해 이틀 전에 비행기를 타고 나는 이곳에 도착했다.

고려인 출신의 세계적인 마임이스트 알렉세이 김 밑에서 마임을 배운 뒤, 명성을 떨치고 있는 한인 배우. 마임이스트가 되기 위해서는 대개가 유럽으로 건너가 마임 학교에 입학을 하지만, 그녀는 과감히 러시아로 건너갔다. 동양인, 그것도 여성으로서 유명한 마임 배우가 되는 일은 쉽지 않았을 것이다.

"내일 공연이 끝나면 찾아뵙겠습니다."

모스크바로 오기 전, 한국에서 몇 차례 통화를 한 적이 있었다. 하지만 여자는 무언가를 숨기려는 말투로 내뱉었다.

"왜 하필이면 절 취재하려는 거죠?"

"그건……"

나는 잠시 할 말을 잃었다. 문 앞에서 쫓겨난 사람처럼 느껴져서 당장이라도 수화기를 내려놓고 싶었다.

"찾아보면 다른 배우들도 꽤 있을 텐데요."

바쁘기 때문에 시간을 낼 수 없다는 것일까. 아니면 한국 언론과의 접촉은 피하고 싶다는 것일까.

"할 수 없죠. 정 원하신다면……"

아주 잠시 동안 정적이 흘렀다. 나는 사진 속 여자의 얼굴을 들여다보았다. 쌍꺼풀 진 눈과 날카로운 콧날은 꽤나 매력적이었다. 카메라를 바라보고 있는 여자의 눈은 신비함마저 자아냈다.

스물두 살 무렵, 알렉세이 선생이 처음 한국에 왔을 때 그의 공연을 본 적이 있었다. 마임이라는 장르에 대해서 잘 알지 못했지만 아무런 대사 없이 자신의 감정과 생각을 무대 위에서 표현하고 인간의 마음을 움직인다는 데에 적잖이 충격을 받았다. 몸동작만으로 환영을 만들어내고 의사소통을 하는 마임은 하나의 독창적인 예술로 다가왔다. 이후 마임 공연을 찾아서 몇 번 본 적이 있었다. 하지만 알렉세이 선생처럼 내 기억 속에 남아 있었던 배우는 없었다. 현대 예술의 신화로 자리 잡은 그가 자신의 수제자라고 이정경을 소개했을 때,

나는 머지않아 모스크바로 가게 될 것이라고 예감했다. 새벽까지 기사를 쓰며 정신없이 일을 하고 있을 무렵, 정 선배는 여러 번 기침을 하더니 내 팔을 쿡쿡 찔렀다.

"특집 기사니까 꽤 신경 써서 다뤄야 할 거야. 언제 떠난다고 했지?"

이정경을 인터뷰하기로 내정되어 있던 사람은 내가 아닌 다른 기자였다. 그런데 그 인터뷰가 꽤 까다롭다는 소문을 들었는지, 베를린 음악 축제에 관한 취재를 맡겠다며 팀장에게 한껏 아부를 떨었다. 자신이 동경해왔던 알렉상드르 따로라는 젊은 음악가를 이번 기회에 만나겠다며 팀장을 설득했다. 해외 취재를 한번 다녀오기만 하면 녹초가 된다는 것을 아는 정 선배는, 정작 자신은 국내 공연 취재를 하겠다며 팔짱을 낀 채 한발 물러서서 구경을 했다.

"마임에 대해 조예가 깊다던데요? 대학 때 연극을 했다면서요?"

베를린 음악 축제를 맡겠다는 기자가 녹차를 홀짝거리며 나에게 물었다. 정 선배가 나에 대한 얘기들을 떠벌린 것일까. 다른 기자들 또한 마임에 관한 취재는 당연히 내가 가야 하는 것이 아니겠느냐고 입을 모았다. 정 선배는 취재를 끝낸 후에, 러시아에 여행을 간 셈 치고 이곳저곳을 둘러보라고 말했다.

"사실 이렇게 말해서는 안 되지만 말이야. 여름휴가도 가지 못했잖아."

그는 나를 염려하고 있었다. 그렇지만 그 말에 믿음이 가지는 않았다. 그날 집으로 돌아와 비행기 티켓을 확인하면서 한참 동안 의자에 앉아 있었다.

서서히 무대의 막이 오르고 있었다. 이 층에선 무대뿐만 아니라 극장 전체를 한눈에 조망할 수 있었다. 곧 마임 배우들이 짙은 분장을 하고 나타날 것이다. 그렇게 된다면 사진으로만 보았던 이정경을 알아볼 수 있을까. 조심스럽게 팸플릿을 펼쳐보았다. 무대에 서는 배우는 단 두 명이었다. 그녀를 제외한 또 다른 배우는 폴란드 출신의 남자 크비악 알렉산드라였다. 사진 속의 그는 반항적인 모습을 지니고 있었다. 한 시간 오십 분 동안 진행될 공연은 스타니슬라프의 원작 「침묵의 계절」이었다.

언젠가 알렉세이 선생의 기사를 접한 적이 있었다. 신체의 움직임을 중요시해왔기에, 제자들에게 육체에 관한 훈련을 많이 시킨다고 했다. 가장 먼저 무대로 나온 남자 배우를 본 순간, 신체를 많이 단련했다는 것을 한눈에 알아볼 수 있었다. 확실히 그에겐 탄력이 있었다. 허벅지와 종아리, 팔과 어깨에도 섬세한 근육들이 붙어 있었다.

자신의 몸을 끊임없이 단련시킨 뒤 관객과 소통하려는 배우. 나는 가만히 그를 바라보았다. 그는 허공에 무언가를 쓰고 있었다. 편지를 쓰는 것일까. 그는 관객 쪽을 바라보다가 의자 위로 올라갔다. 그런 다음, 뒤돌아서서 손을 뻗었다. 그가 몇 번이나 자리를 바꾸는 동안 나는 무대 구석을 쳐다보았다.

얼마나 시간이 흘렀을까. 동양인으로 보이는 여자가 무대 위쪽에서 기구를 타고 서서히 내려오고 있었다. 붉은 조명이 기구가 있는 곳을 비추자, 사람들의 시선이 한꺼번에 그쪽으로 쏠렸다. 나는 두근거리는 심정으로 그곳을 올려다보았다. 기구 안에 위태롭게 서 있는 사람은 분명 이정경이었다. 그녀 역시 몸매가 완전히 드러나는 타이트한 흰색 옷을 입고 있었다. 얼굴 전체에 흰색 분칠을 하고 있었다. 그 모습이 조금 희극적으로 보였지만 나는 웃지 않았다. 눈썹과 입술에 검은색 선을 덧칠하여 사람들의 시선을 사로잡았다.

분장 탓인지 사진 속 얼굴과 쉽게 매치가 되지 않았다. 몇 번이나 주의 깊게 쳐다봐야만 했다. 과거에 문학성 있는 작품들을 무대에 올리다가 최근 들어 신선하고도 실험적인 작품들을 선보이고 있다는 극장 측의 말이 어느 정도 신빙성이 있었다. 무대 뒤쪽에 놓인 커다란 거울 앞에서 배우들은 자유로우면서도 다양한 동작을 선보이고 있었다.

배우들은 누가 먼저랄 것도 없이 서로에게 가까이 다가갔다. 남녀 사이에서 일어나는 질투의 감정을 드러내다가 포옹했다. 그런 다음 서로의 등을 마주 댄 채 팔을 겹치도록 만들었다. 배우들의 동작은 민첩했으며 동시에 역동적이었다. 단

한 마디의 대사도 없었지만 배우들의 감정과 욕망을 느낄 수 있었다.

나는 다시 한 번 팸플릿을 넘겨 보았다. 팸플릿의 앞 장에 흑백사진이 실려 있었다. 비스듬히 의자에 앉아 턱을 괴고 있는 사람은 분명 알렉세이 김이었다. 희끗희끗한 그의 머리카락이 보였다.

한국에서 그의 공연을 본 것은 십이 년 전이었다. 현재 그의 나이는 예순네 살이었다.

나는 다시 무대를 쳐다보았다. 남자 배우가 여자가 쓰고 있던 검은 마스크를 벗겨냈다. 여자가 고통스러워하는 몸짓을 표현했다. 극의 마지막으로 갈수록 배우들은 속도감 있으면서도 격렬하게 움직였다.

배우들의 동작이 정지된 순간, 조명이 차츰 어두워졌다. 여기저기서 박수가 터져 나왔다. 다시 무대에 불이 켜지자 사람들의 환호와 박수 소리가 이어졌다. 얼마 지나지 않아, 무대 뒤로 사라졌던 배우들이 다시 모습을 드러냈다. 남자 배우의 손을 잡고 있던 여자는 관객들을 향해 열정적으로 입맞춤을 보낸 뒤, 어둠 속으로 사라졌다.

일 층 객석에 있던 사람들이 가방을 챙겨 들고 자리에서 일어섰다. 나 역시 카메라 가방을 들고 서둘러 계단을 내려갔다. 한꺼번에 밀려 나오는 사람들 속에서 분장실이 어디에 있는지 둘러보았다.

때마침 꽃을 들고 있는 사람들이 내 곁을 지나갔다. 그들을 따라간다면 분장실을 쉽게 찾을 수 있을 것 같았다. 그런 나의 예감은 빗나가지 않았다.

분장실 입구에 정장을 차려 입은 러시아 남자들과 짙은 화장을 한 여인들이 서 있었다. 그때 내 눈에 한 남자가 들어왔다. 무대 위에서 여자와 함께 공연을 했던 폴란드 출신의 남자 배우였다. 나는 재빨리 시선을 옮겼다. 이정경을 찾기 위해서였다. 그러나 그녀는 어디에도 보이지 않았다. 그런데 고개를 돌리는 순간, 뜻밖에도 나를 빤히 쳐다보고 있는 그녀를 볼 수 있었다. 무대 위에서 관객들을 향해 지었던 미소는 발견할 수 없었다. 그녀는 등을 돌린 채 분장실 안으로 걸어 들어갔다.

"마임이스트 이정경 씨?"

순간 그녀가 돌아보았다. 한국말 때문이었을까. 그녀는 경계하는 눈빛으로 나를 쏘아보았다.

"전화를 드렸던 『월간 예술』의 한진규입니다."

그제야 기억이 났는지 그녀는 아, 하는 작은 탄성을 내뱉었다. 저것은 반갑다는 뜻인가. 속내는 알 수 없었다. 명성이 있는 세계적인 배우답게, 표정 같은 건 얼마든지 관리할 수도 있었다.

사실 공연을 보는 동안 그녀가 취재 요청을 거절할지도 모른다는 불안감이 들었다. 이제 와서 거절당한다면 모스크바에 머무는 일주일 동안 무엇을 할 것인가. 유서 깊은 건축물들을 둘러본 뒤에 늦은 밤까지 보드카를 마시다가 비행기를 탈 것인가. 나는 씁쓸한 표정을 지으며 입맛을 다셨다. 아무리 보드카가 유혹을 한다 해도 그것만큼은 사양하고 싶었다. 모스크바에 남아 있는 또 다른 한인 배우를 만나 취재를 할 수도 있었다. 하지만 굳이 그렇게까지 하고 싶지는 않았다. 확실히 그녀는 나를 끌어당기고 있었다. 알렉세이 선생의 수제자이기 때문인가. 그녀가 어떤 말을 꺼낼지 궁금해졌다.

"찾아오셨군요……"

외모와는 다르게 그녀의 목소리는 굵고 울림이 있었다.

"공연을 보셨나요?"

"네. 보고 내려오는 길입니다."

그녀가 나에게 다가와 조심스럽게 손을 뻗었다. 악수를 하자는 뜻인가. 나는 손을 내밀었다. 그녀의 손은 몹시 뜨거웠다. 나는 공연을 잘 보았다는 말이나 연기가 훌륭했다는 형식적인 인사는 건네지 않았다.

아직 한국 국적을 고수하고 있는 이정경. 우리나라 나이로 서른넷, 나와 동갑이었다. 저 분장을 지운다면 어떤 얼굴이 드러날 것인가. 그녀는 주변을 둘러보다가 나를 빤히 바라보았다. 눈빛에선 여전히 낯선 사람에 대한 경계심이 드러났다. 이미 그녀 곁에는 양복을 입은 러시아 남자들이 기다리고 있었다.

"미안합니다만, 지금은 시간을 낼 수가 없군요."

그녀가 곤란하다는 기색을 드러내며 말했다.

"……하지만 내일은 스케줄이 비어 있어요. 시간이 괜찮으시면 내일 오후에 다시 만나기로 하죠."

내가 거부하지 않으리라는 것을 확신한다는 듯 그녀는 자신 있는 표정을 지었다. 그녀는 모스크바의 지리에 대해 알고 있느냐고 물었다. 나는 고개를 저었다.

"가본 곳은 붉은 광장뿐입니다."

나는 일부러 깍듯한 어투로 대답했다. 그러자 그녀가 미소를 지으며 그곳을 약속 장소로 정하자고 말했다.

"광장 내에 있는 성 바실리 사원, 오후 세 시에 그곳에서 만나기로 하죠."

그녀는 그렇게 말하고 돌아섰다. 그러고는 서둘러 자신을 기다리고 있던 사람들에게 다가갔다. 같은 국적을 지닌 나에게 거리감을 둔 것과는 다르게, 그들과는 가벼운 포옹을 하며 웃음을 건네고 있었다. 나는 한 걸음 물러서서 그 모습을 지켜보았다. 멀리서 터져 나오는 웃음소리를 들은 후에야 발걸음을 옮겼다.

극장 입구에는 많은 사람들이 서성거리고 있었다. 이미 많은 비가 쏟아진 뒤였다. 우산을 펼치고 극장 밖으로 나가는 사람들을 바라보다가 창밖으로 고개를 돌렸다. 건물 처마 밑에서 꽃을 팔고 있는 노인이 보였다. 노인은 기도를 하듯 두 손에 노란색 국화를 들고 가만히 서 있었다.

축축이 젖어버린 보도 위에 힘없이 서 있는 노인의 모습이 처량해 보였다. 나는 노인에게 다가갔다. 꽃을 건네는 노인의 앙상한 손목은 비에 젖어 있었다. 꽃향기를 맡은 뒤 주변을 둘러보았다. 두꺼운 코트를 입은 사람들이 빗속을 뚫고 어딘가로 가고 있었다.

그들을 보면서 나는 혜인을 생각했다. 복잡한 길, 갈라지고 다시 만나는 저 길 어딘가에 혜인이 있을 거라고 굳게 믿고 있었다.

그날 숙소로 돌아오자마자 빈 보드카 병에 꽃을 꽂아두었다.

"그러지 말고, 다른 사람을 취재해보는 것은 어떨까요? 찾아보면 다른 한인 배우도 있을 텐데요. 한번 알아봐드릴까요?"

김선규가 말을 꺼냈다. 나는 고개를 저었다.

"한 번 더 믿어보는 수밖에……"

나는 가방 속에서 비디오테이프를 꺼내 한참을 매만졌다. 그러다가 김선규에게 테이프를 틀어볼 수 있느냐고 물어보았다.

"그건 뭐죠?"

"알렉세이 선생의 공연 실황이 담긴 테이프……"

"알렉세이 김?"

뜨거운 찻잔을 쥐고 있던 김선규가 나에게 물었다.

“그 사람을 알고 있어?”

“꽤 유명한 사람이잖아요.”

김선규는 테이프를 건네받고 플레이 버튼을 눌렀다.

“처음 이곳에 유학을 왔을 때, 몇 번 마임 공연을 본 적이 있어요. 그때, 관심을 가지면서 조금 알게 되었죠. 그런데 이거 몇 분짜리죠?”

“원래는 오십 분 공연인데 녹화한 것은 십구 분밖에 되질 않아.”

무대 위에서 흰옷을 입은 알렉세이 선생이 웅크리고 있었다. 선생은 두 팔로 자신의 어깨를 완전히 감싸고 있다가 천천히 일어섰다. 그리고 자신을 둘러싸고 있는 어둠을 응시했다. 그다음에는 자신을 가두고 있는 새장을 의식했다. 두 팔을 벌리고 날아가려고 했지만 갇혀 있기 때문에 더 이상 어디로도 갈 수 없었다. 알렉세이 선생은 상처받은 한 마리의 새를 표현하고 있었다.

“아름답군요.”

뜻밖에도 김선규의 입에서 그 말이 흘러나왔다.

“언어로 표현하지 않고 동작만으로 이야기를 전달할 수 있다는 것이 신비로운데요.”

녹화된 분량은 거의 끝나가고 있었다. 김선규는 테이프를 꺼낸 뒤에 자신의 콧잔등을 매만졌다.

“뒤에도 볼 수 있었으면 좋았을 텐데, 아쉽군요……”

그것은 나 역시 마찬가지였다. 중간에 공연이 끝나버린 녹화 테이프. 그것은 마치 차를 타고 가다가 끊어진 길을 만났을 때처럼 당혹감을 안겨주었다.

"뒤엔 어떤 내용이죠? 결국엔, 새가 새장 속에서 빠져나오나요? 고통받는 모습만 보여준다면 너무 암울한 일이 아닐까요?"

"글쎄……"

나 역시 뒷부분에 대해서는 알지 못했다. 그것은 알렉세이 선생의 공연을 녹화했다며 혜인이 건네준 테이프였다. 그 안에는 짧은 내용만 담겨 있었다. 그것이 혜인의 실수였는지, 아니면 일부러 그랬던 것인지는 알 길이 없었다.

어느새 김선규는 눈을 감고 잠을 청했다. 시간이 흐를수록 그의 숨소리가 크게 들려왔다. 나는 자리에서 일어나 창가 쪽으로 다가갔다. 멀리 고층 아파트의 불빛이 보였을 뿐 도시는 대체로 적막했다. 이따금 자동차가 경적을 울리며 도시를 가로질러 갔다.

다음 날 김선규와 함께 지하철을 타고 푸쉬킨스카야로 향했다. 지하철역 앞에는 빼곡히 주차된 차들이 거리를 막아서고 있었다. 하늘을 향해 높이 솟아오른 가로등과 고풍스러운 건물들을 쳐다본 후에 나는 걸음을 옮겼다. 수많은 광고판에 다리를 벌리고 서 있는 모델들의 포즈가 상당히 외설스러워 보였다.

　한쪽에선 전통을 강조하는 건물이 득의양양하게 자리를 잡고 있었다. 또 다른 한쪽에는 자본의 냄새가 물씬 풍기는 현대적인 건물이 곳곳에 들어서고 있었다. 저 멀리 까마귀 떼가 날아가는 것이 보였다. 오후에 수업이 있어서 학교로 들어가봐야 한다는 김선규는 푸쉬킨 동상을 가리킨 후, 나를 쳐다보았다.

　"약속 시간이 오후 세 시라고 하셨죠? 그 전에 어디 들어가서 뭘 좀 먹을까요?"

　김선규는 배가 고프다는 시늉을 했다. 푸쉬킨 광장 근처에 우즈베키스탄 식당이 있었다. 나는 김선규를 따라 식당 안으로 들어갔다. 실내는 상당히 어두웠다. 테이블 앞에는 콧수염을 기른 외국인들이 맥주병을 부딪치고 있었다. 김선규가 필래프와 라그만을 주문했다.

　"친구와 이 식당에 몇 번 온 적이 있어요. 꽤 가깝게 지내는 친구거든요. 처음에는 생각하는 것들이 어긋나 충돌이 잦았어요. 그런데 어느 순간 그것도 매력으로 느껴지더군요."

　나는 김선규가 말한 사람이 여자일 것이라고 짐작했다. 창밖을 내다보던 그가 손바닥을 비비며 나에게 물었다.

　"그런데 예술가들을 취재하는 것도 쉽지 않을 것 같은데요. 그렇지 않나요?"

　취재를 해야 하는 인물들은 대개 문화계에서 주목을 받고

154

있거나 전시회나 공연을 앞두고 있는, 이름이 알려진 이들이었다. 물론 그의 말처럼 까다롭거나 지나치게 자의식이 강한 사람들을 만날 때도 있었다. 서로 잘났다고 떠드는 인간들, 오만한 인간들 앞에 설 때면, 그동안 쌓여 있던 피로가 한꺼번에 몰려왔다.

"오후 수업만 없어도 조금 더 같이 있을 텐데요. 취재가 끝나면 바로 숙소로 오실 거죠?"

김선규가 의자에 놓아두었던 짐을 챙겨들었다. 그는 나에게 붉은 광장까지 혼자 찾아갈 수 있겠느냐고 물었다. 한 번 가본 적이 있으니 괜찮을 것이라고 나는 대답했다. 거대한 시계탑 앞에서 그와 헤어지며 다시 한 번 시간을 확인했다. 시간은 아직 충분했다.

국립 러시아 도서관 뒤쪽으로 한국의 기업을 상징하는 간판이 크게 걸려 있었다. 그 앞으로 수많은 차들이 빠르게 지나다녔다. 붉은 광장으로 들어서자 둥근 원 안에 동전을 던지는 아이들이 보였다. 일인 시위를 벌이고 있는 남자도 볼 수 있었다. 팔짱을 낀 채 마트료시카 인형을 내려다보던 잡상인은 심드렁한 표정을 지었다. 나는 첨탑이 높이 세워진 역사박물관을 지나 성 바실리 사원 쪽으로 걸어갔다.

뜻밖에도 약속 장소엔 그녀가 먼저 나와 있었다. 어깨 밑까지 풍성하게 내려오는 긴 파마머리가 눈에 띄었다. 그녀는 자신의 몸매를 완전히 보여주는 딱 달라붙은 옷을 입고 있었다.

그 모습이 꽤 관능적으로 보였다. 몇몇 사람들이 그녀를 힐끗거리며 쳐다보았다. 그러나 정작 그녀는 그 무엇도 의식하지 않는다는 듯 내게 다가왔다. 화장을 하지 않은 얼굴이었다.

"아름답죠?"

그녀가 성 바실리 사원을 가리키며 말했다. 이슬람 사원을 연상시키는 사원은 붉은색과 푸른색, 초록색의 둥근 첨탑들이 모여 묘한 조화를 이루고 있었다.

"이 사원에는 전해지는 이야기가 있어요. 다시는 이렇게 아름다운 건축물을 짓지 못하도록 이반 4세가 건축가 두 명의 눈을 뽑아버렸다는군요."

처음부터 그녀는 자극적인 말을 건넸다. 나는 새삼스럽게 사원을 올려다보았다.

"이따금 이곳을 지날 때마다, 눈이 먼 건축가들의 운명을 떠올리곤 해요."

좀처럼 자신의 의견을 드러내지 않을 것이라 생각했는데, 그녀는 먼저 대화를 이끌어나갔다. 타타르스탄의 카잔 전쟁에서 승리한 기념으로 세워진 이 사원은 몇 번의 화재로 손실된 적이 있었다. 하지만 여전히 하나의 거대한 상징으로 자리를 잡고 있었다. 그녀는 다시 한 번 사원을 쳐다보며 쓸쓸하게 웃음 지었다.

레닌 묘 근처에는 참배를 하러 나온 사람들이 그곳을 떠나지 못하고 서성거리고 있었다. 저들에겐 어떤 믿음이 있을까.

레닌을 신봉하고 자신들의 생각에 굳건한 신념을 갖는 자들. 변화되는 현실에 적응하지 못한 채 과거를 그리워하는 자들일 것이라고 나는 추측했다.

"배가 고프군요. 식사는 하셨나요?"

"아직……"

"그럼, 우선 저쪽으로 가죠."

니콜스카야 거리로 향하며 그녀는 나에게 일식집에 가도 괜찮겠느냐고 물었다. 자주 와본 경험이 있는지 그녀는 망설임 없이 식당을 찾아갔다. 나는 앞서 걸어가는 그녀의 뒷모습을 쳐다보았다. 터질 것 같은 엉덩이와 잘록한 허리는 지나가는 사내들의 시선을 빼앗을 만큼 매혹적이었다.

그녀는 '코코로노코리(가슴에 남겨두다)'라는 이름의 가게 문을 열고 안으로 들어갔다. 러시아의 젊은 여성들이 그곳에서 음식을 먹고 있었다. 그들이 자연스럽게 젓가락질을 하며 이쪽을 쳐다보았다. 러시아의 젊은이들에게 일본 문화가 많은 인기를 끌고 있다는 얘기를 들은 적이 있었다. 그래서인지 그 광경이 낯설지 않았다.

식당 한가운데에서 일본 전통 의상을 입은 요리사가 음식을 만들고 있었다. 문 앞에 서 있던 동양 여자가 다가오더니 친절한 미소를 지으며 자리를 안내했다.

어두운 조명 아래에서 자세히 본 그녀의 얼굴은 어제와는 다르게 창백했다. 그녀는 마주 앉아 있는 것이 어색했는지 컵에 물을 따랐다.

"마임에 대해 관심이 있나요?"

그녀가 나에게 물었다.

"대학 시절, 공연을 몇 번 본 적이 있습니다."

나는 연극을 전공했다는 말을 꺼내지 않았다. 그녀는 젓가락질을 하며 고개를 끄덕였다.

"어떤 생각이 들죠? 공연을 보고 있으면……?"

"글쎄요…… 연극보다는 편하더군요."

"말이 없는 분인가 보군요. 그게 아니라면, 침묵에 대해 지나친 동경이 있거나…… 마임은 연극과는 조금 다른 장르죠. 아무래도 입을 다물어야 하니까."

그녀는 어제와는 다르게 경계심을 보이지 않았다. 다른 공간에서 만났기 때문일까. 아니면 공연이 끝났기 때문일까.

그녀는 한쪽 손으로 턱을 괴었다. 피로가 남았는지 이따금 손바닥으로 두 눈을 비볐다. 그러다가 힘없이 젓가락으로 초밥을 찔렀다. 나는 빠른 손놀림으로 초밥을 만들고 있는 요리사를 바라보았다. 그리고 다시 고개를 돌렸다. 그녀의 오른쪽 눈 위에 가느다란 흉터가 있었다. 내 시선을 의식했는지 그녀는 손가락으로 상처 부분을 문질렀다. 붉은 조명이 얼굴을 비춘 탓일까. 그녀의 눈가에 깊은 그늘이 생겼다.

이정경. 나는 그녀를 보면서 줄곧 알렉세이 선생을 떠올리고 있었다. 알렉세이 선생은 젊은 날의 나에게 많은 영향을

준 사람이었다. 무대 위에서 동작과 표정만으로 자신의 세계를 표현해내던 그의 모습을 나는 잊지 못했다. 그런데 혜인은 나보다 그의 마임에 대해 더 많은 관심을 가졌었다. 십이 년 전 그가 한국에 찾아왔을 때, 혜인과 함께 공연을 본 적이 있었다. 연극 연출을 전공한 혜인은 평소에도 알렉세이 선생에 대해 많은 애길 꺼냈다.

"기원전 삼 세기경에는 아름다운 여자들을 포함해서 육천 명 정도의 마임 배우들이 있었다고 해. 놀랍지 않아? 그렇게 많은 마임 배우들이 있었다니. 알렉세이 선생의 마임을 보고 있으면 이상한 전율이 느껴져. 다른 예술에서는 느끼지 못했던 아름다움이……"

혜인은 평소답지 않게 많은 말을 했다.

"그가 늙어서 더 이상 한국에 올 수 없다면……"

"……"

"내 말 듣고 있지?"

담배 연기를 내뿜으며 혜인은 말했다.

"그가 더 이상 올 수 없다면, 직접 러시아에 공연을 보러 가자."

혜인은 얼마간의 돈을 모아 비행기 티켓을 끊자고 말했다. 나는 그 말이 농담이라고 생각했다. 설사 진심이었다 해도 실현될 수 있을 거라고 믿지는 않았다. 나는 미래에 대해 뚜렷한 계획을 세우고 그것을 실행하기 위해 애쓰는 편이 아니었다. 한 치 앞도 모르는데, 먼 훗날을 위해 현재의 삶을 소진하고 싶지 않았다.

나는 그녀에게 알렉세이 선생의 안부를 물으려다가 다른 질문을 건넸다.

"공연이 없는 날엔 주로 뭘 하십니까? 책을 보십니까? 아니면……?"

"그런 날에는 주로 잠을 자게 되더군요. 음악은 듣지 않아요. 한국 드라마도 보지 않아요."

그녀의 얼굴을 가만히 쳐다보았다. 계속 시선을 보내는 것이 불편했는지 그녀가 말을 이었다.

"일부러 보지 않는 것은 아니에요. 그냥 관심이 가질 않아요."

무엇보다 자신은 소리에 대해 몹시 민감하다고 했다. 그 때문에 마임을 택한 것일까.

"공연을 하다 보면 많은 일들을 겪어요. 한동안 가깝게 지내던 그루지야 출신의 배우가 있었죠. 성격이 온순한 편이었는데, 어느 날 공연을 하다가 크게 일을 터뜨렸어요. 공연 도중에 무대 위에서 욕설을 내뱉었죠. 마임 배우에게 그것은 아주 치명적인 일이었죠. 나중에 물어보니 자신을 둘러싼 침묵이 끔찍했다고 하더군요. 결국 그 친구는 마임을 포기했어요."

그녀가 말할 때, 나는 붉은 혀에 박혀 있는 피어싱을 보았다. 그것은 혀의 앞부분에서 반짝이고 있었다. 그녀는 젓가락을 내려놓은 후 냅킨으로 입술을 닦아냈다.

"그 친구는 지금 아르바트 거리에서 샌드위치 가게를 운영하고 있어요. 거리에서 사람들의 목소리를 듣는 것이 더 좋다고 하더군요. 마임 배우였을 때보다 지금 더 행복하다고요. 가끔 시간이 날 때면, 그곳에 가서 샌드위치를 사 먹기도 하죠."

그녀는 쓴웃음을 지었다. 그만큼 자신의 일이 어렵다는 것을 우회적으로 말하고 있었다.

알렉세이 극단에 들어가 수석 배우가 되기까지, 그녀는 하루도 쉬지 않고 자신의 몸을 단련시켰을 것이다. 그녀가 소속된 알렉세이 극단은 신체의 움직임을 강조해왔다. 그에 비해 쿠즈바 마르친 극단은 발레 마임을, 아나톨리 극단은 팬터마임을 강조해왔다. 그녀라면 다른 극단에 대해서도 관심을 가졌을 것이다. 또한 찰리 채플린의 무성영화, 곡예사들의 움직임, 한국에 전승되어오는 남사당패의 몸짓들을 눈여겨보며 자신이 가야 할 길을 끊임없이 연구해나갔을 것이다. 그녀는 무엇보다 마임에서 인간의 육체로 표현해내는 다양성에 무게를 두었다. 독창적이면서 자유로운 몸짓을 선보이려 애쓰고 있었다. 그러나 자신이 얼마나 피나는 노력을 했는지 강조하지는 않았다. 오히려 그녀는 지금보다 더 끊임없이 연습을 하고 노력해야 한다는 듯 담담하면서도 강한 눈빛을 나에게 보냈다.

"마임의 매력이 뭐라고 생각하십니까?"

"글쎄요…… 뭐라고 생각하시죠?"

그녀가 나에게 되물었다. 나는 잠시 침묵한 뒤 말을 꺼냈다.

"언어를 사용하지 않고도 소통을 한다는 것, 바로 관객과의 교감에 있지 않을까요?"

그녀는 초밥을 입속에 넣고 오래오래 씹었다. 그동안 나는 마임이 폭력적이지 않은 예술이라고 생각해왔다. 침묵의 연장선. 하지만 침묵 속에서 오랜 시간을 보내야 하는 마임 배우들은 정작 침묵이 불편할 수도 있었다.

"무대 위에서 말을 하지 않는다는 것이 가끔 답답하지는 않습니까?"

"그것이 답답하다면, 마임을 포기해야겠죠."

그녀에게선 이전과는 다른 냉정함과 혹독함이 느껴졌다. 오랜 시간 침묵과 싸워온 사람처럼 보였다.

"중세 시대에도 마임 배우들이 존재했어. 그 당시, 그들은 자신의 몸짓으로 사회를 풍자하기도 했지. 권력을 가진 자들은 그들을 어릿광대로 치부하고 공연을 금지시키기도 했어. 하지만 그 후로도 마임은 사라지지 않고 계속되었어. 마임은 육체와 영혼이 살아 있다는 것을 증명해 보이는, 뛰어난 예술이야."

오래전에 혜인은 내 손을 잡으며 말했다. 다른 동기들이 연극이나 뮤지컬에 대해 관심을 가질 때에도 혜인은 마임에 대한 자료를 찾거나 공연을 보았다. 혜인은 지나치게 마임에 몰두했다. 그리고 그 속에서 희열을 느꼈다.

"마임의 역사가 얼마나 오래되었는지 궁금하지 않아? 기원전 육 세기 메가라에서 시작된 것이라는 견해가 있어. 당시에 배우들은 동물의 흉내를 내거나 가면을 쓰고 춤을 췄다고 해. 헬레니즘 시대에 들어와서 마임의 인기는 상당했대. 변장을 하거나 여자 옷을 입은 남자 배우들이 거리로 몰려나와서 대중들과 함께 호흡을 했다고 해."

그녀와 마주 앉아 있는 동안 혜인의 말이 귓가에서 맴돌았다.

"사진을 좀 찍어도 되겠습니까?"

나는 그녀에게 물어보았다. 셔터를 누르려고 할 때, 그녀는 정작 카메라를 쳐다보지 않았다. 테이블 위에 있는 빈 접시를 내려다보다가 그저 눈을 감았다. 나는 다시 한 번 사진을 찍은 후 카메라를 가방 속에 집어넣었다. 그때 그녀가 담배를 피우고 싶다는 얘기를 꺼냈다. 결국 자리에서 일어섰다.

계산대 앞에 서 있던 그녀는 자신이 음식 값을 치르겠다며 극구 나를 밀어냈다. 밖으로 나오자 바람이 매섭게 불었다. 그녀는 어깨를 움츠리며 걸었다.

"처음 무대에 올라갔을 때가 가장 기억에 남아요. 생각보다 겁이 나더군요. 관객석에 앉아 있던 사람들의 눈빛 또한 두려웠고요."

그녀와 나는 모스크바 강이 보이는 곳으로 향해 갔다. 도로 위로 차들이 빠르게 지나가고 있었다.

"여름만 되면 모스크바 강가로 많은 사람들이 몰려들어요."

강물 위로 흰색 유람선이 지나갔다. 저 멀리 크렘린 궁과 붉은 성벽이 보였다. 불에 타버리기도 하고 다시 재건하기도 했던 크렘린 궁은 러시아의 역사를 한눈에 보여주고 있었다. 유람선을 응시하던 그녀가 다리 난간에 몸을 기댔다. 나는 문득 그녀의 어린 시절이 궁금해졌다. 조숙한 아이였을 것 같다고 말하자, 그녀가 알 수 없는 표정을 지었다. 간혹 몇몇 예술가들은 지나온 시절에 대한 언급을 피하곤 했다. 그런 눈빛을 감지하면 나는 자연스럽게 화제를 다른 곳으로 돌렸다. 섣불리 누군가를 언짢게 하고 싶지 않았다.

"마임을 시작하게 된 계기가 있나요?"

나는 다른 얘기를 꺼내기로 했다.

"처음에는 침묵이 마음에 들었어요. 언어를 사용하지 않고 몸짓으로 표현한다는 것이…… 그것이 정직하게 느껴지더군요."

그녀는 자신의 목을 쓰다듬었다.

"마임은 단순히 몸의 예술만은 아니에요. 정신과 육체가 조화를 이룰 때, 배우로서 새롭게 거듭날 수 있죠. 마임은 몸속에 있는 감정과 바깥에서 맴도는 침묵이 싸워나가는 과정이기도 하죠. 언어가 지워진 자리에 또 다른 언어를 만들어내지만, 결국 덧없이 사라지고 마는…… 그런 의미에서 마임 배우들에게 외로움은 숙명이에요."

그녀는 강물을 내려다보았다. 그 모습을 보던 나는 말을 이었다.

"이제 마야콥스키 극장에서의 공연은 끝난 건가요?"

"네. 하지만 지금쯤 극단 내에서 후배들이 연습을 하고 있을 거예요. 얼마 뒤 칼리닌그라드에서 공연이 펼쳐지거든요. 극단은 여기에서 멀지 않아요."

그녀는 나에게 러시아의 마임에 대해 알고 있느냐고 물었다. 나는 고개를 저었다. 다른 서구 유럽에 비해서 러시아의 마임은 늦게 시작된 편이라고 했다. 타 문화를 거부하는 보수 세력들과 교회 측의 반발로 인해 탄압을 받은 적도 있다고 했다.

"실례가 되지 않는다면, 극단에 방문을 해봐도 되겠습니까?"

갑작스러운 제안에 거부할지도 몰라서 나는 조심스럽게 물었다. 그녀는 잠시 생각에 잠기더니 그러자고 했다.

"아나톨리 극단에 대해서도 들어보셨겠죠? 가까운 거리에 위치해 있어요."

언젠가 아나톨리에 대한 기사를 읽은 적이 있었다. 아나톨리와 알렉세이는 젊은 날 마임에 대해 연구하고 함께 연기를 하기도 했던 각별한 사이였다. 그들은 러시아의 마임 배우였던 미하일로부터 함께 마임을 배웠지만, 서로 다른 스타일을 창조해가면서 결별했다. 아나톨리 극단은 중세 시대에 존재했던 광대의 몸짓에서 우스꽝스러움과 그 이면의 슬픔을 찾아냈다. 아나톨리는 마임을 현대적인 마술과 접목하면서 해학적인 요소를 강조해왔다. 그는 광대 역할을 맡아 영화에도 몇 번 출연한 적이 있었다. 마임 속에서의 유희를 추구하고 팬터마임을 강조하는 아나톨리 극단은, 신체의 아름다움을 추구하는 알렉세이 극단과는 뚜렷한 차별을 보였다.

나는 알렉세이 극단이 추구하는 세계가 그녀와 잘 맞는지 물어보았다. 그녀는 그렇다고 대답했다. 신체의 자유로움을 추구하는 정신이 결국에는 육체까지 자유롭게 하는 것이 아니냐고 나에게 되물었다.

"처음 무대에서 맡은 역할은 양치기 소녀였어요. 일 부가 거의 끝나갈 무렵에 무대에 올라가서 짧은 몸짓을 선보였었죠. 그런데 무대를 내려오던 중에 앞을 보지 못하고 그대로 넘어졌어요. 생각보다 부상이 상당했어요. 한 달 정도 깁스를 했으니까요. 그 후에, 배역을 맡는 데 어려움이 좀 있었어요. 다른 동료들과 보이지 않는 신경전이 있었죠."

그 당시에는 무대 위에서 넘어졌다는 자책감이 들었지만 그것을 빨리 잊는 것이 무엇보다 중요했다고 그녀는 말했다. 스스로를 믿는 길밖에는 다른 길이 없었다. 그녀는 알렉세이 선생이 같은 동양인이기 때문에 자신을 옹호하거나 눈에 띄는 차별 행동을 하지는 않았다고 덧붙였다. 그러나 나는 그녀가 다른 외국 단원들의 시샘과 질투를 충분히 겪었을 것이라고 짐작했다.

"알렉세이 선생의 최근 건강은 어떠시죠?"

그동안 궁금했던 선생의 안부에 대해 물어보았다.

"……그리 좋지는 않으세요."

잠시 어색한 침묵이 흘렀다. 그녀와 나는 베이지 색 건물 앞에서 걸음을 멈췄다. 유리문을 열고 들어서자 조명이 내부를 비추고 있었다.

"일 층과 이 층은 극장이에요. 삼 층은 극단 연습실로 사용되고 있죠."

그녀는 팔을 뻗으며 말했다. 가장 먼저 눈에 띈 것은 건물 로비 벽면에 붙어 있는 공연 사진들이었다. 짙은 분장을 한 배우들의 사진이 보였다.

나는 그녀를 따라 우측에 있는 계단을 올라갔다. 검은색 문을 열고 안으로 들어갔다. 저 멀리 무대를 내려다보았을 때, 단원들이 연습에 몰두하고 있었다.

"저 연습에 이정경 씨는 포함되어 있지 않은 건가요?"

나는 어둠 속에서 한결 낮은 목소리로 물었다.

"저분들은 극단에 들어온 지 얼마 되지 않은 단원들이에요. 며칠 뒤, 칼리닌그라드에서 펼쳐질 공연에는 신입 단원들만 무대에 오르죠. 얼마 전에 바뀐 예술 감독이 저들 중에서 가능성이 있는 사람들을 눈여겨보게 되죠."

알렉세이 선생의 건강이 나빠지면서, 그의 자리를 다른 예술 감독이 대신하고 있었다. 젊은 감독은 그동안 침체되었던 극단에 새로운 바람을 불어넣었다. 극장이 설립되지 않았던 과거에는 장소가 마련되어 있지 않아 작은 카페나 테라스를 찾아다니며 공연을 했다. 그에 비해 지금은 여러 조건들이 나아진 셈이었다.

나는 그녀를 따라 무대를 응시했다. 무대 위에 선 남자 배우들이 강인하고도 탄력적인 동작을 선보였다. 역동적이면서도 자유로운, 지나치게 과장되지 않은 몸짓을 표현해냈다. 무대 위에서 배우들이 흘리는 땀과 노력들이 고스란히 전해져왔다. 나는 그녀를 쳐다보았다. 그녀는 분명 알렉세이 선생이 인정한 뛰어난 마임 배우였다. 하지만 후배들과의 경쟁에서도 살아남아야 하는 불안정한 위치에 서 있을지 모른다고 나는 짐작했다. 그녀가 조용히 일어나며 헛기침을 했다.

"이제, 그만 나갈까요?"

"여기도 괜찮은데요."

그녀가 다시 자리에 앉았다. 나는 그녀의 얼굴에 머문 초조함과 긴장감을 엿보았다. 추위를 느꼈는지 그녀는 무대를 내려다보며 자신의 팔을 쓰다듬었다.

"한국을 떠나온 지 어느덧 십이 년이 되었군요. 하지만 돌아갈 생각은 하지 않고 있어요."

나는 조금씩 떨리는 그녀의 목소리를 말없이 듣고 있었다.

"기억에 남는 것은 갯벌에 뒹굴고 있는 포탄과 자주 신음하던 가축들이에요. 그보다 더한 것은 하루에도 몇 번씩 쉴 새

없이 터지는 폭격 소리였죠."

대체 어떤 얘기를 꺼내려는 것일까. 차츰 궁금해졌다.

"오래전에, 고온리라고 불리었던 곳……"

고온리. 처음 들어보는 지명이었다. 오랜 세월, 미군들의 전용 사격장이 있었던 곳이라고 했다. 그로 인해 주민들이 생활을 할 수 없을 정도로 피폐해지고 괴로워했던 곳이라고 그녀는 설명했다.

"매향리……"

그녀가 말했을 때, 나는 천천히 시선을 옮겼다. 분명 매향리라고 했다.

"거기서, 태어나고 자라났어요."

나는 아무런 대답도 하지 않았다. 그녀는 무대 위에서 연습을 하는 배우를 내려다보면서 담담한 어투로 얘기했다. 나로서는 조금 놀라웠다. 쉴 새 없이 터지는 폭격 소리로 인해 그곳 사람들은 다분히 공격적인 성향으로 변해갔다. 결국 폭격 소리를 견디지 못한 수십 명의 사람들이 정신적으로 괴로워하다가 목숨을 끊었다고 했다. 몇 년 전에 사격장이 폐쇄되긴 했지만, 지금도 곳곳엔 미군들이 사용하던 포탄과 녹슨 잔해물의 흔적이 남아 있을 것이라고 했다.

"가끔 소음을 피하기 위해 오빠하고 무작정 버스를 타고 다른 지역으로 가보기도 했어요. 그러나 늦은 밤이 되면 다시 집으로 돌아와야 했죠. 그러다가 알렉세이 선생님이 한국에 오셨을 때, 그분을 뵈러 극장으로 찾아갔어요."

　그녀는 끝내 자신의 감정에 휩쓸리지 않았다. 오히려 소름 끼치게 냉정했다. 그때 조명이 켜졌다. 동시에 무대 위로 많은 배우들이 걸어 나왔다. 그들은 저마다 맡은 배역 속에 깊이 빠져 있었다. 그들은 허공을 쳐다보며 서로 다른 동작을 표현해냈다. 순간 나는 아찔한 현기증을 느꼈다.

　그렇다면 그 소음을 피하기 위해 일부러 마임이라는 장르를 택한 것일까.

　고등학교를 졸업한 뒤에, 그녀는 매향리를 떠나 도시로 왔다. 이태원 근처에서 옷 가게 점원, 호프집 아르바이트 등 여러 일을 하면서 생활비를 벌어야 했다. 하지만 도시의 소음은 생각보다 가혹했다. 쉴 새 없이 터져 나오는 음악 소리, 술에 취한 손님들이 떠드는 소리를 견디는 것은 쉽지 않았다. 거기엔 침묵이 끼어들 틈이 없었다.

　무대 위에 서 있던 한 배우가 앞으로 뛰어가며 두 팔을 뻗었다. 남아 있던 배우들이 동작을 멈췄다. 나는 그 배우의 얼굴을 쳐다보았다. 거기엔 언어가 존재하지 않았다. 배우들은 오로지 눈빛과 동작만으로 공연을 이끌어나갔다. 그러다가 한순간에 조명이 꺼졌다.

　객석에 앉아 있던 예술 감독이 자리에서 일어서며 배우들을 바라보았다. 배우들이 수군거리기 시작했다. 예술 감독 옆에는 마야콥스키 극장에서 보았던 폴란드 출신의 남자 배우가 서 있었다. 검은색 티셔츠를 입은 그가 이 층을 올려다보며 손을 흔들었다. 그는 이 층 관객석 쪽으로 빠르게 걸어 올라왔다.

"알아보시겠어요? 함께 공연을 했던 배우예요."

그녀가 내게 말하곤 그에게 가까이 다가갔다. 그들은 반갑게 인사를 건넸다. 간간이 남자 배우가 나를 의식했다. 나는 시선을 돌렸다. 불이 꺼진 무대. 거기에는 아무것도 없었다. 그녀는 그와 대화를 나누면서 몇 번이나 웃음을 터뜨렸다. 그러다가 나를 의식했는지 가까이 다가와 말을 걸었다.

"극단에 같이 들어온 동기예요. 워낙 유머 감각이 있는 친구라 조금이라도 얘기를 나누면 어느새 웃게 되죠. 저 친구가 저녁을 같이 먹자고 제안을 했는데 사양했어요. 저 친구와 식사할 기회는 많이 있으니까요. 가까운 곳에 이탈리안 레스토랑이 있어요. 거기서 식사를 하고 숙소로 들어가시죠?"

나는 그녀의 지난날에 대해 더 묻고 싶었다. 그러나 더 이상 언급을 하지 않았다.

"지금 어디에 머물고 계시죠?"

앞서 걷던 그녀가 자신의 어깨를 매만지며 나에게 물었다.

"유고 자파드나야 근처에 머물고 있습니다."

"그곳에 아는 사람이라도……?"

"선배의 조카가 이곳에서 유학을 하고 있어요. 머무르는 동안 그곳에서 신세를 지기로 했습니다."

그녀는 입술을 깨물었다.

"다행이군요. 한국으론 언제 떠나시죠?"

"……금요일입니다."

"금요일이라면 시간이 조금 남았군요."

레스토랑 문을 열고 들어갔다. 그러는 동안, 나는 그녀에게 이전과는 다른 친숙함을 느끼고 있었다. 나는 그녀와 나누었던 애기들을 천천히 곱씹었다.

그때 머리에 기름이 흐르고 추레한 옷차림을 한 걸인이 식당 안으로 걸어 들어왔다. 걸인은 창가에 앉은 사람들에게 손바닥을 내밀었다. 결국 식당 지배인의 제지로 실랑이를 벌이다 쫓겨났다. 하지만 나는 때가 줄줄 낀 더러운 걸인의 손바닥을 오래도록 떠올렸다. 밖에 서 있던 걸인이 계속 레스토랑의 내부를 쳐다보고 있었다.

그녀가 메뉴판을 덮으며 말했다.

"이곳에 온 목적은 거의 다 비슷해요. 알렉세이 극단에서 살아남아 뛰어난 마임이스트가 되는 것이죠. 자신과 맞지 않다고 생각되는 배우들은 포기하고 다른 일들을 찾아보기도 하죠. 몇몇 후배 단원들은 여기까지 올라온 나를 부러워하기도 해요. 사실 난 잘 모르겠어요. 언제까지 이 일을 할 수 있을지…… 죽을 때까지 하겠다는 의지 같은 건 없어요. 이상하게도 그것은 거짓으로 느껴져요. 삶에서 어떤, 알 수 없는 것들이 나를 여기까지 끌고 온 것 같아요. 그것이 뭔지는 잘 모르겠지만요. 아까 그런 얘기들을 털어놓았다고 해서, 나를 안타깝게 여기지 않았으면 좋겠군요. 이번에는 한 가지, 내가 물어봐도 될까요? 진심으로 누군가를 미워해본 적이 있죠? 한 기자님을 뵌 것은, 어제 오늘 두 번뿐이에요. 그런데 짧은 시간 동안 그런 걸 느꼈지요. 무언가에 깊이 화가 난 사람처럼 보이는군요."

두 번의 만남에서 그녀는 무엇을 느꼈던 것일까. 내 말투, 내 시선, 손짓, 그 속에서 그녀는 무엇을 꿰뚫어 보았던 것일까. 그냥 흘려듣기에는 무언가가 깊숙이 내 가슴을 찌르는 것이 있었다.

"십구 세기 마임 배우 중에 피에르 장이라는 사람이 있어. 굉장히 미남인데다, 무대 위에서 보여주는 연기가 아주 뛰어났지. 널 처음 봤을 때, 사실 난 그 마임 배우를 떠올렸어. 날 쳐다보는 너의 눈빛이 꽤 인상적이거든. 웃고 있는데, 울고 있다고 해야 할까. 그런 것들은 대개 마임 배우들에게서 느껴져."

혜인은 도서관 앞에 서 있는 나에게 말했다. 타인의 시선을 끌기 위한 그녀의 과장된 행동. 처음에는 그것이 불편하고 억지스러웠다. 게다가 혜인을 둘러싼 배경들을 나는 그리 좋아하지 않았다. 부모님이 연극계에 많은 영향을 끼친 실력 있는 유명 배우라는 것도 마음에 들지 않았다. 그저 원하기만 하면 남들보다 더 많은 것들을 가질 수 있는 여자라고 생각했다. 하지만 혜인의 외로움을 알게 되면서 그녀에 대한 방어벽이 조금씩 허물어져갔다.

혜인은 처음 본 사람에게는 쉽게 다가가는 편이었다. 낯선 사람들 앞에선 다분히 과장된 행동을 취했다. 그렇지만 정작 자신에게 마음을 내보인 사람들은 피해 다녔다. 자신을 반기는 사람들 앞에서는 오래 머물지 못하고 소리 소문 없이 자리를 떠났다. 외부에 알려진 평판과 다르게 혜인의 부모는 오랜 시간 별거 상태로 지내고 있었다. 혜인의 부모는 그녀가 유명 뮤지컬 배우나 대학 교수가 되기를 바라고 있었다. 그러나 정작 그녀는 그들의 기대를 채워줄 생각조차 하지 않았다. 될 수 있는 한 그 기대를 배반하려 했다.

"집안에 여러 명의 연극배우들이 있어. 꼭 나까지 그것을 해야 할 필요는 없다고 봐."

혜인에게는 다분히 반항적인 면이 있었다. 혜인은 배우들이 내뱉는 대사, 때로는 감정적이면서 욕망을 그대로 발설하는 그 표현 방식이 자신과 잘 맞지 않는다고 여겼다. 혜인은 연극보다는 마임 쪽에 더 매혹을 느꼈다. 언젠가 마임 공연을 무대에 올리겠다는 생각을 품었다. 그러나 그 시기가 언제가 될지 확신을 하지 못했다.

대학 졸업을 앞두고 연극을 했던 동기들이 전공과는 상관없는 다른 곳으로 취업을 하고 있을 무렵, 나 역시 연극에 대한 꿈을 접고 현실성 있는 직업으로 선회하기로 마음먹었다. 대학 내내 과외와 온갖 아르바이트를 하며 학비와 생활비를 충당했음에도, 졸업을 앞두고 어머니는 숨 막히도록 내 목을 졸랐다.

시장판에서 물건을 팔던 어머니는 평생 자신이 모은 돈을 갖고 있던 계주가 냅다 도망을 치자, 반쯤 미치광이 같은 시간을 보냈다. 아름다움을 추구하거나 지적인 것을 탐구하거나 외모를 가꾸는 모습은 찾아볼 수 없었다. 연극을 한다거나 예술에 심취하는 일, 어머니는 그것을 용납하지 않았다. 내가 연극영화과를 지원할 때에도 아버지에게 물려받은 방랑한 기질, 그로 인해 나와 결혼한 여자가 집안을 먹여 살리게 될 것이라고 온갖 저주를 퍼부었다.

행방불명된 아버지가 남해 어디쯤에서 배를 타려 한다고 했을 때에도 어머니는 흔들리지 않았다. 어머니는 남해로 간 것이 아니라 계주가 숨어 있다는 군산 어디쯤으로 달려갔다. 계주가 철창 신세가 되어 남은 돈이 없다고 잡아뗐을 때, 어머니는 죽이고 싶은 인간을 이제야 찾아냈다는 듯 입술을 비틀며 웃었다.

어머니는 나를 둘러싼 그 모든 것들을 포즈라고 여겼다. 고통을 위한 포즈, 예술을 위한 포즈라고 여겼다. 가난이라는 껍데기를 뒤집어쓴 인간이 자신의 고통과 재능을 그럴듯하게 포장하고 있는 것이라 여겼다. 결국 빈손을 내밀며 타인에게 구걸을 하는 염치없는 인간으로 살게 될 것이라고 비아냥거렸다. 어머니는 내 책꽂이에 꽂혀 있는 책들도 쓸데없는 학문

으로 간주했다. 연극 연습을 하느라 집에 며칠 동안 들어가지
못할 즈음, 『마임의 유혹』과 『예술과 연극』을 과감히 태워버
렸다.

혜인을 처음 만날 무렵, 나는 스스로 고아라는 생각을 했
다. 사랑에 대한 환상이나 기대 따위는 갖고 있지 않았다. 그
러나 뜻하지 않는 곳에서 자주 부딪히는 혜인을 보면서 나답
지 않게 한 여자에 대해, 그 여자가 지나온 시간에 대해 많은
것들이 궁금해졌다.

어느 날, 나는 혜인의 어머니가 공연을 한다는 소극장에 말
없이 찾아간 적이 있었다. 무대 가까이에서 본 혜인의 어머니
는 내가 상상했던 것보다 훨씬 지적인 여인이었다. 여태껏 내
가 접한 어머니라는 여인이 하나의 허상으로 다가왔다. 그날,
두 시간 동안 펼쳐지는 모노드라마를 보면서 나는 적지 않은
충격을 받아야 했다. 혜인과 내가 살아왔던 시간과 상황들이
많이 달랐다는 것, 나는 그것을 절실히 깨달아야 했다. 무대
위에서 보여주는 카리스마와 열정은 혜인을 압도했다. 공연
이 끝난 뒤에 나는 분장실로 찾아갔다. 거울 앞에 서서 스텝
들과 웃음 짓는 혜인의 어머니를 보면서 한참을 서 있었다.
혜인이 자신의 어머니에게 느꼈던 복합적인 감정들, 세간의
시선과 부담스러움을 헤아릴 수 있었다. 그 이후 나는 혜인에
게 그 어떤 것도 강요하지 않았다. 남녀 사이에서 흔히 일어
나는 질투 따위의 감정을 내보이지도 않았다. 여자에게 자극

적인 말이 될 수 있는 옷차림이나 술버릇 같은 것을 지적하지 않았다. 어느 날 불현듯 혜인이 혼자 여행을 떠난 뒤에도 섣불리 재촉하지 않고 묵묵히 기다렸다. 만약 내가 그녀를 향해 맹목적으로 내 마음을 보인다거나 목숨을 걸고 절박하게 사랑을 갈구했다면 혜인은 가차 없이 내 곁을 떠났을 것이다.

술자리에서 만난 정 선배는 혜인에 대한 얘기를 꺼냈다.

"이름이 뭐라고 했지?"

"강혜인."

"난 걔 눈빛이 마음에 들지 않아. 뭐랄까 외로움을 달고 있는 애 같아. 불안해 보여. 그리고……"

나는 듣고 있는 것이 거북해 웃어넘기려고 했다. 정 선배는 그런 나를 아랑곳하지 않고 한마디를 더했다.

"이런 말을 해도 될지 모르겠지만, 건강한 애는 아닌 것 같다."

사람을 한 번 보고 결론을 내린다는 것은 지나친 편견이라고 생각했기에 쓴웃음이 나왔다. 처음 만난 정 선배 앞에서 혜인이 실수를 한 건 없었다. 오히려 혜인은 나름대로 긍정적인 이미지를 심어주겠다고 평소보다 더 많은 웃음을 보였다. 정 선배는 혜인의 손동작이나 과장된 행동을 좋지 않게 해석했다.

"그 앤 무엇보다 마임에 관심이 많아. 형도 알다시피 마임의 특성이 좀 그렇잖아. 언어 대신 동작과 표정으로 다양하게 표현해내는……"

내가 그런 말을 하자 정 선배는 술을 마시며 웃었다.

"어머니도 좋아하지는 않으셨을 거야. 어른들이 좋아할 만한 타입은 아니잖니?"

정 선배에게 그 말을 듣고 난 후, 한동안 그와 연락을 하지 않았다. 인정하기는 싫어도 불쾌한 구석이 남아 있었다. 그 이후 혜인을 만나면 정 선배가 했던 말들이 고스란히 떠올랐다.

"그 사람, 어떤 사람이지?"

"……누구?"

"정 선배라는 사람, 학교 다닐 때 꽤 유명했다면서. 연기도 곧잘 했다고 들었어."

혜인은 애써 관심이 없다는 말투로 나에게 물었다. 정 선배에 대해 은밀하게 퍼져 있던 소문들. 다른 사람이 배역을 펑크 내기만 하면 자진해서 남의 대사를 읊어 빈축을 샀다는 얘기들을 나는 알고 있었다. 남자들 앞에서는 세상 걱정 없는 한심한 놈처럼 낄낄거리다가 여자 앞에서는 자신의 고독을 한껏 과장한 채 삶에 대해 체념한 자세로 제스처를 취하는 인간이라는 것을. 그것이 여자들에게는 무한히 감싸주어야 하는 모성 본능으로, 남자들에게는 심한 역겨움으로 다가온다는 것을 알고 있었다.

과시욕과 허영을 부리다가 때에 따라 엄살이라는 허약함을 적절히 사용할 줄 아는 남자. 생각보다 그의 덫에 쉽게 걸려

드는 여자들이 많았다. 우습게도 혜인만큼은 그 덫을 피해갈 것이라 여겼다. 그런데 그들이 이따금 단둘이 만나 식사를 하고 마임 공연을 본다는 것을 알게 되었다. 그 후 나는 아무런 연락 없이 정 선배를 찾아갔다. 그는 다소 침울한 얼굴로 나를 맞이했다.

"그래, 잘 왔다. 어디까지 알고 있는지는 모르겠지만 사심은 없어. 사실, 너도 잘 알다시피 난 여자보다도 동성 간의 의리를 더 중요시하지. 개보다야 너라는 후배가 더없이 소중하다는 거……"

정 선배는 자연스럽게 내 어깨를 두드렸다. 자신의 행동을 부정하면서 꼬리를 내리는 그를 보면서 나는 그만 허탈해지고 말았다. 연애라는 것이 상대를 잘 파악하고 밀고 당기기를 잘하는, 상대를 먼저 조이게 만드는 자가 우위에 서게 되는 이상한 권력을 가지는 것이라면, 정 선배는 상대가 없을 때 한없이 조롱하고, 상대가 나타나기만 하면 최선을 다해 떠받들어주는, 여자의 감성을 끊임없이 녹이는 데에 주력하는 인간이었다.

혜인은 오랫동안 나에게 굳은 침묵으로 자신의 생각이나 감정 들을 감추었다. 차라리 빨리 결론을 지으라고, 둘 중 한 명이라도 택하는 뻔뻔함을 보이는 것이 나았을 것이라고, 나는 쓴웃음을 지었다. 나라면 도망치지 않고 뻔뻔하게 그렇게 했을 거라고 되뇌었다. 그러나 혜인은 끝내 침묵으로 일관했다. 또한 연락을 취할 수 있는 방법을 모두 차단해버렸다. 그것은 곧 헤어짐을 의미하는 것이었다.

그즈음 정 선배로부터 한 통의 전화가 걸려왔다. 자신의 삶이 꽤 안정되어 있다는 그의 목소리. 거기엔 어딘가 모르게 들뜬 것을 애써 감추려는 과장이 배어 있었다.

"아직 회사가 결정되지 않았으면, 여기에 한번 이력서를 내보는 것이 어떻겠니? 네 실력 정도면 충분할 텐데. 나는 조만간 여기 일 그만두고 미국 연수나 떠나볼까 하는데……"

그의 얼굴을 마주하며 같은 공간에서 일을 하고 싶은 생각은 추호도 없었다. 자신과 나는 서로 원수가 아니라며 여전히 관계에서 평정심을 유지하고 있는 그가 내 눈에는 가증스러웠다. 그러다가 육 개월 정도가 지난 후에, 그 회사에서 취재기자를 뽑는다는 소식을 접하게 되었다. 정 선배가 그곳을 그만두었을 것이라고 생각했으므로, 나는 망설임 없이 그곳에 이력서를 집어넣었다. 한 달에 한 번 예술 잡지를 발행하는 곳, 실력과 명성을 갖춘 유명 배우가 발행인으로 있는 그 회사는 일반인들에게도 어느 정도 알려져 있었다. 회사가 주는 탄탄함과 안정성에 이끌려 나는 그곳을 선택했다.

그런데 회사에 출근한 첫날, 창가 모니터 앞에 앉아 인터넷 검색을 하고 있는 정 선배의 모습을 볼 수 있었다. 그는 다리를 꼬고 앉아 연예 기사를 읽으며 웃음을 흘리고 있었다. 내 얼굴이 뜨거워지는 것을 보면서, 그는 걱정 말라며 책상 서랍을 조용히 열어 보였다. 서랍 속에는 빠른 시일 안에 이곳을 떠나겠다는 것을 증명하는 빳빳하게 펼쳐진 흰 봉투, 사직서가 들어 있었다. 동료 기자들은 그가 몇 달째 출퇴근길에 사직서를 들고 다닌다고, 그러면서도 끝내 제출을 하지 않는다고 비아냥댔다. 그들은 정 선배를 향해 이곳에서 가장 오래 살아남을 무서운 사람이라며 혀를 내둘렀다. 그즈음, 정 선배는 오피스텔을 얻어 혜인과 함께 살고 있었다. 그러나 시간이 얼마 흐르지 않아 그들 사이엔 균열이 생겨났다.

"알렉세이 김? 기껏 한다는 소리가 러시아에 가서 마임을 보자더군. 떠돌아다니는 것도 지겨워 죽겠는데, 내가 미쳤어? 그 추운 데까지 가게 말야."

한껏 짜증이 섞인 목소리로 정 선배는 말했다. 그의 표정엔 피곤하다는 기색이 역력했다. 나는 최대한 냉정한 표정을 지으며 의자를 돌려 앉았다. 정 선배와의 관계가 좋지 않다고 해서 혜인이 나에게 연락을 할 사람이 아니라는 것을, 나는 너무나 잘 알고 있었다.

정 선배는 종이컵을 들고 복도로 나갔다. 창밖을 내다보던 그가 젊은 여기자에게 말했다.

"며칠째, 집이 비어 있어. 이건 뭐, 돼지우리도 아니고……기사 쓰느라 며칠 정신없이 보냈더니, 겨울옷만 몽땅 싸 들고 아예 나가버렸더군."

그의 음성은 다분히 연극적인 데가 있었다. 나는 돌아서서 걷기 시작했다. 겨울옷까지 함께 들고 나갔다면, 혹시 러시아로 가버린 게 아닐까. 그렇다면, 혼자서 그의 공연을 보러 간 것일까. 잠들기 전이면 그런 것들이 궁금해서 견딜 수가 없었다. 그럴 때면 차가운 물을 벌컥벌컥 들이켰다. 혜인이 행복하게 사는 모습을 보여주었더라면, 내 마음은 한결 편안했을까.

나는 와인 잔에 담긴 물을 천천히 마셨다. 맞은편에 앉은 이정경의 얼굴을 쳐다보았다. 그녀가 부드러운 눈빛으로 나를 응시하고 있었다.

"어젯밤, 숙소에서 알렉세이 선생의 마임 공연을 봤습니다. 녹화된 테이프로 말입니다."

나는 기어이 그 얘기를 꺼냈다.

"어떤 공연이었죠?"

"1999년 리옹에서 펼쳐진 공연이었습니다."

"공연 제목은요?"

"새."

그녀는 잠시 생각에 잠기더니 나를 쳐다보았다.

"……혹시 공연의 내용을 기억하십니까?"

나는 포크를 내려놓으며 천천히 물었다.

"선생님께서 공연 내내 새를 표현하셨죠. 많은 극찬을 받았던 작품이기도 하죠. 결국 새장 속으로 다시 들어가 죽음을 맞게 되는 내용이었어요. 그런데 그건 왜……"

결국 그랬던 것일까. 비극적인 결말이라는 것을 알았기에, 혜인은 일부러 녹화를 하지 않은 것일까. 문득 무대 위에서 새를 표현해내던 알렉세이 선생의 몸짓이 떠올랐다.

"선생님께서는 그 공연을 올린 후에 오랫동안 후회를 하셨어요. 자신이 만드는 이야기가 밝은 내용이 아니라 끝내 자멸하고 마는 이야기라는 점에서 많은 고민을 하셨던 것 같아요. 그것은 구하기 어려운 테이프였을 텐데, 운이 좋았군요. 마임에 대해 관심이 많으시군요?"

"그저……"

나는 그녀 앞에서 말끝을 흐렸다. 무언가 가슴속에서 깊이 차오르는 것이 있었다.

"지하철역 쪽으로 조금만 걸을까요?"

레스토랑을 나와서 그녀와 나는 왔던 길을 걸어갔다. 식당에서 쫓겨난 걸인이 바닥에 주저앉아서 빵 조각을 게걸스럽게 뜯어먹고 있었다. 그 광경을 보던 젊은이들이 걸인을 향해 휘파람을 불었다.

"내일은 특별한 약속이 있나요? 바쁘지 않으시면, 한 기자님을 저희 집으로 초대하고 싶은데요."

뜻밖의 제안이라 나는 걸음을 멈췄다. 특별히 거절해야 할 이유는 없었다.

지하철역 앞에서 나는 그녀와 인사를 나누었다. 멀어져가는 그녀의 모습을 보면서 나 역시 발길을 돌렸다. 뒤를 돌아보았을 때, 그녀는 사람들 속으로 걸어 들어가고 있었다. 나는 지하철을 타기 위해 계단을 내려가다가 국제전화기 표지판을 올려다보았다. 하지만 그곳으로 다가가지 않았다.

숙소로 돌아오는 길에는 인적이 드물었다. 위험한 분위기마저 감돌았다. 공터 앞에는 술에 취한 동성애자들이 바닥에 앉아 서로를 끌어안고 있었다. 눈이 반쯤 풀린 그들은 몹시도 추워 보였다. 집으로 돌아가지 않고 길에서 헤매는 자들. 그때, 머리를 풀어헤친 늙은 여자가 내 손목을 부여잡았다. 한 손에 카드를 들고 있는 늙은 여자는 괴기스러움마저 자아냈다. 그 여자는 도무지 알아들을 수 없는 언어로 나에게 속삭였다. 나는 여인이 펼치고 있는 검은색 카드를 눈으로 훑어보았다. 상징적인 무늬들이 어둠 속에서 빛나고 있었다.

늙은 여자는 테이블 위에 남아 있는 카드를 집더니 미래를 예견해보라며 손짓을 했다. 나는 그 카드를 건네받지 않으려 한 걸음 뒤로 물러섰다. 아직은 어떤 방식으로도 미래에 대한 얘기를 듣고 싶지 않았다. 늙은 여자는 카드를 흔들며 한참을 웃어댔다.

나는 어둠 속으로 빠르게 걸어갔다. 지은 지 이십 년도 넘어 보이는 오래된 아파트 복도에는 서늘한 기운이 흘렀다. 그러나 문을 열고 나를 반갑게 맞이하는 김선규를 보자 긴장감이 사라졌다.

"오셨군요. 그렇지 않아도 걱정이 되어서 나가보려고 했는데요."

김선규가 웃으며 나를 반겼다. 안으로 들어서자 온기가 느껴졌다. 현관 앞에는 그동안 보지 못했던 검은색 운동화가 놓여져 있었다. 뒤축이 구겨져 있었다.

"친구가 와 있어요."

얼굴이 까무잡잡한 청년이 나를 쏘아보았다. 이십 대 중반쯤으로 보이는 청년은 강렬한 눈빛을 지니고 있었다. 이스라엘 출신으로 자신을 탄이라고 불러달라는 청년은, 허벅지 부분이 가늘게 찢어진 청바지를 입고 있었다. 어딘가 모르게 상대를 제압하는 힘이 느껴졌다.

"한국 드라마를 보고 있던 중이었어요."

김선규가 말하는 동안, TV 화면에선 익숙한 한국말이 흘러나왔다. 카지노에서 도박을 벌이고 있는 남자 주인공이 나왔다.

"사실 드라마를 보는 건 핑계고, 탄에게 알렉세이 선생의 마임 공연을 봤다는 얘길 했어요. 그랬더니 관심을 갖더군요."

김선규가 포도주와 술잔을 꺼내더니 미리 준비해놓은 음식을 식탁 위에 내려놓았다. 나는 가방 속에서 테이프를 꺼내 녹화기 속으로 밀어 넣었다.

탄은 소파에 앉아 한쪽 다리를 꼬았다. 그러더니 옆에 있던 술잔을 집어 들고 와인을 한 모금 마셨다. 어딘가 모르게 비꼬는 듯한 눈빛이었다. 녹화된 테이프가 다 끝이 났을 때, 탄의 술잔은 비어 있었다.

"저 분이 유명한 마임 배우라고 하셨습니까?"

탄이 술잔을 흔들었다. 김선규가 불안했는지 탄을 바라보았다. 김선규는 탄이라는 이스라엘 남자에게 휘둘리고 있었다.

"예술을 신봉하는 분이신가 보군요. 이 먼 곳까지 취재를 오시다니요."

"그런 것이 아닙니다."

그의 눈빛이 지나치게 매서운 것이 불편해서 나는 바로 대답을 했다.

"그래도 어느 정도 관심이 있으니 이곳에 오신 게 아닌가요? 사실 저도 알렉세이 김이라는 마임이스트 애긴, 익히 들어서 알고 있습니다. 얼마 전부터 동양 여자를 수제자로 키우고 있다는 얘기도 들었지요. 하지만 그렇게 떠들어봤자, 제 눈에는 한낱 광대로밖에 보이지 않는군요. 더구나 마임은 다른 예술 장르에 비해 환경이나 여러 조건들이 열악하다지요."

처음 만난 남자가 마임에 대해 비판을 하고 있는 모습을 보고 있노라니 갑자기 피곤해졌다. 언제 다시 보게 될지 알지도 못하는 남자와 하루 저녁을 쓸데없는 논쟁으로 소진하고 싶지 않았다. 나는 아무 말도 하지 않았다.

"배우들이 다 예술가는 아니지 않습니까? 그중에는 썩 괜찮은 놈들도 있겠지요. 하지만 서투르게 자신들의 작업을 망쳐버리는 멍청한 놈들도 꽤 있을 텐데요."

186

탄이 자신의 잔에 포도주를 따르며 말을 이어나갔다.

"아나톨리 극단에 대해서도 들어보셨습니까? 삼 년 전 즈음에, 그들의 팬터마임을 본 적이 있습니다. 차라리 저는 그렇게 노골적으로 자신들이 광대임을 드러내는 마임이 더 구미가 당기더군요. 온갖 치장으로 자신들의 예술을 포장하는 알렉세이 마임보다는 말입니다."

그 말을 듣고 있던 김선규가 불편했는지 갑자기 자리에서 일어섰다. 탄이라는 청년 역시 아나톨리에 대해 알고 있었다.

1999년, 아나톨리는 언론을 통해 알렉세이의 마임에 대해 강하게 비판한 적이 있었다. 알렉세이의 현대 예술은 너무 고귀하고 높은 지점에 위치해 있다며 그는 한껏 비꼬았다. 알렉세이의 마임은 형이상학적인 데다가, 그조차도 자신의 마임을 충분히 이해하고 있는지 의문이 든다고 아나톨리는 강한 칼날을 들이댔다. 또한 현대 마임이 추구해야 할 지점은 다분히 관객과의 소통에 있다며 철학적인 알렉세이의 마임을 정면으로 비판했다. 각종 언론들이 아나톨리의 인터뷰를 실으면서 알렉세이의 답변을 기다렸지만, 알렉세이는 끝내 침묵으로 일관했다. 언론과의 인터뷰를 기피하면서, 쉬지 않고 무대에 공연을 올렸을 뿐이었다. 아나톨리가 지극히 대중적이면서 오락성을 강조한 데에 비해, 알렉세이는 점차 시간이 흐르면서 왜곡된 육체에 대해 심취했다.

아직 할 말이 남았는지 탄이 나를 빤히 바라보았다. 그의 얼굴이 벌겋게 달아올랐다.

"생각보다 침묵에 의미를 부여하는 인간들이 많더군요. 하지만 그 속에도 거짓이 있지요. 인간들이 숱하게 뱉어내는 언어 따위나 침묵이나 다를 건 없지요. 오히려 저는 침묵을 사랑한다고 말하는 자들, 특히 말을 아끼려고 입을 다물고 있는 인간들에게 위선을 느낍니다. 무언가를 숨기고 있다는 느낌이 든다는 것, 그것만큼 불쾌한 것은 없지요. 특히 예술가들 중에 그런 부류가 많더군요. 열등감에 사로잡혀 있으면서 자신의 트라우마를, 결핍을 감추기 위해 애쓰는 것, 그것처럼 안쓰러운 것은 없지요."

나는 신경질적이고 예민해 보이는 탄이 부담스러웠다. 더 이상 그의 말을 듣고 싶지 않아 시선을 돌렸다. 시간은 자정을 넘어서고 있었다.

"잔이 비었는데요. 더 드시겠어요?"

화제를 돌리기 위해 김선규가 빈 잔에 포도주를 따랐다. 어느새 포도주 병이 바닥을 드러냈다. 그러는 동안, 탄은 자리에서 일어나 화장실을 몇 번이나 왔다 갔다 했다. 그는 결국 소파에 누워버렸다. 얼마 지나지 않아 탄은 곯아떨어졌다.

그 모습을 보고 있던 김선규가 긴장이 풀렸는지 술잔을 기울였다. 내 예감대로 그는 탄이라는 청년을 많이 신경 쓰고 있었다. 타인의 시선을 그리 의식하지 않는 탄이라는 청년. 그의 눈치를 보는 김선규가 어쩐지 안쓰러웠다.

"취재는 잘 하셨나요?"

김선규가 나에게 물었다.

"실제로 만나보니 생각했던 대로 까다롭게 굴던가요?"

나는 아니라고 손짓을 했다. 그녀의 모습과 행동이 잠시 떠올랐다. 그러나 나는 그녀에 대해서 더 이상 언급을 하지 않았다. 자리에서 일어나 술잔을 들고 창가 쪽으로 다가갔다.

"날이 더 쌀쌀해졌네요. 이제 한 달 정도만 지나면 첫눈이 내릴 것 같아요. 그때까지 계신다면 더 좋을 텐데요. 눈 내리는 모스크바의 풍경도 꽤 볼만하거든요. 참, 내일은 수업이 없는 날인데, 저희와 함께 시간을 보내지 않으시겠어요? 아르바트 거리에 나가보려고 하는데요."

나는 마임이스트 이정경을 다시 한 번 만날 계획이라고 말했다. 김선규가 의외라며 눈을 크게 떴다.

"뜻밖이네요. 처음엔 취재조차 응하지 않으려 했던 사람이…… 어쨌든 잘된 일입니다."

내일 다시 만나면 사진을 조금 더 찍어둘 것이다. 나는 가방 속에서 카메라를 꺼내어 사진들을 확인했다. 그녀의 시선은 먼 허공을 향해 있었다. 카메라를 김선규에게 건네주었다.

"모스크바 강가에서 찍은 사진이군요. 좋은데요……"

김선규의 입가에 웃음이 번졌다. 그는 소파에 누워 있던 탄을 힐끔거리다가 말을 이었다.

"다음에는 삼촌하고 한번 같이 오시죠. 그때는 취재가 아니라, 여유 있게 여행을 하면서 더 많은 곳들을 둘러보시죠."

다시 이곳에 올 수 있을 거라고 장담할 수 없었다. 나는 그저 사진 속 모스크바의 풍경을 바라보며 생각에 잠겼다.

"피곤하지는 않으세요?"

나는 미소를 지었다. 김선규는 거친 숨소리를 내는 탄에게 이불을 덮어주었다. 므기모에 입학한 뒤, 그곳에서 처음 알게 된 친구라고 했다. 학교를 졸업하고 나면 대개 외교관의 길을 걷는 경우가 많은데, 아직 자신은 미래에 대한 뚜렷한 계획을 세우지 못했다고 했다. 이따금 한국으로 돌아가고 싶은 마음이 있지만, 이혼을 한 부모님은 그가 한국으로 오는 것을 원하지 않는다는 거였다. 친척들에게도 그가 이곳에서 적응을 잘하고 있다고 소문을 낸 상태라고 했다.

잠시 동안 그의 눈에 불안함이 고였다. 잠시 후 그는 언제 그랬냐는 듯 다시 웃음을 지었다. 그가 문단속을 하고 잠자리에 드는 것을 보면서 나는 오랫동안 창가에서 서성거렸다.

다음 날 외출 준비를 하면서 한국에서 가져온 점퍼를 꺼내 입었다. 지하철역 근처에 다다를 즈음, 조금씩 먹구름이 몰려들었다.

"나고르나야 역에 내려 산책로를 따라 계속 걸으면 성당이 보일 거예요. 성당 바로 오른편에 위치한 흰색 건물이에요."

집을 쉽게 찾을 수 있을 것이라고 말하던 그녀의 목소리가 떠올랐다.

　지하철역 내부는 언뜻 궁전의 내부를 연상시켰다. 수많은 벽화들과 다양한 무늬의 대리석이 지나치게 화려했다. 지하철역 밖으로 두툼한 점퍼를 입은 어린아이들이 부모의 손을 잡고 걸어가고 있었다. 붉은 광장 근처에서 보았던 잡상인들의 모습은 찾아볼 수 없었다. 산책로를 지나 이십여 분쯤 걸었다. 저 멀리 이 층 흰색 건물이 보였다.

　문 앞으로 다가가 벨을 눌렀다. 고려인으로 보이는 가정부가 문을 열며 호들갑스럽게 나를 맞이했다. 자신의 몸에서 비릿한 기름 냄새가 나는 것을 느끼지 못했는지 손바닥으로 앞치마를 두어 번 문지르며 가까이 다가왔다.

　나는 신발을 벗고 좁은 통로를 지나 안으로 들어섰다. 고즈넉한 빛이 거실로 쏟아졌다. 흔들의자와 길게 늘어선 소파와 테이블, 창틈 사이사이에 빛이 머물러 있었다. 창밖의 풍경이 한눈에 들어왔다. 그리 넓지 않은 정원엔 잎이 떨어진 나무들이 황량하게 서 있었다. 그와 대조적으로 거실은 아늑했다. 다소 고급스러워 보이는 앤티크풍의 장식장들이 자리를 잡고 있었다. 벽면에는 외국에서 찍은 공연 사진이 확대되어 걸려 있었다. 짙은 분장을 하고 카메라를 보며 웃고 있는 사람은 그녀, 이정경이었다.

　그때 삐걱거리는 문소리가 들렸다. 나는 고개를 돌렸다. 머리카락이 희끗희끗한 노인이 휠체어에 앉아 있었다. 움푹 패어 있는 뺨과 핏기 없는 피부. 군데군데 검버섯이 피어난 노인의 얼굴은 몹시 창백했다. 죽음의 경계로 한 발짝 다가서려는 듯 위태로운 느낌을 주었다.

노인은 휠체어를 조금씩 앞으로 끌어당겼다. 그 뒤에는 누군가가 서 있었다. 휠체어의 손잡이를 잡기 위해 팔을 뻗은 사람은 다름 아닌 이정경이었다. 그녀가 나를 바라보았다. 나는 다시 한번 휠체어에 앉아 있는 노인을 주의 깊게 쳐다보았다. 그러다가 나도 모르게 자리에서 일어서고 말았다. 오래된 기억들이 희미하게 떠오르며 내 마음속에 강한 파문을 일으켰다.

십이 년 전, 공연이 끝난 뒤 관객석으로 내려와 어린 소년에게 꽃 한 송이를 건네주고 다시 무대 위로 올라가던 사람. 그는 무대 위에서 환영을 만들어내던 알렉세이 선생이었다. 그가 어둠 속으로 사라질 때까지 혜인과 나는 눈길을 떼지 않았다. 그런데 지금은 도저히 같은 사람이라고는 믿어지지 않을 만큼 많이 변해 있었다. 무대 위에서 자유롭고 힘 있게 움직이던 그의 모습은 그 어디에서도 찾아볼 수 없었다.

"약속 시간에 맞춰서 오셨군요."

그녀가 나에게 말하며 가까이 다가왔다. 나는 아무 말도 할 수 없었다. 그녀는 휠체어를 창가에 세워두었다. 알렉세이 선생은 나를 빤히 쳐다보고 있었다. 나는 어색하게 인사를 했다.

"한국에서 온 한진규입니다."

내 목소리가 떨리고 있었다. 선생은 나를 바라보기만 할 뿐, 아무 말도 하지 않았다.

"오래 기다리셨나요?"

"아닙니다."

"잠시 정원에 있었어요. 바람이 꽤 차더군요."

그녀는 선생의 휠체어를 밀고 방 안으로 들어갔다. 나는 그들의 모습을 지켜보았다.

"누군지, 알아보시겠어요?"

조용히 방문을 닫은 후에 그녀가 물었다.

"많이 변하셨군요."

"시간이 많이 흘렀으니까요."

"하지만……"

그렇다고 해도 저토록 많이 변할 수 있는 것일까. 나는 아무 말도 하지 않았다. 이곳에서 알렉세이 선생을 만나게 되리라고 예상하지는 못했다. 그제야 나는 알 수 없는 깊은 상실감을 느꼈다. 또한 십이 년이라는 시간이 완전히 지나가버렸음을, 다시는 되돌릴 수 없음을 절실히 깨달았다.

"선생님의 건강이 안 좋아지면서 제가 잠시 이곳에 들어와서 살고 있어요. 일 층은 선생님이 주로 사용하시고 전 이 층에서 지내고 있죠. 그렇지만, 공연이 있는 날이 많아서 자주 들어오지는 못하고 있어요."

"건강이 나빠진 건 언제부터인지?"

“작년 겨울에 부인이 타계하신 뒤, 그때부터 줄곧……”

“……그렇군요.”

“부인도 고려인이었어요.”

나는 그녀의 눈을 가만히 응시했다. 마임을 갓 시작할 무렵, 선생은 상트페테르부르크로 공연을 갔었다. 그곳에서 그는 고려인 출신인 부인을 만나 결혼을 했다. 그 후 부인의 친정이 있는 상트페테르부르크에 머물 것인가를 심각하게 고민했으나, 결국 그는 스승 미하일이 살고 있는 모스크바에 정착했다. 척박한 환경에서, 그것도 고려인이라는 특수한 신분으로 살아남을 수 있었던 것은 쉽지 않았을 것이다. 다행히 그의 예술 세계를 이해하고 존중해주었던 부인이 곁에 있었다. 그가 여러 나라를 떠돌며 경제적으로 어려운 시기에 마임 공연을 펼칠 때에도 부인은 버팀목이자 변함없는 지지자였다. 그는 모스크바뿐만 아니라 우크라이나, 카자흐스탄 등 고려인들이 살고 있는 곳으로 찾아가 공연을 선보였다.

십이 년 전 그가 한국에 왔을 때에도 부인이 동행을 했다. 그때 공연 제목은 「밤과 낮」이었다. 혜인과 내가 함께 본 공연이었다. 그해 십일월, 공연을 보고 나왔을 때 많은 눈이 내렸다. 우산을 펼치고 걷는 사람들도 있었다. 혜인과 나는 쏟아지는 눈을 맞으며 계단을 내려갔다.

“처음 마임을 본 것은 스물두 살 때였어요.”

나는 그녀의 말에 귀를 기울였다.

“외국에서 봤겠군요.”

“아니요. 한국에 있을 때……”

당시 마임 공연을 하기 위해 한국에 찾아온 배우들은 많지 않았다. 그 무렵 마임이라는 장르는 일반 사람들에게 낯설었다. 당시 마임에 관심을 갖고 있었던 관객들은 극소수에 불과했다.

“선생님이 한국에 오셨을 때 국립극장에서 봤어요.”

그녀와 눈이 마주쳤다. 그렇다면 십이 년 전 겨울, 혜인과 나, 그리고 그녀가 극장 안에서 같은 시간에 함께 머물렀다는 것인가. 나는 천천히 그녀의 얼굴을 살폈다. 그녀는 아무런 미동도 없었다. 공연이 끝나고 밖으로 나왔을 때, 잠깐이라도 그녀와 스쳐 지나갔을 수도 있었다.

음식을 준비하기 위해 그녀가 부엌으로 들어갔다. 나는 소파에 앉지 못하고 거실에서 한참을 서성거렸다. 그러다가 이층으로 이어진 계단 쪽으로 발길을 돌렸다. 계단 옆에는 알렉세이 선생의 방이 있었다.

나는 조심스럽게 문을 열었다. 그곳에 있어야 할 선생의 모습은 보이지 않았다. 계단 뒤쪽에 휠체어가 있는 것이 보였다.

나는 조심스럽게 그의 곁으로 다가갔다. 알렉세이 선생은 작은 창문을 내다보며 가만히 앉아 있었다. 처음부터 내 발소리를 듣고 있었는지 그가 천천히 고개를 돌렸다.

“한국에서 왔다고 했나?”

탁하게 갈라진 목소리였다. 의사소통을 할 수 없으리라 여겼는데, 그는 분명 한국말로 또박또박 묻고 있었다.

"네. 그렇습니다."

"바비에레타."

나는 알아듣지 못했다는 듯 선생을 쳐다보았다. 그는 천천히 휠체어를 옆으로 돌렸다. 그의 눈길은 진열장 위에 놓인 액자에 머물렀다. 거기에는 짙은 분장을 하고 있는 선생의 모습이 있었다. 그는 무대 위에서 두 팔을 모은 채 눈을 감고 있었다. 조명으로 인해 그의 모습이 부각되었을 뿐, 무대 뒤쪽은 완전한 어둠이었다. 나도 모르게 그쪽을 향해 손을 뻗었다.

"저 사진……"

뭔가 할 말이 있는지 선생이 말을 꺼냈다.

"얼마 전에, 동양 여자애가 날 찾아왔더군. 가방 속에서 그걸 꺼내더군."

선생은 나에게 그 사진을 건네달라고 했다. 나는 액자를 들어 그의 무릎에 가만히 내려놓았다. 그는 부들부들 떨리는 손으로 액자를 매만졌다.

"오랫동안 날 동경해왔다고…… 사진을 내밀며 내 밑에서 마임을 배워보겠다고 하더군."

그는 만감이 교차하는지 가만히 사진을 내려다보았다. 그 모습이 쓸쓸해 보였다. 선생을 찾아온 동양 여자는 한동안 이곳에서 머물렀다고 했다. 책장을 정리하고 오래된 테이프를 치우는 일을 했다. 하지만 작은 키와 늦은 나이 때문에 마임을 시작하기엔 어려움이 있었다. 지금 선생에겐 누군가의 도움이 필요할 뿐, 제자를 키울 수 있는 체력이 허락되질 않았다.

선생의 무릎에 있던 액자가 바닥으로 떨어졌다. 순식간에 일어난 일이었다. 나는 자세를 낮추고 바닥에 떨어진 것을 집어 들었다. 이미 거기엔 미세한 금이 가 있었다. 액자를 뒤집어보았다. 거기에는 검은색 펜으로 쓴 누군가의 서명이 있었다. 그것을 가까이 들여다본 순간, 나는 눈을 감고 말았다. 거기엔 익숙한 필체, 혜인의 서명이 있었다. 나는 손바닥으로 금이 간 액자를 힘껏 눌렀다.

"지금 어디에 있는지 알고 계십니까?"

최대한 감정이 실리지 않은 말투로 그에게 물었다. 그가 굳은 표정으로 나를 빤히 보았다. 그는 자신의 입술을 깨물었다. 더 이상 말하고 싶지 않다는 고집스런 표정을 짓고 있었다. 나는 다시 한 번 절박한 눈빛으로 그를 바라보았다.

"그건 모르겠네."

여전히 그는 음울한 모습으로 앉아 있었다. 그는 서서히 한쪽 손을 들어올렸다. 여자는 자신의 재능이 부족하다는 것을 깨달았는지 말도 없이 이곳을 떠났다고 했다.

"이정경이는 지금 뭘 하고 있지?"

그는 화제를 다른 곳으로 돌렸다.

"부엌에서 음식을 만드는 중입니다."

여전히 내 눈길은 혜인의 이름에 머물렀다. 다시 한 번 혜인의 거처에 대해 물어봐야 했다. 하지만 한없이 불쾌하고도 심각한 표정을 짓는 그의 모습 때문에 더는 물어볼 수 없었다. 내 시선을 의식했는지 선생은 손바닥으로 입을 틀어막으며 연거푸 기침을 토해냈다.

"그 애에 비해 이정경이는 일찍 나를 찾아왔지. 재능이 있었어. 그런데 이정경이 눈을 잘 보게……"

선생은 다시 창밖을 내다보며 씁쓸하게 웃었다. 환멸과 체념이 뒤섞인 웃음이었다. 무슨 얘길 꺼내려는 것일까. 가슴이 싸늘해졌다. 십이 년 전, 무대 위에서 삶에 대해 긍정을 보여주었던 그의 모습은 어디에서도 찾아볼 수 없었다.

"……바닷가에서 포탄을 가지고 놀다가 한쪽 눈을 실명했지."

그는 나에게 손짓을 했다. 이제 그만 옆으로 비켜달라고 했다. 그러던 그가 천천히 뒤를 돌아보았다. 나는 한 걸음 뒤로 물러섰다.

그는 힘겹게 휠체어를 밀며 거실로 향해갔다. 부엌에 있던 그녀가 거실로 나와 선생의 뒷모습을 지켜보았다. 선생은 진열장 손잡이를 매만지기 위해 있는 힘껏 애를 썼다. 와인이라도 꺼내겠다는 것일까. 그가 원하는 것을 꺼낼 수 있게 도와주려다가 나는 그만 걸음을 멈췄다. 가만히 서서 그녀의 두 눈을 오랫동안 쳐다보았다. 말없이 서 있던 그녀가 선생의 휠체어를 밀고 부엌으로 들어갔다.

식탁 위에는 한국 음식들이 정갈하게 차려져 있었다. 고려인 가정부가 뜨거운 국을 내려놓고 돌아섰다. 숟가락을 쥔 알렉세이 선생의 손이 마비된 것처럼 오래 흔들렸다. 젓가락질을 하던 그가 얼굴을 몇 번이나 찌푸렸다. 나는 가까운 곳에서 다시 한 번 그녀의 검은 눈을 바라보았다. 내 가슴속에서 열기가 차올랐다.

식사를 마친 후에 정원으로 나가보았다. 무성하게 자란 나무들을 바라보던 나는 눈을 감았다.

"무슨 생각을 그렇게 하죠? 추운데 들어가는 것이 좋지 않겠어요?"

찻잔을 쥐고 있던 그녀가 조금씩 어깨를 떨었다. 나는 그녀의 오른쪽 눈 위에 남아 있는 흉터를 응시했다. 차라리 선생의 말을 듣지 않는 편이 나았을 것이다. 모든 것이 혼란스러웠다. 혜인이 이곳에 찾아왔었다는 것도. 그녀의 한쪽 눈이 실명되었다는 것도. 문을 열고 거실로 들어가는 그녀를 안게 될까 봐 나는 오랫동안 밖에서 서성거렸다.

어두워지기 전에 자리에서 일어나야 했다. 그녀가 지하철역까지 배웅을 하겠다는 것을 나는 정중히 거절했다. 인사를 할 무렵, 휠체어에 앉아 있던 알렉세이 선생이 몸을 앞으로 웅크렸다. 하마터면 그가 바닥으로 떨어질 뻔했다. 그 동작이 무엇을 의미하는 건지 알 수 없었다.

한동안 그녀가 나를 쳐다보았다. 나는 일부러 뒤를 돌아보지 않고 걸었다. 지하철역으로 향하는 산책로에는 많은 사람들의 발길이 이어졌다. 산책로를 지난 후에야 뒤를 돌아보았다. 지하철역 근처에 국제전화 표지판이 있는 것이 보였다. 나는 그곳으로 걸어갔다. 축축한 빗방울이 떨어졌다. 젖은 손으로 수화기를 들고 번호를 눌렀다. 술에 취한 것인지, 아니면 잠에서 깨어난 것인지 알 수 없는 정 선배의 목소리가 희미하게 들렸다.

"진규?"

그가 내 이름을 불렀다.

"밖으로 나온 거냐?"

취재를 잘 마쳤느냐고 그는 묻지 않았다. 그의 목소리엔 짜증과 피곤함이 잔뜩 배어 있었다.

"그래. 언제 돌아오는 거지?"

나는 빠르게 질주하는 차들을 바라보았다. 차들이 빠져나간 거리는 금세 적요해졌다.

"돌아와서 보자. 어떤 일이 있었는지 그때 듣자."

전화를 받는 것이 귀찮아 죽겠다는 그의 음성. 나는 수화기를 세게 내려놓았다. 아무 말도 없이 전화를 끊어버린 내 자신이 치욕스러웠다. 한때 어떤 방식으로 그를 죽여야 할지 고민한 적이 있었다. 뾰족하고 날카로운 칼끝으로 사정없이 그의 등을 내려친 뒤, 그의 피를 볼 것인가. 그때마다 나는 비겁하게 한쪽 입가를 올리며 웃음을 터뜨렸다. 결국 참아낸 것, 그것은 무엇을 위한 인내였을까.

나는 다시 수화기를 쥐고 김선규에게 전화를 걸었다. 수화기 저편으로 음악 소리가 들려왔다.

"어디세요? 저는 지금 친구들과 클럽에서 술을 마시고 있어요. 숙소로 가는 길이면 잠시 들렀다 가시죠?"

술에 취했는지 한껏 상기된 목소리로 그가 말했다. 나는 그러겠다고 대답했다. 그가 알려준 곳으로 찾아가면서 거리의 화려한 불빛을 응시했다. 거기엔 야만성이 도사리고 있었다. 거대한 짐승이 아가리를 벌리고 있는 것 같았다. 담배 냄새와 알 수 없는 불결한 냄새. 인도에서나 맡을 수 있을 향냄새가 내 코를 찔렀다.

클럽 안으로 들어서자, 현란한 조명이 내부를 비추었다. 빠른 비트의 음악이 흘러나왔다. 바닥은 젖은 발자국들로 인해 미끄러웠다. 팔에 거미 모양의 문신을 한 러시아 남자가 다가와 수작을 걸었다. 나는 이내 그의 손을 뿌리쳤다. 서로의 몸을 부둥켜안고 입술을 탐하는 젊은이들의 모습이 보였다.

많은 양의 담배 연기가 피어오르는 곳에서 김선규가 손을 흔들었다. 평소와는 다르게 가슴이 훤히 드러나는 셔츠에 허벅지가 꽉 끼는 바지를 입고 있었다. 불빛 아래에서 그의 긴 목걸이가 흔들렸다. 김선규 옆에는 이스라엘 청년 탄이 흐느적거리고 있었다. 한쪽 입가를 올리고 웃는 그가 여전히 거북했다. 음악에 맞춰 몸을 움직이는 김선규의 동작은 꽤 격렬했으며 동시에 관능적이었다. 모성 본능이나 연약함은 찾아볼 수 없었다. 나는 무대 위에서 몸을 흔드는 외국 남자들로부터 시선을 거두었다. 테이블 위에 놓인 차가운 물을 들이켰다.

러시아로 오기 전, 혜인에 대한 얘기를 여러 곳에서 들은 적이 있었다. 그들은 하나같이 혜인이 러시아에 갔다며 떠들었다. 남의 사생활을 쉽게 떠벌리던 그들은 내내 나의 표정을 살폈다. 당장이라도 그들의 목을 조르고 싶은 충동을 느꼈지만, 나는 그렇게 하지 않았다. 그들은 혜인에 대해 관심을 갖고 있었던 남자 동기들이었다. 그즈음, 여성지에 실린 혜인의 어머니 기사를 읽을 수 있었다. 자신의 딸이 남편과 함께 스코틀랜드로 유학을 떠났다고 했다. 그곳에서 행복하고도 안정된 가정을 꾸려가고 있다며 혜인의 어머니는 한껏 웃었다. 기사 옆에는 사진이 실려 있었다. 머리를 숏 커트로 자른 혜인의 어머니가 가죽 코트를 입고 서 있었다. 당당한 표정으로 카메라를 응시하고 있었다. 그러나 나는 불안한 눈빛과 거기에 서려 있는 공포를 엿보았다.

새벽에 클럽에서 어떻게 숙소로 돌아왔는지 도무지 기억이 나지 않았다. 악취가 나던 쓰레기통 옆에서 몇 번이나 속엣것들을 게워냈던 것이 떠올랐다.

깊은 잠을 자고 일어나 보니 텔레비전에서 러시아어가 흘러나오고 있었다. 화면을 가득 채우고 있는 것은 황량한 시베리아 벌판이었다. 날카로운 침엽수림과 척박한 땅이 펼쳐졌다. 시베리아 열차가 혹한 속을 지날 무렵, 눈보라가 몰려들며 바닥으로 곤두박질쳤다. 툰드라 지역까지 흔들어댈 광폭한 바람은 텔레비전을 보고 있는 내 뺨과 귀까지 후려치고 있었다. 비로소 러시아 땅에 있다는 것이 실감이 나며 소름이 돋았다. 화면에는 시베리아 횡단 열차를 타고 가는 사람들이 나오고 있었다. 그때, 두 손바닥으로 자신의 입을 가린 채 창밖을 내다보고 있는 동양 여자가 보였다. 혹시 저기, 열차 안에서 추위를 느끼며 떨고 있는 사람은 혜인이 아닐까. 나도 모르게 자리에서 일어섰다. 그러나 모자를 쓰고 있어서 도저히 확인을 할 수가 없었다. 그때 전화벨이 울렸다. 김선규가 여자 분이 나를 찾고 있다고 말했다.

수건으로 젖은 머리를 말리던 김선규가 빨리 받으라는 시늉을 했다. 나는 전화기가 있는 곳으로 다가갔다.

"너무, 이른 시간인가요?"

수화기 저편으로 이정경, 그녀의 목소리가 들려왔다.

"괜찮습니다. 말씀하시죠."

"……전하고 싶은 말이 있어서 연락을 드렸어요."

그녀의 목소리는 차분했다. 깊이 잠겨 있는 목소리를 들려주고 싶지 않아서 나는 손바닥으로 수화기를 막고 몇 번이나 헛기침을 했다. 다시 귀를 기울일 무렵, 그녀가 말을 이었다.

"얼마 후 칼리닌그라드로 떠나요."

"……알고 있습니다."

내 시선은 여전히 텔레비전 화면을 향해 있었다. 곧 기차가 멈추었다. 그러자 물건을 든 상인들이 정신없이 달려들었다. 사나워 보이는 개들도 상인들을 따라서 한꺼번에 뛰기 시작했다.

"오늘 오후에 시간이 되세요?"

그녀는 자신이 있는 곳으로 와줄 수 있느냐고 물었다.

"성 바실리 사원 앞이에요. 꼭 와주실 거라고 믿어요."

"……무슨 일이죠?"

"거리 극을 펼칠 예정이에요."

"거리 극이라니요?"

그녀는 대답 없이 계속 웃고만 있었다.

"한국인 유학생도 같이 있다고 했죠? 시간이 되면 함께 오시죠."

그녀는 그곳에서 마지막으로 볼 수 있기를 바란다고 했다. 목소리에는 긴 여운이 남아 있었다. 마지막이라는 표현이 마음에 걸려 나는 다른 말을 꺼내려 했다. 그러다가 그만 수화기를 놓쳐버렸다.

"약속을 지켜주실 거라고 생각해요."

그렇게 말한 뒤, 그녀는 전화를 끊었다. 화면 속에는 기차에서 내린 사람들이 짐을 들고 눈 위를 걸어가고 있었다. 사람들 속으로 점점 멀어져가는 한 여자의 뒷모습이 보였다. 검은색 점퍼를 입고 있는 동양 여자였다. 여자는 어깨를 웅크린 채 걷다가 쓸쓸히 사라졌다. 그것은 멀리 떠 있는 하나의 섬처럼 보였다.

결국 나는 자리에서 일어섰다. 저곳이 어디인지 정확한 지명은 알 수 없었다. 그때 김선규가 나에게 가까이 다가와 물었다.

"무슨 일이죠?"

허탈한 마음에 그를 쳐다보았다. 오후에 함께 시내에 나가 쇼핑 센터에 들르자고 했던 그의 말이 생각났다. 나는 오늘 일정을 바꾸어도 괜찮겠느냐고 물어보았다. 그는 상관없다고 했다. 조금 전에 통화한 내용을 그에게 전해주었다.

"그렇다면, 꽃을 준비해 가야 하지 않을까요?"

김선규가 테이블 위에 놓여 있던 보드카 병을 매만졌다. 며칠 전 마야콥스키 극장 앞에서 샀던 노란색 국화가 꽂혀 있었다.

"이런, 다 시들었군요."

노란색 국화는 검은색으로 변해 있었다. 김선규가 꽃을 뽑아 들었다. 그는 보드카 병에 들어 있던 물을 개수대에 따라 버렸다. 나는 다 시들어버린 국화를 매만지며 텔레비전을 보았다. 이미 광고가 나오고 있었다.

"날씨가 좋아서, 공연을 보러 오는 사람들이 많을 것 같은데요."

김선규는 이런 날엔 평소보다 더 많은 사람들이 붉은 광장으로 모여들 것이라고 했다. 조금 서둘러서 나가보는 것도 괜찮을 것이라고 그는 말했다. 나는 그를 따라서 외출할 준비를 했다.

아파트 복도를 지나면서 하늘을 올려다보았다. 지난밤, 한꺼번에 많은 비를 쏟아낸 탓인지 하늘은 무겁지 않고 고요했다. 빛이 내리쬐는 투명한 거리엔 짧은 반팔 옷을 입고 지나다니는 사람들이 있었다. 붉은 광장 안으로 아이들이 뛰어 들어갔다. 웅덩이에 고여 있던 빗물이 사방으로 튀었다.

광장 안에는 주먹을 쥔 채 웅변을 하는 노인과 기타를 들고 공연하는 연주자들이 있었다. 그들 곁에서 나는 한동안 서 있었다. 김선규가 꽃을 파는 노인 앞에서 걸음을 멈추더니 내 팔을 잡아끌었다. 꽃을 사자고 했다.

"바비에레타."

나는 양동이 안에 든 꽃을 선택했다. 그러자 노인이 중얼거렸다. 노인은 꼬깃꼬깃한 지폐를 펼쳐 보였다.

"무슨 뜻이지?"

"흔히 인디안 서머라고 하죠. 여기 사람들은 그렇게 말을 하거든요. 추운 겨울이 오기 전, 여름같이 따뜻한 날씨가 2주 정도 계속되죠. 오늘 같은 날씨를 그렇게 말하곤 해요."

나는 알렉세이 선생이 했던 말을 기억해냈다. 창밖을 바라보고 있던 그가 꺼냈던 말이었다. 그는 오랫동안 이런 날씨를 기다렸던 것일까.

성 바실리 사원은 붉은 광장의 남쪽에 위치해 있었다. 나는 사람들 속으로 천천히 걸어 들어갔다. 역사박물관과 크렘린 스파스카야 시계탑을 지날 무렵, 얼굴이 새까만 어린 집시와 눈이 마주쳤다. 집시는 제 손톱을 깨물고만 있을 뿐, 갑작스럽게 달려들지 않았다. 어린 집시는 지나가는 관광객들을 삐딱하게 쳐다보다가 한쪽 팔을 계단 난간에 걸치고 콧노래를 흥얼거렸다. 사람들이 자신을 쳐다보면 그들을 향해 윙크를 날리는 여유도 부렸다. 크렘린 성벽 밑에는 오래전 생을 다한 죽은 자들이 누워 있고, 지금 저곳에는 삶과 죽음, 그런 것은 신경 쓰지 않는다는 듯 콧노래를 부르다가 한가롭게 귓속을 후비고 있는 어린 집시가 계단에 앉아 있었다. 바지를 걷어 올리자 잔뜩 때가 낀 앙상한 다리가 드러났다.

나는 다시 걸음을 옮겼다. 저 멀리 얼굴에 흰색 분칠을 한 동양 여자가 독특한 의상을 입고 서 있었다. 이정경, 바로 그녀였다. 눈썹과 입술 선을 검은색으로 강조한 그녀의 얼굴은 한층 더 기이해 보였다. 중세 시대의 마임 배우를 연상시키는 한껏 부풀어 오른 모자를 쓰고 있었다. 그러나 그 모습이 우스꽝스럽지 않았다. 흰색 장갑을 손가락에 끼고 등을 돌렸을 때, 굴곡이 있는 몸매가 고스란히 드러났다.

그 순간 그녀가 서 있는 곳으로 뜨거운 빛 한 줄기가 쏟아졌다. 그녀의 입술과 턱이 조금씩 떨려왔다. 그 모습을 나는 줄곧 보고 있었다. 오랜 시간 폭격과 소음에 시달려온 사람이 바로 저 사람인가. 성 바실리 사원 건축가의 운명처럼 한쪽 시력을 잃은 사람이 분명 저 사람인가.

사람들 속에 섞여 있던 그녀가 천천히 앞으로 걸어 나왔다. 무릎을 굽히며 바닥에 주저앉았다. 처음에는 한껏 웅크리고 있다가 느리게 일어나면서 자신의 두 눈을 감싸 쥐었다. 그런 뒤에 고개를 숙였다. 벌어진 입술 사이로 금방이라도 비명이 새어 나올 것 같았다. 동작은 거기에서 멈추지 않았다. 그녀가 절뚝거리며 앞으로 한 걸음 나아갔다. 한없이 고통스러운 몸짓이었다. 그녀는 손을 내린 뒤 엄지손가락을 교차시키며 조금씩 몸을 떨었다. 단 한 마디의 언어도 새어 나오지 않았지만, 눈빛 속에 침통함과 비애가 가득 담겨 있었다. 그 순간 절박한 음성을 들을 수 있었다. 지금 표현하고 있는 것이 매향리에 대한 얘기라는 것을. 그때, 누군가가 카메라의 플래시를 터뜨렸다. 나는 차마 괴로워하는 몸짓을 볼 수가 없어서 시선을 다른 곳으로 돌리고 말았다.

그녀가 서 있는 뒤쪽으로 폴란드군을 격퇴했다는 미닌과 포자르스키의 동상이 한쪽 팔을 뻗은 채 위엄 있게 서 있었다. 오래전 수많은 상인들이 이곳에 모여들어 물건을 팔았던 광장. 훗날 역사적 처형이 이루어지기도 했던 붉은 광장. 지금은 신에게 간곡한 기도를 바치려는 자들이 고단한 발을 이끌고 사원 안으로 들어서고 있었다. 그들에게 다가서면 피비린내가 날 것 같았다.

공연이 끝나면, 잠시라도 저 안으로 들어가 쉴 수 있을지. 적막한 어둠 속에서 신에게 위로를 받을 수 있을지. 나는 바실리 사원 앞에 서서 손바닥으로 두 눈을 감싸 쥐었다. 서럽게도 차가운 기운이 느껴졌다. 주변을 둘러싸고 있던 소음들이 조금씩 잦아들고 있었다.

※ 오스카 G. 브로켓, 프랭클린 J. 힐디의 『연극의 역사』를 참조하였다.

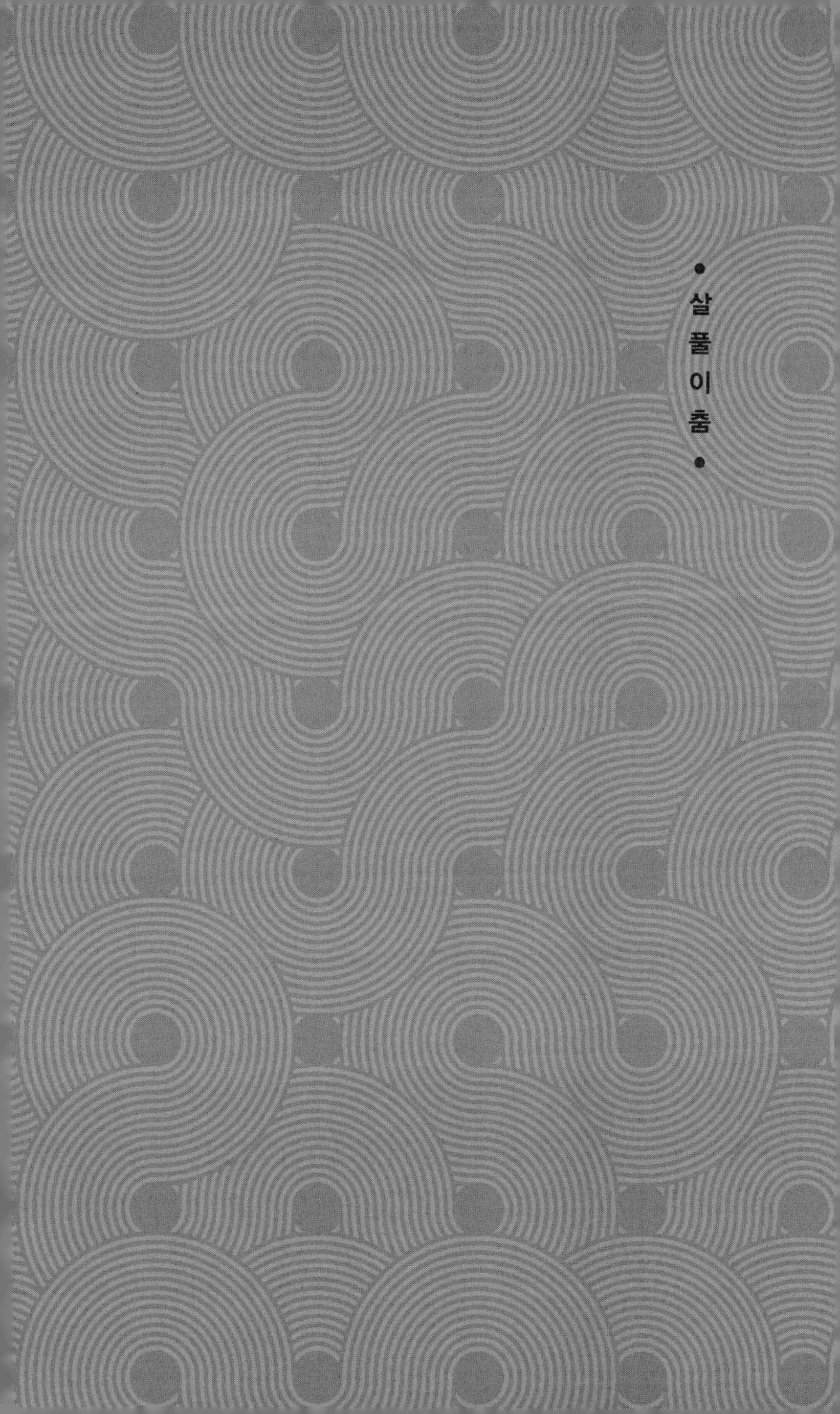
살풀이춤

공연장 앞에는 수십 명의 사람들이 서 있었다. 팸플릿을 들고 서성거릴 무렵 멀리서 다가오는 근애의 모습이 보였다.

"왔으면 연락을 해야죠."

그녀가 나를 흘겨보았다.

"수희 언니가 한국에 온 거 알고 있죠? 함께 공연을 보겠어요?"

지난밤 그녀는 나에게 전화를 걸어왔다.

전수희는 한국에서 활동하다가 프랑스로 건너간 현대무용가였다. 현대적인 춤과 전통 춤을 결합해 새롭고도 이질적인 공연을 펼치고 있었다. 잠시 머뭇거리던 나는 공연을 보러 가겠다고 대답했다. 그러나 곧 후회가 밀려왔다. 전수희와 마주칠 수도 있는데 초라한 모습으로 나가고 싶지 않았다. 때마침 비까지 내리고 있었다. 결국 검은색 코트를 입고 밖으로 나왔다.

"여기는 안무가이신 조훈 선생님이세요. 인사 나누세요."

어느새 근애 옆에는 뿔테 안경을 쓴 남자가 서 있었다. 그의 얼굴은 몹시 창백했다.

"여긴 연극배우 최형권 씨예요."

근애가 내 소개를 했다. 나는 고개를 숙였다. 조훈은 현재 무용단의 대표이며 승무 전수자로서 전통 춤을 추고 있었다.

"가끔 얘기 들었습니다."

조훈이 대답했다.

"시간이 다 되었어요. 어서 들어가요."

근애가 서둘러 표를 꺼냈다. 나는 그들을 따라 어두운 공연장으로 들어갔다. 이미 많은 사람들이 의자에 앉아 있었다.

공연이 시작되자 무대에 있던 남자가 빠르게 장구를 쳤다. 여자 무용수들이 무대로 걸어 나왔다. 그들은 흰색 천으로 가슴을 감싸고 있었다. 흰색 천을 벗겨내면 그들의 가슴이 그대로 드러날 것만 같았다. 여자 무용수들의 치마는 과감히 찢어져 있었다. 옆에 있던 근애가 "저기 저 사람이 수희 언니예요" 하고 중얼거렸다.

전수희가 가볍게 뛰어올랐다. 그녀는 다시 바닥에 엎드렸고 여러 차례 뒹굴기 시작했다. 찢어진 치마 사이로 탄탄한 허벅지가 드러났다. 그녀의 모습은 요염했다. 다른 무용수가 그녀에게 다가가 흰색 천을 벗겨냈다. 그녀의 가슴이 그대로 드러났다. 아주 짧은 순간이었다. 또 다른 무용수가 흰색 천을 빼앗아 그녀의 가슴을 가려주었다. 이어서 피리 소리가 들려왔다. 무대의 조명이 어두워졌다. 관객들이 자리에서 일어섰다.

"선생님, 수희 언니를 만나고 가실 거죠?"

근애가 뒤돌아보며 조훈에게 물었다.

"근애가 간다면 함께 가지."

"오빠, 거기서 뭐해요? 따라오지 않고요?"

가만히 서 있던 내게 근애가 물었다.

"화장실에 가려고요? 대신 얼른 와야 해요."

그들은 대기실로 갔다. 화장실에서 오랫동안 거울을 들여다보았다. 날은 이미 어두워져 있었다. 창밖의 풍경을 바라보다가 천천히 걸음을 옮겼다. 대기실 입구에는 많은 사람들이 모여 있었다. 저 멀리 이마의 땀을 닦고 있는 전수희의 모습이 보였다. 그러나 나는 그녀에게 다가가지 않았다. 잠시 씁쓸한 미소를 지으며 한 걸음 물러섰다.

"이렇게 헤어지는 거 아쉽지 않아요?"

계단을 내려가던 근애가 쏘아붙였다.

“자주 가는 카페가 있는데, 거기 가서 목이라도 축이는 게 어때요?”

“그러시죠. 바쁜 일이 아니면 그렇게 하시죠.”

조훈이 옆에서 거들었다. 결국 나는 그들을 따라갔다.

그들은 어둡고 조용한 카페로 들어갔다. 조훈은 의자에 앉자마자 겉옷을 벗어두었다.

“선생님, 오늘 공연을 어떻게 보셨죠?”

“근애는 어떻게 보았지?”

“사실 저는 오래전부터 수희 언니 춤을 좋아했어요. 그런데 어딘가 모르게 언니의 춤이 달라진 것 같더군요. 다른 사람이 춤을 추는 듯했어요. 우선 메뉴를 고른 후에 얘기해요.”

조훈이 웃음을 보였다.

나는 근애를 바라보았다. 고등학교 시절 연극 동아리에서 활동한 그녀는 내 일 년 후배였다. 무용을 하던 그녀는 신체 활동에 도움이 될 거라고 판단했는지 연극반에 문을 두드렸다. 그리고 춤에 도움이 되는 방향으로 접목을 시켰다. 대학에선 한국무용을 전공한 후 무슨 변덕인지 미국으로 건너가 발레를 공부했다. 그 후 그녀는 한국으로 돌아와 전통 춤인 살풀이춤과 승무, 태평무 등을 배우고 있었다.

어릴 적 교복을 입고 다니던 근애의 모습은 청초한데다 인형처럼 예뻤다. 게다가 그녀는 전교 일 등을 놓치지 않는 수재였다. 그런 근애가 일류대를 갈 수 있음에도 불구하고 지방

216

대학에 원서를 내 여러 사람을 놀라게 했다. 유명한 춤꾼이 그 대학에 있다는 이유 때문이었다. 그 누구도 근애를 말릴 수는 없었다. 결국 그녀는 전체 수석으로 입학을 했다. 그렇게 고집 센 근애가 다른 사람 말은 듣지 않으면서 유독 전수희를 따르고 있으니 나로서는 기이할 뿐이었다.

"이번 공연이 얼마나 수준 높았는지 선생님도 아실 거예요. 인도네시아뿐 아니라 유럽의 여러 도시에서도 공연이 이루어졌잖아요. 사람들이 보는 눈이 있어서 얼마나 격찬을 했는지 몰라요."

조훈 역시 공감한다는 듯 고개를 끄덕였다.

"오빠는 이번 공연을 어떻게 봤죠?"

한참 나를 쳐다보던 근애가 갑작스럽게 물었다. 나는 아무 말도 할 수 없었다. 춤꾼들 앞에서 감상을 얘기한다는 것이 무엇보다 쑥스러웠다. 그러자 그녀가 입술을 내밀었다.

"수희 언니가 살풀이춤과 현대무용을 맞물린다고 했을 때 저는 많이 놀랐어요. 사실 그 언니가 현대무용을 전공했잖아요. 그래선지 전통 춤을 잊고 산 줄 알았거든요. 수희 언니가 박매자 선생님의 따님이라는 건 아시죠?"

박매자 여사. 오랜만에 들어보는 이름이었다. 그이는 화순에서 태어난 명무였다.

어머니가 유명했으니 세간의 부담과 그늘이 있었던 모양이었다. 근애와 전수희는 어릴 적 전통 춤을 함께 배웠으므로 서로에 대해 잘 알고 있었다. 근애는 예전 일이 생각났는지 어릴 적 얘기를 꺼냈다. 살풀이춤에 관심을 갖게 된 건 고등학교 때라고 했다. 당시 살풀이춤으로 유명한 최정자 선생이 있었다. 소문을 듣고 어렵게 최 선생을 찾아갔으나 모멸감을 느낀 채 돌아와야만 했다. 근애의 춤을 본 선생은 온갖 무시를 하다가 밖으로 나가버렸다고 했다. 훗날 근애는 미국에서 돌아와 다시 선생을 찾아갔다.

"결국 저를 받아주셨잖아요. 그러면서 발레나 전통 춤 중 한 가지만 하라고 말씀하시지 않겠어요? 사실 선생님 말씀이 하나도 틀린 게 없어요. 요즘 명인들에게 춤을 배우기만 하면 다들 전수받았다고 수제자인 척하잖아요. 제대로 춤도 못 추면서 자랑을 늘어놓는 꼴이 여간 우습지 않아요. 그게 제대로 된 예술인의 자세라고 할 수 있나요?"

살풀이춤은 크게 이매방류와 한영숙류, 김숙자류로 내려오고 있었다. 한영숙류는 단아하고 정갈한 데에 비해 이매방 선생의 살풀이춤은 화려하면서 기교가 있었다. 그에 비해 김숙자류 도살풀이는 동작이 강하면서도 깊이가 있었다. 저마다 서로 다른 묘미와 매력을 지니고 있었다. 물론 사람들이 선호하는 취향도 조금씩 달랐다.

살풀이춤…… 살풀이춤이 굿이나 권번에서 추던 춤에서 영향을 받아 전해졌다는 것은 나 역시 알고 있었다. 어찌되었든 그것은 죽은 자에 대해 기원을 하고 그들의 한을 풀어주는 것이었다. 근애는 그것이야말로 값지고 의미 있는 일이라고 해석했다. 그러면서 몇 년 전에 불에 탄 숭례문 애기를 꺼냈다. 그 앞에서 살풀이춤을 추지 못해서 너무 아쉬웠다고 털어놓았다.

"살풀이춤에 대해 애정이 각별하다는 건 알고 있지. 부모님이 여전히 싫어하시니?"

한참 듣고 있던 조훈이 질문했다. 갑자기 그녀의 표정이 어두워졌다. 그녀의 집에선 계속 결혼 애기를 꺼내고 있었다. 아버지가 소개하는 이들은 주로 젊고 유능한 의사들이었다. 하지만 그 누구도 그녀의 눈에 들어오지 않았다.

"가능하다면 저는 춤만 추고 싶어요. 결혼도 하기 싫고 아이도 낳기 싫어요. 아침마다 남의 밥해주기도 싫어요."

불현듯 한 남자가 떠올랐다. 근애를 무척 좋아하던 청년이 있었다. 그는 한 남자로서 인정받기 위해 많은 노력을 했다. 하지만 그럴수록 근애는 그를 무시했다. 예술적인 재능이 없어서 그렇지 성실하고 반듯한 청년이었다. 무엇보다 근애는 안정 그 자체보다는 자신의 영혼을 뿌리째 흔들 만한 뭔가를 찾고 있었다. 아니 이제야 찾았다고 굳게 믿고 있었다.

"오늘 공연을 보면서 저는 많은 생각을 했어요. 이번 공연이 외국에서도 많은 호응을 얻었잖아요. 하지만 살풀이춤을 재해석한 것에 대해 비난하는 사람도 있었어요."

그동안 일부에서 우리 고유의 것을 너무 많이 변형시키는 게 아니냐는 비판이 있었다고 했다. 무용수들이 속옷도 입지 않고 흰 천으로 몸을 감싼 것이 보수적인 무용계 사람들의 눈에 거슬린 모양이었다. 하지만 근애는 그들의 생각에 동의하지 않았다.

이번 공연에서 드는 사위와 모으는 사위, 뿌리는 사위 등 기본적인 춤사위는 다 사용되었다고 그녀가 말했다. 중간에 삼현육각도 끼어들었다면서, 살풀이춤에서 중요시되는 정중동의 요소가 포함된 것을 그녀는 의미 있게 해석했다.

"최근에 저는 가야금 연주와 비보이 공연을 접목하는 걸 봤어요. 선생님은 그런 문화적인 현상에 대해 어떻게 생각하세요?"

이번엔 또 이런 질문을 했다. 조훈은 잠시 뭔가를 생각하더니 대답했다.

"우선 그런 방식으로 관객과 소통하는 게 긍정적으로 느껴지는구나. 아무리 전통 춤과 전통 음악이 좋다고 해도 사람들과 소통하지 않는다면 도태될 수밖에 없지 않을까?"

근애는 상당히 진지해졌다.

"저도 그것을 마냥 비판을 하는 입장은 아니에요. 그런데 공연을 보면서 저는 뭔가 억지스러움을 느꼈어요. 음악과 춤이 한데 섞이는 것이 아니라 따로 노는 것 같았거든요. 게다가 얼마나 기계적인 냄새가 났는지 몰라요. 워낙 주변에서 새로움을 강조하니까 그런 것들이 태어난 것 같아요. 꼭 그런 강박을 갖는 것도 문제 아닌가요?"

그녀는 문화에 대한 자신의 속내를 털어놓았다. 살풀이춤을 춘다고 하면 젊은 사람들마저 빈정거리는데 그때마다 무척 속상하다고 했다.

"선생님은 요즘에도 매일 승무를 추시죠?"

나는 잠시 조훈을 바라보았다. 이번엔 그가 나를 의식했는지 말을 이었다.

"안무자로서 어려움을 느끼거나 복잡한 일이 있을 때, 새벽에 일어나 연습실에 나갑니다."

조훈은 무척 쑥스러워했다. 현재 그는 연습실에 가까운 아파트를 얻어 혼자 지내고 있었다. 좁은 평수이긴 해도 사는 데 큰 지장은 없었다. 그의 말투와 표정으로 봐서 살아가는 데 큰 욕심이 없어 보였다. 아니 그것보다 어딘가 모르게 세상으로부터 한발 비켜서 있는 듯했다. 그것이 체념인지 절망인지 알 길이 없었다.

조훈은 와세다 대학 공대를 다니다가 남들에 비해 조금 늦게 춤을 시작했다.

"그럼 한국에서 살다가 일본으로 건너가신 건가요?"

"히로시마에서 태어나 스물세 살까지 그곳에서 지냈습니다."

알고 보니 그는 재일 교포 삼 세였다. 현재 그의 나이는 서른일곱이었다. 어릴 적엔 부모님이 사업을 해서 멀리 떨어져 지냈다. 대신 그의 곁에는 대학에서 문학을 전공한 고모가 있었다.

"고모님과는 오랜 시간을 함께했습니다. 어릴 적에는 한국에 대해서 궁금한 것이 참 많았습니다. 문화에 대한 것도 그렇고 다른 분야에 대해서도 호기심이 들더군요. 이따금 한국에 대해 물어볼 때면 고모님은 한국으로 가지 말라고 말씀하셨습니다. 그래선지 한국을 떠올릴 때면 자연스럽게 금기 같은 것을 느꼈습니다. 나중에 고모님이 미국으로 시집을 가신 후에 고모님 방에서 몇 권의 책을 읽었습니다. 그때 재일교포 작가였던 이양지 씨의 소설을 접할 수 있었죠……"

이양지. 조훈은 이양지 씨의 이름을 언급하더니 잠시 침묵했다. 이미 타계한 작가이기 때문에 조심스러운 것인가.

"이양지 씨도 살풀이춤을 춘 적이 있더군요. 도살풀이춤을 추셨다고 다른 선생님께 전해 들었습니다."

조훈이 가만히 포크를 내려놓았다. 그는 더 이상 말을 하지 않았다.

"그럼 일본에 있을 때 무용을 시작하신 건가요?"

나는 그에게 질문했다. 그는 고개를 저으며 말했다.

"고모님을 뵈러 잠시 미국에 간 적이 있습니다. 거리를 걷다가 우연히 포스터를 보고 소극장으로 들어갔죠. 때마침 그곳에서 한국 무용수들의 춤을 보게 되었습니다. 승무와 살풀이춤 공연을 하더군요. 관객들은 스무 명 남짓으로 적었습니다. 공연을 보면서 저는 큰 충격을 받았습니다. 이후 한국으로 들어와 공부를 시작했죠. 물론 고모님께는 비밀로 하고 말입니다."

조훈이 슬며시 웃음 지었다. 지난달에 그는 「틈, 너머」라는 제목으로 초연을 올렸다. 공연 당시 제법 많은 관객들이 몰려들었다고 했다. 공연이 끝난 뒤에 안무자와 관객들 간의 대화의 시간도 예정되어 있었다. 그런데 대부분의 사람들이 기다리지 않고 공연장을 빠져나갔다. 결국 남아 있던 인원은 다섯 명도 채 되지 않았다.

그 말을 하면서 조훈은 씁쓸한 표정을 지었다. 그러자 근애는 몹시 안타까워했다. 아무래도 재일 교포라는 이유만으로 제대로 된 기회를 얻지 못하는 것 같다고, 이번에는 대학 강의도 맡지 못했다고 근애는 아쉬워했다.

"다들 어려움 속에서 작업을 하고 있지. 어렵지 않으면 예술이라고 할 수 있을까? 그 속에서 끈기와 겸허함을 배우는 것이겠지."

"그래도 계속 걱정이 되는 걸요. 형권 오빠도 그렇고요."

갑자기 근애가 나를 쳐다보았다. 그녀는 이런저런 연유로 나를 염려하고 있었다. 연극만 하면 생활이 힘들지 않느냐며 단기간에 할 수 있는 일자리를 소개해주기도 했다. 근애는 나를 이성이 아니라 친오빠처럼 여기고 있었다. 그건 나 역시 마찬가지였다. 사람들에게 까다롭게 구는 듯해도 자기 일을 똑 부러지게 하는 근애가 얄밉지는 않았다. 그러나 정작 나는 춤에 대한 의견이라든가 속내를 드러내지 않았다. 만약 내가 솔직하게 털어놓았다면 그녀는 가만히 있지 않았을 것이다.

"무용을 하시는 분들 보면 판소리나 가야금이나 이것저것 재능이 많으시던데 다른 것은 하지 않으십니까?"

나는 화제를 다른 곳으로 돌렸다. 그리고 잠시 조훈을 쳐다보았다.

"저는 한 분야로도 벅찹니다. 보시다시피 제 체형은 무용수로서 좋은 편이 아닙니다. 다른 이들에 비해 팔다리도 짧은 편입니다. 그런 열등감 때문에 무용수보다 안무자로 무대에 서는 것이 편할 때가 있습니다. 무엇보다 춤은 본질에 가깝지요. 한국어나 일본어를 사용하지 않고 저를 표현한다는 것이 무척 편안합니다. 일본에서 살 때 워낙 입을 닫고 살아선지 몇몇 사람들은 저를 장애인으로 오해하기도 했습니다. 하지만 춤을 만난 이후로 저는 많이 자유로워졌습니다. 동시에 고모님 생각을 자주 했습니다. 미국에 갔을 때 알게 되었는데, 고모님은 한국에 대해 늘 금기처럼 말씀하셨으면서도 정작 본인은 한국의 역사라든가 문화, 심지어 대중가요와 드라마까지 가깝게 접하고 계셨습니다. 그런 모순이 저를 이곳으로 이끌고 온 것이지요."

조훈이 물을 한 잔 마셨다. 다시 그가 말을 이었다.

"요즘은 재능 있는 사람들이 많더군요. 참 부럽습니다. 가깝진 않지만 권태명 선생을 봐도."

224

　권태명이라니. 오랜만에 들어보는 이름이었다. 가야금을 잘 타고 보성 판소리에도 능한 자였다. 그는 전수희의 남편이었다.
　어느새 조훈과 나는 침묵하고 있었다. 무슨 생각을 하는지 조훈은 멍하니 있다가 과일을 먹기 시작했다.

　전수희. 그녀는 오래전 강원도의 한 사찰에서 결혼식을 올렸다. 권태명은 국악계에서 꽤 알려진 인물이었다. 하지만 그는 세상을 기피하던 은둔자였다. 전수희와 권태명은 스무 살 이상 나이 차이가 났다. 그 때문에 부모의 극심한 반대에 부딪쳤다고 했다. 그건 모두 아버지에게 들은 얘기였다.
　아버지는 박매자 여사의 제자였다. 그가 마흔을 넘긴 나이에 살풀이춤에 빠져 가정을 외면한 채 밖으로만 떠돌았다는 것, 기이하고도 이상한 춤에 빠져 한평생 남은 가족들을 돌보지 않았다는 것은 내가 알고 있는 분명한 진실이었다. 물론 자신의 욕망을 따르고 살았던 것은 정직한 일일 수도 있었다. 하지만 한편으로는 이기적이고 헛된 일이라는 것을 나는 알고 있었다. 흰색의 긴 명주 수건을 이용해 느리게 움직이는 살풀이춤. 그 춤은 어딘가 모르게 시대착오적이면서도 기이하게 다가왔다. 오랫동안 나는 그런 살풀이춤을 외면해왔다. 물론 이런 생각들을 근애에게 털어놓은 적은 없었다.

이제 와서 내 의견을 말한다는 것도 우스운 일이 될 것이라고 내심 짐작했다. 한편으로는 그녀를 속이는 것 같았다. 그렇다 해도 굳이 내 가족사를 얘기하고 싶지 않았다. 그런 것은 누구에게도 말하고 싶지 않았다.

근애가 다시 살풀이춤에 대한 애기를 꺼냈다.

"어릴 적에 박매자 선생님께 살풀이춤을 배우지 못한 게 두고두고 후회가 되어요. 춤추는 걸 가까이서 뵈면 심장이 오그라들 만큼 긴장감이 느껴진다면서요? 외국으로 공연을 나가셨을 때도 인기가 대단했다면서요? 선생님도 그분의 춤을 직접 보신 적은 없죠?"

"비디오로 접한 적은 있지."

"아니, 그러셨어요? 저도 좀 보여주세요."

그들은 계속 대화를 나누었다. 나는 카페 출입문 쪽으로 고개를 돌렸다.

오래전에 나 역시 그분의 춤을 본 적이 있었다. 아버지를 만나기 위해 대전에 있는 무용 전수관을 찾았을 때였다. 내 나이 스물두 살 때였으니 벌써 십일 년 전 일이었다. 무용 전수관을 어렵게 찾았을 때 그곳은 한없이 고요했다. 대문을 열고 마당으로 들어서자 정갈한 항아리들만이 놓여 있었다. 사람의 흔적은 어디에도 찾아볼 수 없었다.

나는 열린 문틈으로 가까이 다가갔다. 방 안엔 가야금과 아쟁, 장구 들이 길게 세워져 있었다. 그곳엔 키가 작은 여인이 등을 보인 채 서 있었다. 여인은 명주 수건을 든 채 춤을 추고 있었다. 춤사위는 한눈에 봐도 예사롭지 않았다. 앞발을 내딛고 뒷발을 살짝 들어올리는데, 얼음 위를 걷는 듯 위태로웠다. 명주 수건을 들고 움직이는데 거대한 파도를 밀고 가는 듯했다. 무엇보다 거기엔 절제가 있었다. 그것은 분명 살풀이 춤이었다.

한참을 넋 놓고 바라보는데 여인이 갑자기 뒤돌아봤다. 누군데 함부로 여기에 들어왔느냐며 나를 쏘아보았다. 들고 있던 수건으로 내 목을 조를 것 같아서 나는 한 걸음 뒤로 물러서고 말았다. 여인의 눈매는 가늘고 매서웠다. 그리고 어딘가 모르게 귀기마저 느껴졌다.

그이가 바로 박매자 여사였다. 나는 작은 목소리로 최롱 어른을 뵈러 왔다고 대답했다. 여인은 아무 말도 하지 않고 마당으로 나가 수돗물을 마셨다. 그러더니 갑자기 찬물을 그릇에 담아 나에게 내밀었다. 나는 그걸 받아마셨다. 한참을 침묵하던 여인이 말했다. 이곳에 남아 있는 사람은 자신뿐이라고 했다. 이미 아버지를 포함한 몇몇 제자들이 강원도의 사찰로 떠난 뒤였다.

그날은 전수희와 권태명이 사찰에서 결혼식을 올리는 날이었다. 당시 전수희의 나이 스물한 살이었다. 그들의 결혼을 반대한 여인이 결혼식에 참석하지 않은 채 홀로 전수관에 남아 있었다.

적막한 곳에서 살풀이춤을 췄던 것은 기어이 자신의 고집을 꺾어버린 전수회에 대한 원망과 적의 때문이었을까. 그날 내가 봤던 박매자 여사의 춤사위는 여러 사람에게 자괴감과 비의를 느끼게 할 만큼 뛰어났다. 아버지는 저 춤을 배우기 위해, 아니 저 춤을 넘어서기 위해 그토록 오랜 세월 바깥으로 떠돈 것인가. 그렇다 해도 나는 이해할 수 없었다. 실제로 눈앞에서 펼쳐지는 춤사위, 눈과 마음을 사로잡은 뒤 불길처럼 화려하게 펼쳐지는 살풀이춤을 나는 인정할 수 없었다.

"이거 너무 저희들끼리만 애기를 나눈 것 같습니다. 춤에 대한 애기를 하니 상당히 지루하셨죠?"

조훈이 나를 배려하며 물었다.

"괜찮습니다."

나는 애써 미소를 지으며 대답했다.

"현재 연극을 한다고 하셨지요? 무대 위에서 어떤 연기를 펼치실지 궁금해집니다."

"……좋은 배우는 아닙니다."

"겸손하시군요."

조훈이 웃었다.

"선생님, 이래 봬도 오빠는 다재다능한 사람이에요. 지난번 공연이 폭삭 망해서 그렇지, 재작년인가 영국 에든버러 축제에도 참가하셨어요."

어쩐 일인지 근애가 나를 치켜세웠다.

228

"특히 희극적인 연기를 잘하세요. 지난번에는 사기꾼인가 그런 역할을 맡았어요. 선생님, 제가 말씀드렸던 적이 있죠? 연극에 잠깐 관심을 가진 적이 있다고요. 하지만 이제는 흥미 없어요. 그저 무용을 하기 위해 잠시 거쳐 간 것에 불과해요. 그런데 이런 얘기를 해도 될지 모르겠어요. 오빠의 연기를 보는데 어딘가 모르게 한발 비켜서 있는 것 같았어요. 기분 나쁠지도 모르겠는데, 그 배역에 완전히 몰입하지 못하는 것 같았어요."

나는 잠시 생각에 잠겼다. 그 말이 불쾌하진 않았다.

오래전 극단에 들어가 밑바닥 일을 할 때 어머니는 실망한 기색으로 그 피는 어쩔 수 없다는 말을 내뱉었다. 예술을 부정했던 내가 한낱 연극배우가 되어 살아가는 것에 대해 어머니는 몹시 허탈해했다. 어머니는 결국 아버지와 내가 다르지 않은 인간이라고 규정지었다. 현실에 적응하지 못하는 쓰레기 같은 인간이라는 말이 듣기 싫어 나는 매달 어머니에게 생활비를 부쳤다. 하지만 어머니는 나를 배반하듯 그 돈을 고스란히 교회에 갖다 바쳤다. 연극을 택한 것은 나라는 존재를 지워버리고 누군가의 역할 속으로 들어가서 그 삶을 대신 살고 싶다는 욕망 때문이었다. 근애가 날카롭게 지적했듯이 언제나 나는 연기에서 한발 물러나 있었다. 함께 일하는 배우들 중에는 연극에 미쳐 있거나 목숨을 담보로 연기를 하는 이들이 있었다. 나는 그들을 보면서 아버지를 떠올렸다. 물론 그들을 닮지 않기 위해 한 걸음 물러나 있었다.

근애는 살풀이춤을 추는 자신의 모습을 본 적이 있느냐고 나에게 물었다. 나는 고개를 저었다. 그러자 그녀는 내일 시간이 되느냐고 물었다. 자신이 머물고 있는 전수관에 초대하고 싶다고 했다. 그녀는 자신의 춤 실력을 은근히 자랑하고 싶어 했다.

"함께 가지 않으시겠습니까?"

나는 맞은편에 앉은 조훈에게 물었다.

"아쉽지만 저는 내일 선약이 있습니다. 한번 다녀오시죠. 저 역시 가본 적이 있습니다. 물론 근애의 살풀이춤을 본 적도 있죠."

"내일은 최정자 선생님도 나오실 거예요. 수희 언니도 올 거구요."

근애가 고개를 끄덕이며 말했다.

전수희. 무대 위에서 격정적으로 춤을 추던 그녀의 모습을 생각했다. 그녀의 눈빛을 떠올리다가 나는 씁쓸하게 웃음 지었다.

만약 가까운 곳에서 전수희를 만난다면 무슨 말을 꺼낼 것인가. 그저 아무 일 없었다는 듯 침묵할 것인가. 아니면 자연스럽게 대화를 나눌 것인가.

늦은 밤까지 잠을 이루지 못했다. 밤새도록 비가 내렸다. 다음날 아침까지도 비는 계속되었다. 전수관으로 가면서도 나는 몹시 긴장하고 있었다. 담배를 한 대 피우면서 시간을 늦추고만 있었다. 전수관 안은 한없이 고요했다. 아무도 없는 것인가. 복도를 지나는데 어디선가 전통 음악이 흘러나왔다. 천천히 그곳으로 다가갔다.

무용실 안에서 한 여자가 춤을 추고 있었다. 사방에 거울이 붙어 있었다. 여자는 거울을 보면서 천천히 앞으로 나아갔다. 그러더니 장단에 맞춰 몸을 흔들었다. 보라색 풀치마를 입고 춤을 추는 사람은 바로 근애였다. 그녀는 도살풀이춤을 추고 있었다.

나는 방해하고 싶지 않아서 조금 더 지켜보기로 했다. 그녀는 어깨에 둘렀던 긴 수건을 천천히 잡아당기더니 목을 위아래로 흔들었다. 왼손으로 긴 수건을 잡더니 머리 위에서 휘저었다. 금방이라도 주저앉을 듯 자세를 낮추더니 다시 뒷걸음질 쳤다. 이번엔 딛음 사위와 잉어걸이 사위를 했다. 그리고 도살풀이춤에만 있다는 목젖 놀이와 낙엽 사위를 했다. 젊은 사람이 추는 춤이어서 그런지, 한이나 깊은 슬픔이 느껴지진 않았다. 그것은 오래 곰삭아서 나온 춤이 아니라 즉흥적인 춤에 가까웠다. 전체적으로 기교만 있을 뿐 어딘가 모르게 서툴고 부족했다. 노력하는 흔적은 엿보였으나 동작과 장단이 맞지 않고 따로 놀았다.

"언제까지 그렇게 훔쳐보고만 있을 거예요?"

갑자기 그녀가 쏘아붙였다.

"……혼자 있었구나."

나는 몹시 당황했다.

"최정자 선생님도 오셨어요. 수희 언니도 있고요. 사무실에 계세요."

어깨에 두르고 있던 긴 수건을 끌어당기며 그녀가 말했다.

"녹차라도 한잔 마시겠어요?"

"아니, 괜찮다."

내가 사양을 하자 그녀는 마룻바닥에 주저앉았다. 바닥이 차갑다고 생각했는지 방석을 가져와 나에게 내밀었다. 오디오에선 여전히 해금과 징, 구음이 한데 뒤엉킨 전통 음악이 흘러나오고 있었다.

"……이런 음악이 불편하지 않니?"

"무슨 소리죠? 오빠도 서양 음악을 좋아했던가요?"

"그런 건 아니지만."

"구슬프거나 처량 맞지 않느냐는, 뭐 그런 소릴 하고 싶은 거죠?"

어딘가 모르게 비꼬는 말투 때문에 나는 그저 입을 다물었다.

"어릴 적부터 저는 전통 음악만 들었잖아요. 그때마다 아버지는 귀신 나온다며 당장 꺼버리라고 소리를 치셨어요. 오빠에게 말한 적이 있던가요? 아버지는 모차르트 애호가여서

하루 종일 그 음악만 틀어놓았어요. 간호사들도 지겨워했으
니까요. 하지만 저는 서양음악을 들으며 영혼이 뒤흔들 만한
충격을 경험하진 못했어요. 무엇보다 음악은 영혼을 흔들어
야 해요."

그렇다고 근애가 서양 음악을 무시하는 것은 아니었다. 많
은 사람들이 서양 음악을 존중하는 것처럼 민속악을 듣는 자
신의 취향도 존중되어야 한다고 그녀는 주장했다.

"해금이나 징, 피리같이 귓가를 찌를 듯한 소리들이 괴상
한 것은 아니에요. 그 속에 얼마나 큰 진폭이 있는지 몰라요.
이렇게 감정을 극단까지 끌어올렸다가 바닥으로 내팽개치는
소리를 외면할 수 없어요. 이토록 강렬한 폭풍이 어디 있나
요? 남들이 괴상하다고 해도 저는 듣고 싶은 걸 듣겠어요. 모
차르트 할아버지가 살아서 제 앞에 나타난다 해도, 영혼이 움
직이지 않는다면 그걸 택하지 않겠어요. 그런 것에는 흥미 없
어요!"

근애는 상당히 격정적이었다. 뭔가 불길에 휩싸인 듯 하고
싶었던 말들을 거침없이 쏟아냈다. 아무래도 전통 음악 속에
비밀이 숨어 있는 것 같다고 그녀가 말했다.

"지금보다 더 깊이, 깊이 들어가야만 해요!"

나는 다소 거리를 둔 채 그 말을 듣고 있었다. 그녀는 내가
모르는 무엇과 격렬하게 싸우고 있었다. 저런 열정은 어디에
서 나오는 것일까. 저런 확신은 어디에서 비롯된 것일까. 나

는 다소 의아한 눈길을 보냈다.

"그러기 위해선 더 많은 연습이 필요해요. 최 선생님도 저에게 연습 벌레라고 하시는데, 이 정도론 어림도 없어요. 오빠도 제 춤을 훔쳐봐서 알겠죠? 장단과 제 몸이 한데 섞이지 못하고 따로 놀잖아요. 저 역시 잘 알고 있어요. 아직 무르익지 못해서 그래요. 하지만 지독하게 노력한다면 해결될 거예요. 어떻게 해서든 선생님이 갖고 있는 걸 잘 살펴서 그분이 가진 걸 다 훔쳐 올 생각이에요. 그렇게 서 있지만 말고, 오빠 거기 불 좀 꺼주세요."

나는 그녀의 눈을 가만히 바라보았다.

"어둠 속에서 잠시 있고 싶어서 그래요."

그녀는 들고 있던 수건을 내려놓고는 벽에 세워져 있던 북을 끌어안았다. 그러더니 북에 달린 흰색 끈을 어깨와 허리에 맸다.

"이번에는 진도북춤을 출 테니, 구경해보세요."

"그렇다면 나를 위해서라도 불을 켜야 하지 않을까?"

그러자 근애가 갑자기 화를 냈다.

"불을 끈다고 아무것도 안 보이는 줄 아세요? 오빠는 연극 배우이면서 어둠의 의미를 그렇게 모르나요? 이번엔 북소리까지 들리니 귀 기울여서 들어보세요. 춤의 참맛을 느낄 수 있을 거예요."

곧이어 북소리가 흘러나왔다. 어둠 속에서 북소리를 듣는 것이 낯설고 기이해서 나는 금방이라도 밖으로 나가고 싶었다.

"오빠, 혹시 바라춤이라고 알아요?"

"바라……춤?"

"불교 의식을 위해 스님들이 주로 추는 춤이에요. 바라를 들고 추거든요. 실은 열일곱 살 때 월정사에 간 적이 있거든요."

근애는 그때의 일을 기억했다.

당시 전수희의 아버지는 스님이었다. 전수희는 법당 앞에서 스님들과 함께 바라춤을 출 수 있었다. 사월 초파일, 법당 앞으로 많은 사람들이 모여들었다. 구경하는 사람들 중에는 근애도 끼어 있었다. 별 기대 없이 서 있던 근애는 전수희의 춤을 지켜보다가 심한 충격을 받았다. 고작 십 대 후반의 여자애가 법당 앞에 있던 사람들을 휘어잡으며 현란하게 춤을 추는데 도무지 정신을 차릴 수가 없었다. 그녀의 발놀림이 어찌나 화려한지 그때 모습을 잊을 수가 없었다.

근애는 그때 일을 잠시 생각하더니 북을 쳤다. 그러더니 앞으로 나아갔다. 모든 것을 넘어서겠다는 듯 신명나게 북을 두드렸다.

북소리가 가득 울려 퍼졌다. 관객이 비록 단 한 명이지만 불을 끄고 춤추는 저 아이 앞에서 나는 그만 할 말을 잃고 말았다. 그저 폭포처럼 한꺼번에 쏟아지는 북소리를 들으며 가만히 앉아 있었다.

실내가 어두웠기에 춤추는 이의 표정이나 동작은 세밀하게

볼 수 없었다. 넓은 무용실을 다 사용하면서 뛰고 흔들고 회
전한다는 것만 짐작할 뿐이었다. 둥둥 두두둥 둥둥딱딱 따다
다딱. 심장을 두드리는 것 같은 그 북소리에 그만 소름이 돋
았다. 북소리가 저토록 강렬한 것이었나. 처음에는 느린 장단
이었다가 시간이 흐를수록 휘몰아치듯 몰아갔다. 그리고 마
지막에 가서는 다시 느린 장단으로 끝을 맺었다.

그녀가 북을 바닥에 내려놓더니 숨을 크게 내쉬었다. 갑자
기 양쪽 버선을 벗어 들고 나에게 다가왔다.

"아, 목이 말라요……"

이마에 맺힌 땀을 닦아내며 그녀가 말했다. 그러더니 문을
열고 밖으로 나갔다. 나는 천천히 따라 나갔다. 정수기 앞에
서 있던 그녀가 찬물을 마신 후에 숨을 토해냈다.

나는 복도 게시판에 붙어 있는 포스터를 바라보았다. 「현대
와 해체―젊은 무용수들과 우리 춤」이라는 제목으로 공연
일정을 소개하고 있었다. 공연은 태평무와 진주교방 굿거리
춤, 소고춤 등 여러 종류의 춤을 선보일 예정이었다. 머리를
틀어 올린 젊은 무용수들의 사진이 함께 실려 있었다. 그들은
저마다 자신감을 드러내고 있었다.

"저분들은 이 바닥에서 이십 년 이상 춤을 춘 중견 무용수
들이에요. 계속 수련을 하다 보면, 저도 머지않아 소극장에서
공연을 하게 되겠죠."

근애가 다시 물을 마셨다. 그때 맞은편에서 문소리가 들리

236

더니 몇몇 사람들이 복도로 걸어 나왔다. 근애가 재빨리 그들을 알아보고는 "선생님 이제 나오셨어요" 하고 반갑게 인사를 건넸다. 내 앞에 서 있던 여인의 눈매는 상당히 날카로웠다. 눈가의 주름 때문에 제법 나이가 있어 보였다. 춤추는 사람답게 상당히 기이한 분위기를 풍겼다. 그 옆에는 검은색 벨벳 모자를 쓴 여인이 있었다. 그들 뒤에는 전수희가 서 있었다. 그녀는 한 걸음 물러나서 이쪽을 지켜보고 있었다.

"선생님, 저를 만나러 온 최형권 오빠에요."

근애가 나를 소개했다. 그러자 그들의 표정에서 경계심이 사라졌다. 그들은 도살풀이춤을 추는 최정자 선생과 K대 민속 무용학과의 한정애 선생이었다.

"한 선생님, 오랜만에 서울에 오셨는데 잠시 시간 좀 내주세요. 제 동작을 좀 봐주세요."

지금이 기회라고 생각했는지 근애가 지나가던 선생들을 붙잡았다.

"그래요 한 선생, 이렇게 얘길 하는데 얼마나 잘하는지 들어가서 장단이나 맞춰줍시다."

최 선생이 말을 이었다. 근애가 나를 쳐다보았다.

"의자에 앉아서 잠시만 기다려주세요. 저기 계신 한 선생님은 진도북춤으로 아주 유명한 분이세요. 저분들을 한자리에서 뵈는 것은 쉽지 않은 일이니 양해 좀 해주세요."

"그래, 그렇게 하지."

나는 복도 의자에 앉아서 기다리겠다고 했다. 그녀는 재빨리 무용실로 들어갔다. 나는 다시 한 번 포스터를 올려다보고 있었다. 그때 누군가가 내 옆으로 다가왔다.

"오랜만이군요."

"……"

"구 년 만인가요?"

"……"

"그렇죠?"

"아마도 그럴 겁니다."

결국 나는 그렇게 대답했다. 내 옆에는 전수희가 서 있었다.

"어제 공연장에 오신 걸 봤어요. 인사를 건넬 줄 알았는데 대기실 입구에 서 계시더군요."

나는 천천히 고개를 돌렸다. 그녀의 옷차림은 상당히 수수했다. 그녀는 베이지색 롱코트를 입고 있었다. 무대에서 화려하게 공연을 펼치던 모습과는 사뭇 대조적이었다. 어느덧 그녀도 삼십 대 초반이었다.

"어제는 조훈 선배도 함께 계시더군요. 그분과 같이 공연을 한 적이 있어요. 오래전 일이에요. 조금 전에 근애의 춤을 보셨죠?"

"박매자 선생의 춤과는 다르더군요."

"어머니의 춤을 보신 적이 있군요?"

그녀는 상당히 놀란 눈치였다.

"스물두 살 때 아버지를 뵈러 전수관에 내려간 적이 있습니다. 만나 뵙진 못했지만…… 그때 박매자 선생께서 살풀이춤을 추고 계시더군요."

"어떠셨죠?"

"숨이 막히더군요."

"두려웠다는 얘기로 들리네요."

전수희가 계속 말했다.

"어릴 적엔 현대무용이 저와 잘 맞는다고 생각했어요. 살풀이춤을 추기엔 나이가 어렸기도 했고요. 하지만 사실 그보다는 그만 한 깊이와 한을 몸속에서 끌어올릴 자신이 생기지 않더군요. 어머니는 일흔을 넘긴 나이에 춤의 참맛을 느낀다고 하셨지요."

"그런가요?"

나는 다소 차갑게 말했다.

"전수관에는 그런 분들이 많이 계셨어요. 자신의 업이라고 생각한 분들이 많았으니까요. 시부모님이나 남편의 반대에도 불구하고 아이를 업고 와서 춤을 춘 분들도 계셨죠."

나는 고개를 저었다.

"그런 게 과연 얼마나 의미 있는 일인지 모르겠군요. 저도 연극을 하고 있지만 다른 이들을 희생시키면서까지 하는 예술에 대해서는 회의가 듭니다. 그저 거대한 감옥에 갇혀서 사는 인간들처럼 보일 뿐입니다."

“그렇다면 형권 씨는 왜 무대에 오르죠?”

“……”

“혹시 분노 때문인가요?”

그녀가 내게 물었다.

“분노라니요. 잘 모르겠군요.”

나는 적어도 내 속내를 들키고 싶지 않았다. 그런데 그녀는 모든 것을 이해한다는 듯 말했다.

“마음속에 미움이 있으면 자신이 가장 괴로운 법이죠. 형권 씨의 아버님, 그러니까 선생님의 안부가 궁금하지 않으신가요?”

그녀는 결국 그 말을 꺼냈다. 어머니가 죽고 난 후, 나는 아버지를 십 년 동안이나 만나지 않았다. 어디서 지내는지 소식조차 알지 못했다. 그사이 죽지 않았다면 그는 여전히 춤판을 기웃거리고 있을 것이다. 여전히 나는 그의 춤을 우습게 여기고 있었다. 빈껍데기 같은 춤으로 남들의 흉내만 내고 있을 거라고 결론지었다.

“지금은 경기도 무용 전수관에 계세요.”

“……”

“그곳에서 학생들에게 살풀이춤을 가르치고 계시죠. 전수자로 인정을 받으셨어요.”

그녀는 가방 속에서 뭔가를 꺼냈다. 그리고 그것을 나에게 내밀었다.

"이번 주 토요일에 공연이 있어요. 어머니의 추모 공연이죠. 돌아가신 지 벌써 일 년이나 되었군요."

그녀가 나에게 건넨 것은 공연 티켓이었다.

"알고 계셨나요?"

"신문 기사를 읽은 적이 있습니다. 그런데 이걸 왜?"

"그날 추모 공연에서 선생님께서 무대에 오르실 거예요. 살풀이춤을 추실 겁니다. 그 전에 한번 전수관으로 가보시죠."

그녀는 뭔가를 적어서 나에게 내밀었다. 전수관의 약도였다. 그녀는 자리에서 일어나 창가로 다가갔다. 나는 눈을 감았다. 아버지와의 불화. 아니 불화라는 표현은 어울리지 않을 것이다. 어머니가 죽고 난 뒤 나는 아버지라는 존재에 대해 매우 냉정해져 있었다.

그때 무용실에 있던 근애가 밖으로 나왔다.

"오래 기다렸죠? 선생님들의 귀한 말씀을 듣느라 시간이 좀 걸렸어요. 이렇게 다같이 모였는데 식사라도 할까요? 어떠세요, 선생님?"

근애가 뒤돌아보며 선생님들에게 물었다.

"그래, 그렇게 하지."

최 선생이 허락을 했다. 이번엔 근애가 내게 다가오더니 속삭였다.

"이런 기회가 흔한지 아세요? 불편해할 거 없어요. 그냥 제 옆에서 편안하게 앉아 있으면 돼요."

　결국 나는 그들을 따라 조용한 한정식집으로 들어갔다. 문
앞에 서 있던 가게 주인이 작은 방으로 안내했다. 스피커에선
안숙선 명창의 「쑥대머리」가 흘러나오고 있었다. 예민하면서
도 찌를 듯한 안 명창의 소리에 가야금이 더해져서 듣는데 감
칠맛이 있었다.

　방석을 깔고 앉은 최 선생님이 흡족한 표정을 지으며 제자
들을 바라보았다. 나는 그들 사이에 어색하게 앉아 있었다.
한 선생이 먼저 말문을 열었다.

　"선생님, 얼마 전에 김세향이가 발표회를 가졌잖아요. 기
억하시죠?"

　"그게 벌써 한 달 전 일이었지."

　"네. 「샤먼, 무」라는 공연이었어요. 선생님께선 그 공연을
어떻게 보셨나요?"

　"불교 춤을 선보였지. 관객들을 너무 의식해서 재미 위주
로 흐르고 말았지만 말이야. 나비춤과 무당방울춤과 칼춤 이
것저것을 했지. 그런데 나는 공연을 보면서 얼마나 쓴웃음이
났는지 몰라."

　"아니 왜요, 선생님?"

　한 선생이 궁금하다는 듯 물었다.

　"춤은 지 맘대로 추면서 표정만 잔뜩 신경을 쓰니 말이야.

장단과 몸이 하나의 일체를 이루어야지. 아무리 얘길 해도 듣지를 않아. 오색 천을 두르고 의상만 화려하게 입었지. 방울만 들면 뭐해? 아직 멀었어! 무당 흉내만 내느라 뛰고 지 몸 흔들어대는데, 다 틀렸어! 하늘의 신, 땅의 신! 신과 인간을 이어주는데 보다 더 절실해야지. 지 흥에 취해서 그렇게 흔들어댄다고 다 되는 것이 아니지. 춤을 추는 이유가 뭐야? 나, 내가 아니야. 내가 중심에 서 있는 것이 아니란 말씀이야."

"네에, 선생님."

한 선생이 대답했다.

"오늘날의 춤이 단순히 무속의 개념만은 아닐 거예요. 그렇다면 무당을 해야지 왜 춤을 추는 것인가요? 예술성도 함께 갖추어야죠. 요즘 무용수들이 관객들 비위 맞추느라 이리 눈치 보고 저리 눈치 보는데 참으로 안타까워요. 우리 춤에서 무엇보다 중요한 것은 정중동, 음양의 조화 아닌가요? 수건을 떨어뜨리면 들어올리고, 팔을 모았으면 펼쳐야죠. 이것들이 그냥 있는 게 아니잖아요. 요즘 여기저기서 창작품을 많이 하는데 걸리는 것이 한두 가지가 아니에요. 거기엔 대삼소삼도 다 빠져 있어요. 자유롭고 싶어 하는 무용수들의 마음은 알겠는데 그렇게 된다면 전통 춤은 결국 누가 하겠어요? 여러 선생님들이 흙이 되고 사라진 후에는 더욱 보존하기 어려운 일 아니겠어요? 제 욕심 같아서는 수희나 근애 같은 젊은 무용수들이 창작 춤보다 우리 것을 보존할 수 있도록 전통 춤을 좀 췄으면 좋겠어요. 물론 강요할 수는 없는 일이지만요.”

한 선생은 전통 춤의 앞날에 대해 걱정하고 있었다.

“요즘 가르치는 젊은 아이들은 어떤가? 대학에서 가르치는 것뿐만 아니라 어린애들도 가르친다고 했지?”

“네에. 일주일에 한 번씩 초등학생들을 상대로 전통 춤을 가르치는데 아주 즐거워요. 요즘 들어 느끼는데요. 춤이라는 것이 한없이 슬프고 괴로운 것만은 아닌가 봐요. 아무리 슬퍼 보여도 그 속에 환희가 다 들어 있어요. 무엇보다 춤을 추려면 세월이 쌓여야 하나 봐요. 젊었을 때는 마냥 좋아서 췄는데 앞으로도 그럴 수 있었으면 좋겠어요.”

최 선생은 음식이 나왔는데도 수저를 들지 않았다. 전수희는 줄곧 입을 다물고 있었다.

“그런데 선생님, 오늘날이야 많이 좋아졌다고 하지만 다른 한쪽에서는 얼마나 많은 예인들이 경제적으로 어려움을 겪고 있나요? 저야, 운이 좋아서 대학에서 자리를 하나 얻었지만요. 공연을 하고 싶어도 하지 못하는 분들을 뵈면 어떤 때는 죄스런 마음이 들어요. 일부에서는 지금이 어떤 시대인데 구닥다리 춤을 추고 있느냐고 말하는데 그렇게 무시할 때면 얼마나 속상한지 모르겠어요. 세상이 워낙 혼란스러운데다 빠르게 돌아가고 있으니 이런 무시를 당하는 게 아닌가 싶어요. 설사 문화재 이수를 받는다 해도, 그걸 가지고 뭘 하겠어요? 박사 학위 따서 운이 좋아 대학 강단에 서지 않으면 굶어 죽

기 십상인데. 게다가 현장에서 뛰지도 않는 잘난 척하는 교수
들 눈치 보느라 한 가지에 열중하지도 못하잖아요. 그렇게 해
서 제대로 기량을 닦을 수 있나요? 이러다가는 언젠가 우리
춤이 완전히 소멸되지 않을까 걱정이 돼요.”

한 선생은 전통 예술의 미래에 대해 깊이 우려하고 있었다.
그것이 단순히 자신들의 밥그릇을 챙기기 위한 것으로 보이
진 않았다.

처음에 나는 그들의 말을 들으면서 전통이라는 것에 대해
의심을 했다. 저들은 자신들의 예술을 최고라고 생각하며 터
무니없는 자부심을 갖는 게 아닌가. 저것은 또 다른 오만이
아닌가. 오늘날의 전통이란 무엇인가. 대다수의 젊은 사람들
이 호감을 느끼기보다는 지나간 시대의 것으로 여기며 폄하
할 수도 있었다. 게다가 나는 오랫동안 체홉이나 셰익스피어
등 서양의 극작과 그 문화에 길들여져 있었다. 아버지가 추는
살풀이춤이 꼴 보기 싫어서 그것을 피해 가다가 카뮈의 희곡
이나 서양의 사상에 심취된 적도 있었다. 지금 이 시대에 전
통만을 외치고 고수하다가는 우월 의식이나 국수주의에 빠져
있다는 오해를 받을 소지도 있었다. 이런 내 생각을 반박하듯
최 선생이 말을 이었다.

“생각해보게. 우리 조상들이 민속악과 전통 춤을 수백 년
이상 이어온 것은 분명히 이유가 있을 것이야. 우리가 해야
할 일은 무엇보다 관객들을 우롱하는 헛춤을 추지 말고 제대

로 된 예술을 보여야 하네. 앞으로 어떤 방식의 춤을 보여줘야 할지 늘 고민해야 할 것이야. 사방에서 진정한 예인이 나오긴 어려운 시대다 훼방을 놓아도 끈기를 지닌다면 반드시 길이 있을 것이고 해답이 나올 것이네.”

최 선생은 마음속의 오만함을 버리고 끊임없이 노력하는 수밖에 없다고 말했다. 그 말을 듣던 한 선생이 전수희에게 질문했다.

“박 선생님 추모제 공연이 이번 주 토요일이라고 했지?”

“네. 오후 다섯 시예요.”

“시간이 어쩌면 이렇게 빠른지. 돌아가신 지가 엊그제 같은데 벌써 일 년이라니. 이번 공연에서는 수희가 바라춤을 춘다고 했지? 기일에 맞춰서 추는 바라춤이라니 참 의미가 있지.”

한 선생이 흐뭇하게 웃으며 수저를 들었다. 그러더니 다시 전수희에게 시선을 돌렸다.

“그나저나 수희는 아이 잘 키우고 있지?”

나는 맞은편에 앉은 전수희를 바라보았다.

“네에. 선생님.”

그녀에게 아이가 있었던가.

“아이 키우는 데 고생이 많아.”

이번에는 최 선생이 말했다.

“얼마 전에 공연장에서 권태명 선생을 만났네. 전보다 많이 야위었더군. 로비에서 인사만 나누고 헤어졌지. 그래선지 아쉬움이 남더군."

전수희는 입가에 미소를 짓더니 물을 마셨다. 식사 도중에 그들은 웃음꽃을 피웠다. 나는 줄곧 입을 다물고 있었다. 나를 쳐다보던 근애가 편하게 있으라며 내 허벅지를 꼬집었다.

휴지로 입가를 닦아내던 최 선생이 커피를 마시겠다고 했다. 근애가 재빨리 자리에서 일어섰다.

"입구에 커피 자판기가 있던데요. 제가 가져다 드리겠어요."

나는 밖으로 나가는 근애를 바라보았다. 그러다 잠시 전수희와 눈이 마주쳤다.

문득 오래전 기억이 떠올랐다. 그녀를 처음 본 곳은 어머니의 장례식장이었다. 아버지를 만나지 못하고 전수관에서 돌아왔을 때 어머니는 실망한 기색을 내비쳤다. 그 후 어머니는 한 해를 넘기지 못하고 스스로 목숨을 끊었다. 가을비가 내리던 새벽녘이었다. 어머니의 목에는 살풀이춤을 출 때 사용하던 흰색 명주 수건이 감겨 있었다.

장례식은 쓸쓸하게 치러졌다. 빈소는 한없이 적막했다. 뒤늦게 찾아온 아버지는 문 앞에 서서 영정 사진을 내려다보다가 화장실로 숨어버렸다. 장례식장에 온 몇 안 되는 사람들 중에는 전수희도 포함되어 있었다. 검은색 정장을 입고 있던 그녀가 나에게 다가와 고개를 숙였다. 그녀는 자신의 어머니를 대신해 찾아왔다고 조심스럽게 말을 건넸다. 깨끗한 이마와 섬세한 콧날, 긴 목선이 눈에 들어왔다. 어딘가 모르게 정적인 느낌을 자아냈다.

내성과 몰입으로 가득한 얼굴. 잠시 침묵을 머금은 얼굴. 나는 그녀의 얼굴이 마음에 들었다. 오래전 권진규의 테라코타에서 보았던 「지원의 얼굴」과 흡사했다. 살아오면서 나의 시선은 줄곧 그렇게 정적인 느낌을 지닌 여자에게 오래 머물렀다. 무엇보다 내 시선을 끈 것은 상처투성이의 발이었다. 무대에 서기 위해 많은 연습을 한다는 것을 물론 알고 있었다. 그렇다 해도 그녀의 발은 청초한 이미지와는 워낙 대조적이었다. 전수희는 망자에게 절을 한 뒤에 식사도 하지 않고 서둘러 자리를 떠났다.

그 후 다시 만날 기회가 있었다. 십여 년 전만 해도 무대 위에서 내가 맡은 역할들은 거의가 단역이었다. 그녀는 어떻게 알았는지 소극장에 찾아와 사람들 속에 앉아 있었다. 어느 날은 나이 차이가 꽤 나 보이는 남자와 나란히 앉아 있었다. 남자는 한없이 예민해 보였다. 체구도 작고 비쩍 말라서 볼품이 없었다. 회색 양복을 입고 있었는데, 등을 약간 앞으로 숙이고 있어서 그야말로 멸치처럼 보였다. 멀리서 본 그들의 모습은 좀처럼 어울리지 않았다. 흐드러지게 핀 사월의 벚꽃 같은 그녀가 저런 남자 옆에 서 있다니. 나는 의아한 눈으로 바라보지 않을 수 없었다. 기이한 매력을 품은 그녀가 왜 하필 저런 남자를 택한 것인가. 저 체구로 과연 제대로 된 소리를 낼 수 있을 것인가.

그날 공연이 끝난 후에 밖으로 나와서 멀어져가는 그들의 모습을 지켜봤었다. 검은색 우산을 들고 주차장 쪽으로 걸어가던 전수희와 그 뒤에 숨어서 느릿하게 걷는 권태명은 내 기억 속에 오래 남아 있었다.

그때의 모습이 떠올라 나는 전수희에게 시선을 떼지 않았다. 지금도 그때처럼 그녀의 발에 온갖 상처가 남아 있을 것인가.

"자, 커피 한 잔씩 드세요."

사람들이 커피를 나눠 마셨다.

"언제 기회가 되면 또 봅시다."

최 선생이 먼저 자리에서 일어섰다. 나는 예의를 갖춰 고개를 숙였다. 남아 있던 사람들도 천천히 밖으로 나갔다. 문 앞에 서 있던 가게 주인이 인사를 건넸다. 나는 멀리서 최 선생과 전수희가 한 선생의 차에 타는 것을 지켜보았다. 내 옆에는 근애가 서 있었다.

"몇 년 만에 봐서 그런지 수희 언니 얼굴이 부쩍 야윈 것 같아요. 피부도 전 같지 않고요. 하긴 뭐, 저 언니라고 세월을 거스를 수 있겠어요? 참, 조훈 선생님 그렇게 안 봤는데 은근히 미련한 구석이 있나 봐요."

"……무슨 뜻이지?"

나는 근애에게 물었다.

"지난번에 함께 공연했던 언니들을 만났거든요. 갑자기 조 선생님 얘길 꺼내지 않겠어요? 모른 척하고 귀를 기울였죠. 워낙 남의 말 하는 걸 좋아하는 사람들이라 확신할 수는 없지만요. 오래전에 조 선생님이 수희 언니에게 마음이 있었다고 해요. 어제는 하도 궁금해서 그냥 자연스럽게 한번 떠본 거죠. 조 선생님 표정 좀 보려고요. 그런데 선생님의 표정이 변하지 않겠어요? 아차, 내가 실수를 했구나 생각했어요. 하지만 이제 와서 어쩌겠어요?"

그렇게 된 사이인가. 전수희. 실력 있는 무용가이며 여러 사람들의 시선을 끌 만큼 매력을 지닌 여자였다. 그것만큼은 부정할 수 없었다. 그런데 이상하게도 내 마음이 쓸쓸해졌다.

"토요일에 추모 공연이 있다고 하던데."

나는 화제를 돌렸다.

"그래요. 아마 전국에서 내로라하는 명무들이 참석하실 거예요. 물론 저도 참석해야죠. 이미 언론 매체에도 많이 알려졌어요. 특별 출연이 얼마나 화려한지 몰라요. 그런 기회를 놓칠 수 있나요? 그동안 전 삼현육각 없이 녹음된 테이프를 가지고 무대에서 춤추는 것을 아주 꼴불견이라고 생각했어요. 그게 뭔가요? 립싱크를 하는 가수들과 다를 바 없잖아요."

"그렇다면 그들은 왜 녹음된 곡을 가지고 춤추는 걸까?"

"그만큼 돈이 들어가기 때문이에요."

근애는 그렇게 말했다. 하지만 관객들을 위해서라도 현장성을 살려야 한다고 그녀는 주장했다. 이번 추모 공연에서는 국립국악원 연주단뿐 아니라 민속악을 하는 이들이 대거 참석할 예정이었다.

"혹시 공연에 관심 있어요?"

"……"

"보고 싶으면 얘기하세요. 표를 구해볼게요."

그러나 나는 아무런 대꾸도 하지 않았다,

"오빠 우리 문화에 대한 관심과 소양이 부족한 것 같아요. 부끄럽지도 않으세요? 한번 생각해보세요. 조 선생님 말이에요. 재일 교포이시면서 얼마나 우리 문화와 예술에 대해 깊은 감식안을 갖고 계신지 몰라요."

이번엔 갑자기 근애가 가방 속에서 뭔가를 꺼냈다.

"들어보세요. 구음 시나위예요. 아주 뼈마디가 저릴 정도에요. 어느 때는 제 육신이 재가 되어 지상에서 완전히 사라지는 것 같다니까요."

나는 말없이 시디 한 장을 건네받았다.

"완전히 주는 건 아니에요. 저에게 소중한 물건이니 돌려주셔야 해요. 사실 오늘 저는 깊은 감명을 받았어요."

"무엇 때문이지?"

"오늘 뵌 선생님들 말이에요. 사실 그런 생각을 했거든요. 자기 재주 빼앗기기 싫으니까 제자들을 잘 키우지 않는다고 여겼어요. 그런데 그게 저의 큰 착각이라는 걸 알았어요. 기억하시죠? 어느 날 제가 갑자기 미국으로 가서 발레를 공부

했잖아요."

"그랬지."

"왜 그랬는지 아세요? 한국에서 전통 춤을 배우는데, 내 몸이 화석이 되지나 않을까 우려했거든요. 선조들의 춤을 지키는 건 물론 의미 있는 일이에요. 하지만 그들을 계속 모방하는 것 같아서 회의가 들었어요. 주변에서도 굳어져가는 춤에 대해 상당한 비난을 했었고요."

초기에 비교적 자유로웠던 춤이 굳어져가고 있었다. 어느새 환멸을 느낀 젊은 춤꾼들이 창작 쪽으로 옮겨가고 있었다. 그런데 근애는 전통 춤의 맥락을 이어가고 싶다고 했다. 옛것을 그대로 재현하는 데 그치는 것이 아니라 현대적인 작업에도 관심을 가질 것이라고 했다.

"남들이 북을 백 번 두드릴 때 저는 이백 번 두드리며 노력을 해야 해요. 사실 그게 좀 힘들어요. 오빠도 알겠지만 제가 워낙 사람들 앞에서 척하는 걸 좋아하잖아요. 그래선지 건방지다는 얘길 수없이 들었잖아요. 처음엔 지들이 못났으니 괜히 나에게 시비 거는 줄 알았어요. 그런데 이제는 제 안의 못된 마음가짐을 하나씩 고쳐가야겠다고 생각해요. 어쨌든 잊지 말고 돌려주세요."

근애는 전보다 성숙해 보였다. 그것은 세월의 흐름 탓일 수도 있었다. 근애와 헤어지고 집으로 돌아오면서 나는 계속 시디를 내려다봤다.

집에 도착하자마자 오디오 앞으로 다가갔다. 곧 기이한 소리가 흘러나왔다. 사람의 목소리인가. 그렇다고 하기엔 한없이 낯설고 괴상했다. 징과 장구 등 여러 악기들이 어우러지는데 뼈마디가 욱신거리진 않았다. 그런데 서양 음악과는 변별되는 절실한 뭔가가 있었다. 그것은 죽은 이 앞에서 통곡을 하는 음성 같았다. 아니, 죽은 이를 사무치게 불러내는 음성 같았다. 음색은 상당히 처연했다. 음악을 반복해서 듣다가 새벽 무렵에야 잠들었다.

다음날 아침에도 계속 구음 시나위를 들었다. 이상하게도 뭔가 내 마음을 끄는 것이 있었다. 저것은 무엇일까. 오랫동안 생각에 잠겼다.

박매자 여사의 추모 공연이 다섯 시라고 했으니 지금 출발한다면 아버지를 만날 수도 있었다. 그렇게 된다면 십 년 만의 화해인가. 아니 화해라는 말은 어울리지 않을 것이다. 언젠가 한 번쯤은 가까운 곳에서 그를 만나리라고 생각했다. 어느 날 그가 먼저 지상을 떠나버린다면 한 사람이 자신을 증오했다는 것을 영영 알지 못할 것이다.

춤은 그에게 무엇이었나.

그것은 아버지에게 종교와도 같았다. 아니 종교 이상이었다. 춤이 종교를 넘어설 때 한 사람의 일생은 어떻게 변해가는가. 집 안에서 어머니가 하나님에게 매달리고 밖에서 아버지가 춤에 매달릴 때 나는 무엇에 매달려야 했을까. 아니 매달림, 그것은 부질없는 일일 것이다. 어차피 한 번 살다가 끝나는 것이 생이라면 그렇게 뭔가에 자신의 일생을 걸고 구차하게 매달릴 필요는 없을 것이다. 그만큼 그들은 나약한 존재에 불과했다.

전수관으로 내려간 아버지가 오랫동안 돌아오지 않았을 때, 어머니는 전수희라는 존재에 대해 의심을 품었다. 예술가라고 하는 인간들이 어린 여자를 옆에 끼고 혐오스럽게 사는 것을 어디 한두 번 보았는가. 어머니는 그 말을 내뱉으며 담배를 피웠다. 과연 그러한가. 그러나 나는 한 번도 아버지에게 묻지 않았다. 어머니는 치정이라고 오해했으나 나는 그렇게까지 생각하지 않았다. 그들 사이에 내가 알지 못하는 예술적인 연대감이 있는 것이라 여겼다. 그래, 만약 그런 것이라면…… 하지만 가끔은 그것과 상관없이 전수희가 보고 싶었다. 내 부모와는 상관없이 한 번쯤은 적막한 곳에서 그녀의 얼굴을 들여다보고 싶었다.

전수관 앞에 도착했을 때는 이미 정오가 지나 있었다. 사람들은 보이지 않았다. 벌써 공연장으로 가버린 것인가. 일 층을 둘러보다가 계단을 올라갔다. 이 층 역시 한없이 적막했다.

한참을 서 있다가 열린 문틈을 들여다봤다. 벽면에는 가야금과 장구들이 세워져 있었다. 한쪽에는 큰 북들이 세워져 있었다. 어디선가 가야금 소리가 희미하게 흘러나왔다.

그런데 어디에도 가야금을 타는 사람은 보이지 않았다. 그것은 오디오에서 흘러나오는 소리에 불과했다. 그래도 소리에 깊이가 있었다. 그것은 제자리에 고여 있다가 먼 곳으로 달아나는 소리였다. 튕기고 막아내고 다시 강의 물살처럼 빠르게 흘러가는 소리였다. 한동안 나는 자리에 서 있었다. 소파에 놓여 있던 긴 명주 수건이 내 눈에 들어왔다. 그것을 가만히 집어 들었다. 오래전 어머니의 모습이 떠올랐다. 그때 갑자기 뒤에서 발소리가 들려왔다. 고개를 돌리자, 내 앞에 옥색 두루마기를 입은 한 남자가 무심한 표정을 지으며 서 있었다. 축 늘어진 어깨. 오랫동안 빛에 그을린 듯한 피부. 그의 눈빛이 오래 흔들렸다.

"공연이 있는 날에는 이 곡을 들으며 마음을 다스린다."

그는 오디오 앞으로 다가갔다.

"앉아라."

하지만 나는 자리에 앉지 않았다.

"만족을 하십니까?"

나는 그에게 물었다. 그는 알아듣지 못했다는 듯 고개를 돌렸다.

"죄책감을 느끼지 않으십니까?"

"……"

"살풀이춤은 무엇입니까? 대체 살풀이춤은 무엇입니까?"

그는 말없이 버선을 신었다. 앙상해진 그의 발목을 내려다보았다. 고작 버선 한 켤레 신는 데에도 저렇게 공을 들이는가. 기력이 다해서 저토록 오랜 시간이 걸리는가. 그렇다면 저 체력으로 어떻게 무대에 올라가 춤을 춘다는 것인가. 그의 모습을 보면서 나는 그저 허탈하게 웃음 지었다.

"오래전에 박매자 선생은 이런 말씀을 하셨다. 춤은 나를 위해 추는 것이 아니다. 너를 위한 것도 아니다. 그것은 목숨을 부지하고 있는 모두를 위해 추는 것이다."

"그것이 저와 무슨 상관입니까?"

결국 나는 그렇게 묻고 말았다.

"네 할아버지도 춤을 추셨다고 한다."

그의 말에 의하면, 조부 역시 어려서부터 여러 춤판에 초대되어 춤을 췄다. 하지만 선천적으로 그의 몸은 부실했다. 조부가 목숨을 다한 것은 이십 대 초반이었다. 한 사람의 일생치고는 짧은 삶이었다. 그가 어디에서 죽었는지, 그의 뼈가 어디에 묻혔는지 아버지는 아는 것이 없었다. 그렇다면 살아서 못다 한 조부의 춤을 이어가기 위해 이런 삶을 택한 것인가. 그렇다 해도 나는 이해할 수 없었다.

"다행히 박매자 선생이 네 조부의 성함을 기억하고 있었다."

그런 이유가 숨어 있었던가. 까다롭기로 소문난 박매자 여

사. 그는 아버지에게 국악원이나 이런저런 강습회 자리를 소개해줬다. 그동안 그는 살풀이춤뿐만 아니라 입춤이나 승무 등을 학생들에게 가르쳤다고 한다.

"아무리 그렇다 해도."

"앉아라."

나는 자리에 앉지 않았다. 여전히 그를 거부하고 있었다. 거부하는 것만이 내가 할 수 있는 일이라 여겼다.

"저어…… 선생님."

그때 누군가의 목소리가 들려왔다. 문 앞에 키가 작고 몹시 야윈 남자가 서 있었다. 이미 유행이 지나버린 회색 양복을 입고 있던 남자가 고개를 푹 숙였다.

"손님이 계셨군요. 제가 방해를 했군요."

"아니, 자네가 여긴 어떻게."

아버지에게서 작은 탄성이 흘러나왔다.

"그러지 않아도 자네 연주곡을 틀어놓았네."

아버지는 나를 대할 때와는 다르게 반가운 얼굴로 그를 맞이했다. 재빨리 문 앞에 서 있는 남자를 훑어보았다. 옷차림뿐 아니라 신고 있던 구두에서도 감각이라고는 찾아볼 수 없었다. 남자는 고집스러워 보였다. 그리고 어딘가 모르게 우울해 보였다. 그 순간 내 기억 속에 남아 있던 누군가의 모습이 희미하게 떠올랐다.

어두운 객석에 앉아 있던 남자. 전수희 옆에 바짝 붙어 서서 무대를 보던 남자, 그는 권태명이었다. 뜻하지 않은 만남에 나는 한 걸음 뒤로 물러서고 말았다. 세월 탓인지 그는 나를 알아보지 못했다.

권태명이 잠시 뒤를 돌아보았다. 그리고 누군가의 팔을 끌어당겼다. 그 옆에는 일곱 살 정도로 보이는 사내아이가 서 있었다. 멜빵바지를 입고 있는 사내아이의 모습에선 또래의 장난스러움이나 활기는 찾아볼 수 없었다. "어른께 인사를 해야지" 하고 권태명이 말하자, 사내아이는 부끄러워하며 고개를 숙였다. 나는 또다시 당황했다. 사내아이는 몹시 불안해 보였다. 왼쪽 다리를 심하게 절면서 앞으로 끌어당기는데, 아이는 그때마다 중심을 잃고 휘청거렸다. 낯선 사람들과 같이 있는 것이 힘들었는지 사내아이는 계속 밖으로 나가려고 했다.

"여기서 기다려라."

그의 말에 나는 그저 침묵했다. 아버지는 그 침묵을 허락으로 받아들였다.

밖으로 나간 그들의 뒷모습을 오래 바라보았다. 소아마비를 앓고 있는 사내아이의 왼쪽 다리가 힘없이 흔들렸다.

전수희의 아이인가. 여기서 이렇게 만나는가.

갑자기 사내아이가 뒤를 돌아봤다. 결국 내가 먼저 시선을 돌렸다. 그때 어디선가 희미한 북소리가 들려왔다. 누군가 북장단에 맞춰 소리 한 대목을 부르고 있었다.

너 그른 내력 들어봐라 너 그른 내력 들어보아라 계집아이 행실로서 여봐라 추천을 헐 양이머는 네 집 후원에 그네 메고 남이 할까 모를까 하는 데서 은근히 뛸 것이지 광한루 머지 않고 또한 이곳으로 논지허면 녹음 우거지고 방초는 푸르러 앞내 버들은 청포장 두르고 뒷내 버들은 유록장 둘러 한 가지 찢어지고 두 가지 늘어져 바람 부는 대로 물결치는 대로 흔들 흔들 흔들흔들 노닐적으 외씨 같은 네 발굽은 백운간에서 해 뜻 홍상자락이 펄렁 선웃음 뻥끗 해뜻 도련님이 너를 보시고 불렀지 내가 무슨 말 허였단 말이냐

젊은 소리꾼의 목소리였다. 목소리는 거칠고 투박했다. 거기엔 쉿소리가 약간 섞여 있었다. 명창의 소리는 아니었으나 어딘가 모르게 절실한 울림이 있었다. 누가 춘향가의 한 대목을 부르는가 싶어서 그쪽으로 다가갔다. 거기엔 북을 두드리는 중년의 여인이 등을 돌린 채 바닥에 앉아 있었다. 맞은편에는 이십 대 초반으로 보이는 젊은 여학생들이 모여 있었다. 그중 여학생 한 명이 자리에서 일어나 목을 쥐어짜고 있었다.

아직 세상의 모진 풍파를 겪어보지 못했을 이십 대 초반의 앳된 여학생이 그런 판소리를 부르고 있는 것이 낯설고 기이했다. 그들을 방해하지 않기 위해 나는 다시 복도를 지나갔

다. 소리는 멈추지 않고 계속되었다. 전수관에서 학생들에게 소리도 가르치는 것인가.

철 따라 봄은 가고 봄 따라 청춘 가니 오늘 백발을 어이 헐거나 푸른 물이 우거진 골짝 꿈이로다. 세상은 모두 꿈이로다.

창밖의 나무들이 흔들렸다. 나는 나무에게서 시선을 뗄 수 없었다. 왜 계절은 바뀌는 것인가. 왜 세월은 가고 사람들은 늙는 것인가. 그것이 자연의 일부라면 자연은 인간에게 무엇을 말하려고 하는가. 저 멀리 권태명과 사내아이가 손을 잡고 천천히 걸어가고 있었다. 앞서 걷던 권태명이 차문을 열고 뒷좌석에 아이를 태웠다. 그들이 탄 차는 이내 멀어졌다. 낙엽들은 이미 바닥에서 뒹굴고 있었다.

"생전에 박매자 여사와 사이가 좋지 않아, 여기에 오지 않을 줄 알았다."

어느새 내 옆에 아버지가 다가와 있었다. 창밖을 내다보던 그가 천천히 말문을 열었다.

"저들은 죽은 후에야 화해를 하는구나."

그들의 관계를 알지 못했으므로 나는 그저 짐작만 할 뿐이었다.

"그렇게라도 한다면."

"아이 엄마는 보이지 않는군요."

"외국에서 삼 년 정도 있다가 헤어졌다고 들었다. 권 교수는 아이와 함께 바로 한국으로 들어왔고."

결국 그렇게 된 건가. 지난번 아이에 대한 얘기를 할 때 전수희의 얼굴이 어두워졌던 건 그 때문인가. 나는 뒤를 돌아보았다. 무용실에서 소리를 하던 여학생들이 밖으로 빠져나오고 있었다. 다홍치마에 노란 저고리를 갖춰 입은 그들의 모습은 금방이라도 꽃봉오리를 터트릴 듯 화사했다. 조금 전 소리 한 대목을 부를 때의 처절함은 어디에서도 찾아볼 수 없었다. 그들은 서로 장난을 치다가 이쪽을 보고 나서야 아버지에게 인사를 건넸다. 무용실에서 가장 늦게 나온 사람은 북을 두드리던 중년 여인이었다. 그 여인은 아버지에게 다가와 인사를 하고는 계단을 내려갔다. 그들은 추모 공연에서 특별 출연을 하는 명창과 제자 들이었다. 지방에서 일찍 올라온 후에 목을 풀겠다고 연습을 한 것이었다. 복도는 또다시 적막해졌다.

국립국악원 예악당 앞에는 수많은 화환들이 놓여 있었다. 여기저기 자신의 이름을 적어둔 화환들이 생각만큼 감동적이진 않았다. 살아 있는 동안에는 아무런 관심도 없다가 죽은 자에게 바쳐지는 쓸모없는 훈장처럼 보였다. 일 층 로비에는 최정자 선생이 무용계 원로들과 인사를 나누고 있었다. 그들 옆에는 근애가 서 있었다.

"아니, 여긴 어쩐 일이에요?"

나는 구음 시나위 시디를 그녀에게 내밀었다.

"이걸 주려고 여기까지 온 거예요? 어쨌든 잘 오셨어요. 조금 전까지 조훈 선생님과도 얘길 나눴어요. 화장실에 가셨는데 곧 오실 거예요."

갑자기 근애가 입구 쪽으로 뛰어갔다. 거기엔 키 큰 여자들이 서 있었다. 그들은 근애를 보자마자 반갑다는 듯 포옹을 했다.

일 층 로비를 둘러보았다. 조훈의 모습은 보이지 않았다. 그때 노승이 천천히 내 옆을 지나갔다. 이 층을 올려다보았다. 저 멀리 조훈의 모습이 보였다. 그는 난간에 기대어 일 층을 내려다보고 있었다.

그를 만나기 위해 천천히 계단을 올라갔다. 조훈은 누군가를 오랫동안 지켜보고 있었다. 나 역시 그의 시선이 향하는 곳으로 눈길을 돌렸다. 권태명과 사내아이가 의자에 앉아 있었다. 권태명이 과자 부스러기가 묻은 사내아이의 입술을 털어주고 있었다. 그들을 바라보던 조훈이 천천히 창가로 다가갔다. 그는 쓸쓸히 먼 곳을 보고 있었다.

"다시 뵙는군요."

나는 그에게 다가갔다. 그러자 조훈이 뒤돌아봤다.

“여긴 어떻게 오셨습니까?”

나는 대답 대신 티켓을 흔들었다. 그제야 그가 고개를 끄덕이며 말했다.

“저는 여러 선생님들께 인사도 드릴 겸 왔습니다. 조금이라도 얘기 나누면 좋을 텐데요. 어느새 시간이 다 되었군요. 그만 들어가보셔야죠?”

“조 선생님.”

나는 그를 불렀다.

“언제 기회가 되면 연극을 한번 보러 오시죠.”

나는 기어이 하고 싶었던 말을 꺼냈다.

“감사합니다만, 그럴 기회가 있을지 모르겠습니다.”

“무슨 뜻인지?”

“다음 달에 일본에서 저희 단원들의 순회공연이 있습니다. 운이 좋았는지 초청을 받았습니다.”

“현대무용을 말씀하시는 건가요?”

“그렇습니다. 다음 주엔 그곳에 가서 연습을 해야 합니다.”

“그렇게 되었군요. 그럼 승무는?”

갑작스러운 내 질문에 조훈이 잠시 머뭇거렸다.

“그곳에서도 매일 해야겠지요.”

조훈은 애써 웃음을 보였다. 재일 교포 삼 세인 남자. 현대무용과 승무를 하는 남자. 나는 조훈의 얼굴을 가만히 바라보았다. 이번에는 그가 내게 말했다.

"사실 형권 씨에게 이런 말을 해도 될지 모르겠군요. 전통 춤을 추면서 제가 어떤 사람인지 조금이나마 알게 되었습니다. 그것은 참으로 다행스러운 일이었습니다. 숱한 의문들 속에서 자신을 객관화시키는 일, 그것은 저에게 매우 중요한 일이었습니다. 조금이나마 안정을 찾기도 했고요. 처음에는 현대무용을 해야 할지 승무를 해야 할지 갈등을 했습니다. 그런데 지금은 무엇을 선택하든지 제 자신의 본질은 변하지 않을 거라는 생각이 듭니다."

그의 목소리가 차분히 가라앉았다.

"형권 씨."

"네."

"좋은 배우가 되시기를 바랍니다."

그러더니 그는 뒤돌아서서 자신의 길을 걸어갔다. 한동안 나는 그 자리에 서 있었다.

공연장 안에서도 조훈이 어디에 있는지 찾아보려고 했다. 하지만 그의 모습은 어디에도 볼 수 없었다.

어느덧 무대의 막이 오르고 있었다. 무대 저편에는 하늘로 승천하려는 용의 그림이 걸려 있었다. 무대 중앙에는 제사상이 차려져 있었다. 그 사이 누군가 무대 위로 걸어 나왔다. 전수희였다.

조용했던 극장에 바라 소리가 가득 울려 퍼졌다.

바라춤. 부처님께 바치는 춤인가. 죽은 자의 넋을 빌고 남은 사람들의 복을 빌어주는 춤인가. 지상으로 사라지고 땅으로 갈라지는 궁극의 춤. 무대 위에 홀로 서 있는 전수희의 모습이 상당히 요염했다. 한복으로 자신의 몸을 저렇게 감쌌는데도 어떻게 저런 느낌이 드는 것인가. 나는 줄곧 그녀에게서 시선을 뗄 수 없었다.

그녀는 팔을 벌리고 있다가 빠르게 회전했다. 화려한 발놀림과 손목을 유연하게 꺾는 사위. 그녀의 모습은 보는 이의 혼을 빼놓을 정도로 고혹적이었다. 차르르 차르르…… 그녀는 바라를 펼쳤다가 다시 맞부딪치고 흔들었다. 그녀의 몸짓에 슬픔과 회한이 한데 어우러져 있었다. 열여덟 살에 법당 앞에서 바라춤을 췄다는 전수희. 그녀가 바라를 튕겼다가 이내 허공으로 솟구쳐 올랐다.

숱한 사연들 속에서 그녀가 나에게 침묵했던 것처럼 이번에는 내가 침묵할 수밖에 없었다. 권태명과 그녀의 아이, 그리고 조훈이 저 모습을 보고 있을 것인가. 바라의 쇳소리……

잠시 적막이 흘렀다. 그녀는 사라졌다.

잠시 후 무대 오른쪽에서 누군가의 실루엣이 보였다. 흰색 무복을 입은 남자가 고요한 자태로 서 있다가 가볍게 발돋움했다. 명주 수건이 흔들렸다.

저 명주 수건. 누군가의 목을 감싸던 흰색 명주 수건.

죽음으로 이끌던 저 수건.

숨을 죽였다.

아무도 알려주지 않았으나 나는 그가 누구인지 알아볼 수
있었다.
저것이 살풀이춤인가. 죽은 자와 산 자를 이어주는 춤인가.
어디선가 징 소리와 함께 구음이 흘러나오기 시작했다.

정념의 사계

이경재

1. 뱀과 합체된 여인

이 소설집의 표제작이기도 한 「뱀」은 하나의 이미지를 표현하기 위해 쓰였다고 해도 과언이 아니다. 한 여자가 쭈그리고 앉아 자신의 성기를 쳐다본다. 그곳에는 뱀이 혓바닥을 내밀고 숨어 있다. '자신의 성기 속에 들어 있는 뱀을 쳐다보는 여인'의 모습 속에는 윤보인이라는 한 신예 작가의 소설 세계가 복잡 미묘한 표정으로 응축되어 있다. 윤보인은 사회라는 거대한 상징적 체계의 틀로 수렴되지 않는 개인의 고유한 충동이나 욕망을 집요하게 추구한다.

이 작품의 주인공 여자는 보름 전에 길에서 만난 노인에게

서 검은 줄과 흰 줄이 몸통을 감싸고 있는 뱀을 구입하여 키
운다. 이 뱀이 지닌 안정을 파괴하는 날것으로서의 성격은 이
뱀이 한 남자의 반지를 먹었다는 것에서 잘 드러난다. 여자가
운영하는 헌책방에 한 남자가 찾아온다. 그는 R이라는 이니
셜을 가진 여인에게 줄 반지를 실수로 책 속에 넣어서 팔았다
가, 그 반지를 되찾기 위해 헌책방에 찾아온 것이다. 반지는
사회적으로 코드화되고 상징화된 사랑을 상징하는 것이라고
할 수 있다. 여자가 키우는 뱀은 바로 그 반지를 삼켜버린 존
재다.

　어느 날 수백 개의 구멍이 뚫려 있는 허물만 남겨두고 뱀이
사라져버린다. 그 뱀이 발견된 곳은 여자의 질 속이다. 작품
은 "뱀은 아랑곳하지 않고 손이 닿을 수 없는 깊숙한 곳으로
멀리 달아나버린다"(p. 31)는 문장으로 끝난다. 이때의 뱀은
자신의 의지와는 무관하게 따를 수밖에 없는 기계적인 충동
을 상징한다고 할 수 있다. 충동과 한 몸이 된 인간의 초상이
'자신의 성기 속에 들어가 있는 뱀을 쳐다보는 여인'의 이미
지 속에 응축되어 있는 것이다.

　「악취」역시 문명이라 불릴 만한 모든 질서를 부정하고 이
를 통해 근본적인 차원에서의 변화를 꾀하고자 하는 윤보인
의 기획이 고스란히 담긴 작품이다. 이 작품의 주인공은 뱀
대신 냄새를 사랑한다. 그녀가 사랑한 냄새는 "고약한 냄새,
찌든 냄새, 썩는 냄새, 참기 힘든 역겨운 냄새" "하수구에서

나는 오물 냄새, 더러운 바닷가에 떠 있는 기름 냄새, 노인에게서 풍기는 입 냄새, 마늘 냄새, 시체 썩는 냄새"(p. 33)와 같이 사람들이 피하는 악취들이다.

피터라는 흑인을 사랑하는 이유도 그에게서 나는 역한 냄새 때문이다. 그녀가 케냐 출신의 흑인과 결별한 이유는 씻지 말아달라는 부탁을 듣지 않은 결과, 그에게서 이내 악취가 사라져버렸기 때문이다. 이렇듯 그녀가 사랑하기 위한 조건은 악취로 표상된다. 남의 시선을 의식하지 않고, 문명의 질서와도 무관한 존재여야 한다는 것이다. 피터는 나아가 그 어떤 것도 의식하지 않는다. 화가인 피터가 그린 그림이 박쥐인 것도, 박쥐가 지닌 경계적 성격에 비추어 본다면 피터의 존재 방식에 어울린다. 이와 마찬가지로 '나'는 악취의 반대편에 있는 인간이라 할 수 있는, 향수 뿌린 인간을 혐오한다. 향수란 원초적인 인간의 모습을 억압 내지는 위장한 문명의 상징으로서 기능하기 때문이다. 집에서 기르는 고양이 젠터스가 청결한 것을 찾자 내쫓아버리려 하는 것도 같은 맥락이다.

그녀는 철저하게 질서와 안정이라는 기본적인 틀을 흔들어버리려 한다. 일부러 고기를 사서는 썩게 내버려두고, 집 안도 언제나 엉망으로 내버려둔다. "부엌과 방, 화장실 어디에서든 썩은 냄새가 진동"(p. 53)한다. 그러나 '나'가 악취를 즐기는 것은 취향의 문제이자 선택이고 자유이다. 그녀에게 악취란 존재의 본질적인 성질이기 때문이다. 억압되거나 위장

되어 있을 뿐 "사람들의 마음속에도 제각각 쓰레기들이 있"
(p. 48)다. 그것은 더러운 찌꺼기이자 걸러지지 않는 오물로
서 버리고 버려도 여전히 남아 있는데, 사람들은 다만 외면하
고 있을 뿐이다. 따라서 마음속에 쓰레기가 있다고 괴로워할
필요도, 토해내려고 할 필요도 없다. 이처럼 윤보인의 「악취」
는 감각 체계의 급격한 변화, 즉 감성적 혁명을 통해 근본적
인 차원에서 정치적인 작품이 되고 있다.

　문명에 대한 반감을 드러내고, 새로운 세상을 열망하는 것
으로 냄새가 선택된 것은 어찌 보면 당연하다. 후각은 현대사
회에서 가장 저열하며 동물적인 감각으로 치부된다. 냄새는
근본적인 내면성과 경계를 뛰어넘는 성향 및 정서적 잠재성
때문에 근대라는 추상적이고 비인격적인 체제를 위협하는 감
각으로 여겨지기 때문이다. 그리하여 현대사회에서 시각이
이성과 문명을 주도하는 감각으로 인식되었다면, 후각은 광기
와 야만의 감각으로 인식된다. 병적으로 악취를 사랑하는 여
자는 존재 방식 그 자체로 반문명적인 것임을 이해할 수 있다.

　사회라는 거대한 상징적 체계의 틀로 수렴되지 않는 개인
의 기계적인 충동을 집요하게 추구할 때, 그것은 죽음과 맞닿
을 수밖에 없다. 나중에 '나'는 피터와 가본 적 있는 저수지를
찾아가 양말을 벗고, 물속으로 들어간다. 물속 깊이 들어갈수
록 그녀는 생전 처음 맡는 악취를 경험하게 되고, 그것이 자
신에게서 나는 것임을 알게 된다. 그녀가 숨찬, 헐떡거림 속

270

에서 드디어 피터를 만나는 순간은 충동의 대상과 '나'가 맞닿은 순간이기도 한데, 이는 곧 죽음과 이어지는 순간이기도 하다. 이 순간은 바로 뱀을 자신의 성기 속에 받아들인 순간과도 맞닿아 있다. 충동은 늘 강렬한 만큼이나 목숨을 빼앗아 갈 만큼 치명적이다.

2. 21세기 오감도

이러한 죽음 충동이 사회를 향한 격렬한 부정의 정념과 조우하는 경우가 있다. 이때 윤보인의 소설은 엄청난 에너지를 내뿜으며 그 자체로 하나의 불꽃이 된다. 일종의 연작소설이라 볼 수 있는 「줄」과 「일요일」이 바로 그러한 경우다.

「줄」에는 시종일관 죽음의 그림자가 드리워져 있다. 이 작품의 기본 배경이 되고 있는 집 천장에는 언제든지 소녀들을 죽음으로 이끌 수 있는 줄이 대롱대롱 매달려 있다. 「줄」과 「일요일」은 미성년자들을 주인공으로 내세우고 있는데, 이것은 기성 사회에 대한 강렬한 부정과 밀접하게 연결된다. 이 아이들은 「줄」의 언니가 스스로 밝히는 것처럼, "나이는 어리지만, 이미 영혼은 너무 늙어 너덜너덜해"(p. 78)진 존재들이다. 그리고 그들의 존재는 "여전히 암흑"이고, "제정신으로는 살 수 없는 세계"(p. 81)의 존재를 강하게 환기시킨다.

「줄」에서 소녀들에게는 부모가 없다. 살아 있을 때에도 아빠는 "가장으로서 책임감이 없었"(p. 61)고, 엄마는 "성격은 괴팍한데다 잔소리가 심했"(p. 62)다. 아빠는 많은 책을 남겨주었지만, 그것들은 모두 필요 없는 것으로 인식될 뿐이다. 그녀들은 지금 학교도 다니지 않는다. 주위에 친절한 이웃은 한 명도 없다. 집주인이 계속해서 자매를 찾아오지만, 그는 아래층 여자의 치마를 찢는 존재다. 그는 권위와 질서의 구현자라기보다는 외설적 대타자의 재현에 해당한다.

대타자의 외설적인 모습은 「꼽추의 장례식」에서 꼽추인 예술가 아버지를 통해 집중적으로 나타난다. 오늘은 아버지의 장례식이지만, 그의 유일한 가족인 주인공은 장례식에 가지 않기로 결심한다. 아버지는 한없이 이중적인데, 겉으로는 친절함을 연출하지만 실제로는 사람에 대한 혐오와 멸시로 가득하다. 이런 아버지로 인해 그녀는 "살아가는 동안 자신조차도 믿을 수 없"으며 "겉으로 보이는 건 속임수에 불과하다"고 생각하기에 이른다. 뿐만 아니라 아버지는 어떤 관계에서나 권력을 욕망하기에, 딸에게 가끔 "군주나 황제"(p. 121)로 보일 정도다. 실제로 그녀는 어린 시절 아버지에게 혹독한 폭력을 당한 바 있다. 아버지의 등에 매달려 혹을 만지고 있을 때, 아버지는 갑자기 그녀를 심하게 내동댕이친 것이다. 이후 그녀는 "거대한 폭력. 거대한 환상. 그리고 망상"(p. 132)을 경험하며, 아버지가 자신에게 폭력을 행사할까 봐 두려움에 떨기도 한다.

「일요일」은 「줄」의 문제의식이 한층 심화된 작품이다. 「일요일」의 화자는 "착한 어린이들"(p. 86)인 '우리'이다. '우리' 역시 부모가 없고, 학교에서도 쫓겨났다. '우리'는 결핍으로 점철된 존재들이다. '우리'에게는 "유복한 환경, 잘난 부모, 커다란 식탁, 사회적 지위, 쌓여가는 돈, 금고 열쇠, 통장의 개수, 일요일의 한가한 나들이, 부모들이 싸주는 도시락, 그들의 안정, 그들의 여유, 그들의 친절, 수입 자동차, 아이들이 떠나는 어학연수, 유창한 영어 실력, 가진 자의 위선"(p. 100)이 없다. 심지어 '우리'에게는 죄의식도 수치심도 없다. '우리'는 돈이 필요하기에 절도를 하지만, "죄의식도 느끼지 않았다. 괴로워하지도 않았다"(p. 91)고 당당하게 고백한다.

'우리'에게 건물의 주인인 '그'가 계속해서 찾아온다. 그는 「줄」에서도 그런 것처럼 101호로, 102호로, 201호로 돌아다닌다. 그는 「줄」에서 암시만 된 것과는 달리 실제로 겁탈을 했다고 이야기된다. 이 작품에서 '우리'는 그의 지갑에서 돈을 훔쳤다가, 그에게 들켜 집에서 쫓겨나 집 근처의 버려진 창고로 옮겨간다. 「줄」에서 대롱대롱 매달려 있던 줄이, 「일요일」에서는 하늘에서 내려온 밧줄로 변형된다. 그리고 소녀들은 끝내 그 줄을 타고 하늘로 올라간다.

이 작품에서 가장 인상적인 것은 상호 대립적인 것들의 공존이다. 이때 대립되는 요소들은 동일한 층위에 놓이게 된다. 그는 건물의 집주인이면서 동시에 전도사다. 그는 겁탈을 하기도 하지만 성경책을 놓고 가기도 한다. "사랑으로 가득한 나라. 믿음으로 가득한 나라. 믿음으로 충만한 집. 권력으로 가득한 나라. 권력으로 충만한 집"(p. 90) 등의 표현에서는 사랑과 믿음이 권력과 나란히 놓인다. 줄을 타고 하늘로 올라갔을 때, 한번은 천사들을 만나고, 한번은 마귀들을 만난다. 그러나 천사와 마귀가 '우리'와 주고받는 문답은 동일하다. 또한 성당과 절과 교회가, 수녀님과 스님과 목사님이 동일한 차원에 놓여 있다. 「줄」에서도 매일 우는 소리를 내던 아래층 여자는 자신이 너무나 행복하다고 언니에게 말한다. 그녀는 "이번 생이 끝날 때까지 어떻게 해서든지 행복한 여자로 남을 거"(p. 76)라고 큰소리친다. 그러나 언니는 동생에게 아래층 여자가 "하루하루 견딜 수가 없"(p. 69)다라고 말했다고 동생에게 전한다.

이러한 상황은 이상의 시 「오감도」를 떠올리게 한다. 이 시의 처음은 "십삼인의아해가도로로질주하오./(길은막다른골목이적당하오)"로 시작되지만, 마지막은 "(길은뚫린골목이라도적당하오.)/십삼인의아해가도로로질주하지아니하여도좋소"로 끝난다. 길이 뚫려 있든 막혀 있든, 아해들이 질주하든 질주하지 않든 그들의 공포에는 변함이 없는 것이다. 「오감도」가 보여주는 여러 가지 양가적 상황은 헤어날 수 없는 공포와 불

안을 드러낸다. 이러한 공포와 불안이 윤보인의 작품에 와서
는 더욱 심화되었다고 볼 수 있다. 「오감도」에 등장했던 열세
명의 아이는, 「일요일」에서 "교활한 어린이. 방탕한 어린이.
무지한 어린이, 아부하는 어린이, 유쾌한 어린이, 지껄이는
어린이. 혐오하는 어린이, 순진한 척하는 어린이. 똑똑한척
하는 어린이. 괴로워하는 어린이. 좌절하는 어린이. 멸시하는
어린이. 욕하는 어린이. 허영심 많은 어린이. 구박받는 어린
이. 중독에 빠진 어린이. 난폭한 어린이. 전율하는 어린이.
불길함과 내통하는 어린이. 비트는 어린이. 저항하는 어린이.
사나운 어린이. 퇴폐적인 어린이. 정신 나간 어린이. 미친 어
린이"(pp. 100~01)로 더욱 확장되어 있다.

이 작품은 정념으로 이루어진 소설이라 해도 과언이 아니
다. 한껏 변형된 시공간 등으로 인하여 매끄러운 사건이나 인
물들을 파악하는 것은 거의 불가능하다. 대신 이 작품을 지배
하는 것은 과잉된 정념의 지속적인 발산이다. 그것은 이를테
면 길에서 만난 목사님이 "하나님은 가난한 자들의 편이다.
탐욕과 권력에 눈먼 어른들보다 아이들을 더 사랑하신다. 유
년은 아름다운 것이다"(p. 97)라는 말에 보이는 다음과 같은
반응에서 선명하게 드러난다.

아무 대답도 하지 않는다. 이 세계를 지배하는 부르주아에
대해, 폭력에 대해, 무질서에 대해, 정치에 대해 말하지 않는

다. 권력에 대해, 혼돈에 대해 말하지 않는다. 사회 속에서 점점 삐뚤어져가는 우리 자신에 대해 말하지 않는다. 목사님과 헤어진다. 목사님은 빨리 걷는다. 유년은 아름다운 것이다. 헤어진 뒤 그 말의 의미를 생각한다. 아름다움이란 말은 우리 삶과 아무 연관이 없다. 무엇이 아름다운가? 생각한다. 외면한다. 말한다. 싸운다. 비튼다. 도피한다. 도주한다. 폭력으로 난무한 이 세계. 균열로 가득한 이 세계. 불안으로 가득한 이 세계. 다들 아픈 것일까? 사람들이 병원으로 간다. 환자들이 산책을 한다. 나무를 바라본다. 하늘을 바라본다. 하늘이 빨갛게 변한다.

우리는 머리를 자른다. 염색을 한다. 담배를 산다. 담배를 피운다. 어른들 흉내를 낸다. 언제쯤 자신을 사랑할 수 있을까? 경멸하지 않고 사랑할 수 있을까? 혐오하지 않고 사랑할 수 있을까? 언제쯤? (p. 97)

윤보인은 근원적인 지점에서 전복을 꾀하는 래디컬한 모습을 보여주는 데 능숙하다. '우리'가 사는 창고 문을 마귀가 두드렸을 때의 문답은 좋은 참고가 된다. 마귀는 우리에게 "그따위로 인생을 살아선 곤란해!"라며, 조언을 해준다. 이어서 "우선 물건을 훔치지 마. 혼란을 일으키지 마. 다 제자리에 갖다 놔. 균열을 일으키지 마! 흐트러뜨리지 마! 착란을 일으키지 마!"(p. 106)라고 말한다. 윤보인이 소설을 통해 하려는 것은 마귀의 말을 철저히 뒤집어놓는 것이다. 그녀는 악마의 말을 되받아 '물건을 훔치고, 혼란을 일으키며, 제자리에 있는 것을 흩뜨려놓는' 일에 골몰한다. '균열'과 '착란'의 대가가 바로 윤보인인 것이다.

윤보인은 머리가 아닌 피부를 통해 세상과 접촉한다. 이것을 통해 정념을 날 것 그대로 쏟아놓는데 집중하고 있다. 합리적인 사고나 기준을 초과하는 과잉된 감정인 정념은 지속성보다는 일시성, 능동성보다는 수동성의 성격을 갖고, 주체의 경계를 벗어나는 과도함을 함축한다. 그것은 지극히 개인적인 것으로 그 안에는 시대나 역사 등의 의미가 들어갈 수 없다고 생각했다. 그러나 사람들은 감정을 매개로 서로 관계를 맺으며, 정념이 발원하는 곳은 바로 사람과의 관계 속에서다. 그렇기에 정념은 때로 거대한 사회적 사건이나 구조와 연결되기도 한다. 정념은 미시적인 인간관계뿐만 아니라 거시적인 차원의 사회 구조와도 깊이 연결되어 있다. 좀더 적극적으로 이야기하자면 사회라는 것은 감정에 기초한 복합적인 인간들의 관계를 통하여 형성된다고 말할 수 있다. 이 점이야말로 바로 윤보인의 소설이 사회와 소통하는 가장 중요한 거점이다. 사람이 경험하는 좌절감, 무력감, 체념은 특정한 사회적 맥락 속에서만 등장하는 것이다.

윤보인이 선보이는 정념은 자부심이나 활력과는 무관하며 절망적이며 때로는 자기파괴적이다. 이러한 정념은 바로 기

성 사회로부터의 소외와 불신에서 기인하는 것임을 알 수 있
다. 윤보인 소설 속에 등장하는 미성년자들을 지금의 현실과
분리하여 상상한다는 것은 도저히 불가능하다. 앞도 뒤도 막
혀버린 상황에서 욕설과도 같은 즉자적인 함성으로 세상에
대응할 수밖에 없는 모습이야말로 오늘날 젊은 세대들의 슬
픈 초상이라 하지 않을 수 없다. 그들의 외침은 다음과 같이
계속 이어진다.

미래를 생각하니 가슴이 아프다. 엄살을 부리고 싶다.
별이 빛나는군요. 별을 비틀고 싶습니다. 별을 찢고 싶습니
다. 별을 먹고 싶습니다. 별이 빨간색일 수 있나요? 그렇게 보
입니다. 별이 손을 흔드는군요. 우리도 손을 흔듭니다. 별이
속삭입니다. 우리도 속삭입니다. 털어놓을 비밀이 없군요. 사
실 너무 많아서 어떤 말부터 해야 될지 모르겠습니다. 불안과
도발에 대해서, 뻔뻔함과 당돌함에 대해서, 멍청함과 바보스
러움에 대해서, 강박과 경박함에 대해서. (p. 101)

3. 예술이 꽃피는 자리

윤보인의 이번 작품집에는 예술가를 전면에 내세운 작품이
중편의 분량으로 두 편이나 실려 있다. 「바실리 사원」과 「살

풀이춤」이다. 이 작품들은 모두 예술가를 대상으로 삼아 예술
이 탄생하는 지점과 그것이 끝내 겨냥해야 할 대상에 대하여
아다지오adagio의 빠르기로 풀어나가고 있다. 그리하여 첫
작품집을 세상에 내놓는 신예 작가의 예술가적 자의식의 내
부를 들여다보기 위해서는 한참 숨을 가다듬어야 한다.

「바실리 사원」은 12년 전 함께 마임의 거장 알렉세이의 공
연을 보았던 『월간예술』의 기자 한진규가 러시아에서 활동 중
인 마임이스트 이정경을 만나 인터뷰하는 것을 기본 골격으
로 삼고 있다. 앞질러 말하자면, 이정경에게는 나눌 수 없는
고통이 있고, 그녀의 예술은 바로 그 단독자적인 고통을 승화
시킴으로써 탄생한다.

이미 세계적인 마임이스트로 성장한 이정경은 소리에 대한
트라우마를 지니고 있다. 그녀에게 마임이란 바로 고통의 근
원이기도 한 소리로부터 탈출하는 것을 의미한다. 그녀가 생
각하는 마임의 매력은 "언어를 사용하지 않고도"(p. 162) 관
객과 교감을 나누고 소통할 수 있다는 특징에 있다. 마임은
"언어가 지워진 자리에 또 다른 언어를 만들어내"(p. 164)는
일이다.

이 작품의 핵심은 이정경을 예술로 향하게 만든 트라우마
가 한국의 역사적 상처와 조우한다는 점이다. 그녀의 고향은
수십 년 동안 미군의 전용 사격장으로 사용되었던 매향리다.
그녀뿐만 아니라 매향리 사람들은 모두가 상처받은 자들이다.

그들은 쉴 새 없이 터지는 폭격 소리로 인해 공격적인 성향으로 변해갔고, 폭격 소리를 견디지 못한 수십 명의 사람들은 정신적으로 괴로워하다가 목숨을 끊기도 했다. 이정경은 고등학교를 졸업한 뒤 매향리를 떠나지만, 도시의 소음도 그녀에게 가혹하기는 마찬가지였다.

매향리에서 받은 이정경의 고통은 사실 매우 심각하다. 그녀는 어린 시절 매향리에서 "포탄을 가지고 놀다가 한쪽 눈을 실명"(p. 198)되기까지 했던 것이다. 마지막에 그녀는 자신의 예술적 분투가 결국에는 매향리로부터 받은 고통의 극복이라는 것을 증명하기라도 하는 것처럼, 매향리를 표현하는 거리 공연을 한다. 그 모습을 보며 한진규는 "오랜 시간 폭격과 소음에 시달려온 사람이 바로 저 사람인가. 성 바실리 사원 건축가의 운명처럼 한쪽 시력을 잃은 사람이 분명 저 사람인가"(p. 208)라고 생각한다. 이 대목에서 매향리의 상처는 모든 예술가들이 감당할 수밖에 없는 권력이나 부당한 현실을 의미하는 보편적 기호가 된다.

바실리 사원은 한진규와 이정경이 처음 인터뷰한 장소다. 이 바실리 사원에는 그 건물을 짓게 한 이반 4세가 다시는 이렇게 아름다운 건축물이 지어지지 못하도록 하기 위해 건축가 두 명의 눈을 뽑아버린 유래가 전한다. 이반 4세의 폭력으로 눈을 잃어버린 건축가와 매향리의 포탄으로 한쪽 시력을 잃어버린 이정경은 러시아와 매향리의 시공을 뛰어넘어 그렇게 조우하는 것이다. 처음에 이 작품은 아다지오의 빠르기로 전개된다고 말한 바 있다. 그렇다면 이 작품의 기본적인 템포는 바로 타인의 상처에 접근하는 것의 어려움과 그 상처로부터 하나의 예술이 숙성하기까지 걸리는 시간을 의미한다고 말할 수도 있을 것이다.

「꼽추의 장례식」에서도 자신의 상처로부터 발아하는 예술의 모습을 확인할 수 있다. 이 작품에서 대타자의 외설적 모습을 구현한 꼽추 아버지는, "그는 자신과는 다른 이들의 등뼈를 만지며 자학하고 괴로워했을 겁니다. 그리고 그 힘으로 다시 그림을 그렸을 겁니다"(pp. 128~29)라는 문장에서 알 수 있듯이, 자신의 신체적 불구에서 비롯된 고통을 자양분으로 삼아 사람들을 숙연하게 만드는 그림을 창조해낸다.

「살풀이춤」에서 예술은 삶과 죽음의 경계를 뛰어넘는 절대적인 무언가로 그려진다. 살풀이춤의 목적은 본래 "죽은 자에 대해 기원을 하고 그들의 한을 풀어주는 것"(p. 218)이다. 이것은 어디까지나 산 자를 위한 의식이라고 볼 수 있다. 그러나 윤보인에게 있어 살풀이춤은 오히려 삶의 고통이나 한을 지불해서라도 완성해야 하는 절대적인 대상이다.

이러한 생각의 완성은 주인공인 최형권의 아버지를 통해 가장 선명하게 구현된다. 최형권의 아버지는 마흔을 넘긴 나이에 살품이춤에 빠져 가정을 외면한 채 밖으로만 떠돈다. 작품의 마지막에 아버지는 자신의 아내가 자살하기 위해 사용한 "목을 감싸던 흰색 명주 수건"(p. 265)을 들고 살풀이춤을 춘다. 그 순간 비로소 살풀이춤은 본연의 목적이라 할 수 있는 "죽은 자와 산 자를 이어주는 춤"(p. 266)으로서의 자신을 완성한다. 자신의 삶, 나아가 아내의 삶을 온전히 다 바쳐서야 탄생하는 것이 바로 예술인 것이다.

전교 1등을 놓치지 않던 수재이지만 춤을 위해 지방대에 가고, 부모님의 반대를 감당하는 것은 물론이고 결혼까지 거부한 채 춤만을 추는 근애에게도, 무용단의 대표이며 승무 전수자로서 전통 춤을 추고 있는 재일교포 3세 조훈에게도 이러한 원칙은 예외 없이 적용된다.

처음 최형권은 이들과 달리 예술을 위해 삶을 희생해야 한다는 식의 예술지상주의적인 태도에 반감을 드러낸다. "저도 연극을 하고 있지만 다른 이들을 희생시키면서까지 하는 예술에 대해서는 회의가 듭니다. 그저 거대한 감옥에 갇혀서 사는 인간들처럼 보일 뿐입니다"(p. 239)라고 말하는 입장인 것이다. 그리하여 최형권은 아버지가 추는 살풀이춤이 꼴 보기 싫어서 그것을 피해 가다가 카뮈의 희곡이나 서양 사상에 심취하기도 한다. 그러나 형권을 무대에 오르게 하는 힘이야말로, 아버지에 대한 분노이자 집착이다. 최형권은 가족을 버리고 춤에 미쳐 어머니를 자살하게 만든 아버지와 화해해야 하는 과제가 남아 있는 것이다. 연극배우를 하고 있는 최형권 역시 "결국 아버지와 내가 다르지 않은 인간"(p. 229)이라는 어머니의 말처럼, 자신의 삶을 바쳐서라도 예술의 완성을 목표로 삼은 사람에서 벗어나지 못한다.

삶을 온전히 다 바치고라도 완성해야 하는 예술의 기본적인 성격은, 오랜만에 찾아온 형권에게 아버지가 건네는 "춤은 나를 위해 추는 것이 아니다. 너를 위한 것도 아니다. 그것은 목숨을 부지하고 있는 모두를 위해 추는 것이다"(p. 256)라는 말 속에 응축되어 있다. 자신의 삶을 온전히 다 바쳐서 얻을 수 있는 예술이란, 궁극적으로는 '모두를' 향해 개방됨을 확인할 수 있는 것이다.

4. 믿음직한 아방가르드

이쯤에서 윤보인의 예술가 소설이 갖는 특징을 한번 돌아볼 필요가 있다. 그녀가 주로 대상으로 삼는 예술가들은 「바실리 사원」에서는 마임이스트들이었고, 「살풀이춤」에서는 무용가들이었다. 그들은 본질적으로 언어를 배제한 채 자신을 표현하는 자들이고, "한국어나 일본어를 사용하지 않고 저를 표현한다는 것이 무척 편안합니다"(p. 224)라고 말하는 자들이다. 언어(의미)를 거부하거나 초월한 자리에서 그들은 자신만의 예술적 완성을 도모하고 있는 것이다.

이러한 특징은 윤보인 소설을 이해하는 데 적지 않은 시사

점을 던져준다. 그는 언어를 사용하지만 진정 그가 원하는 것은 선명한 의미의 축조가 아니다. 그는 의미를 초월한 의미, '언어가 지워진 자리에서 생기는 언어'에 관심을 가지고 있다. 윤보인의 작품은 적지 않게 현실의 중요한 지점들을 건드린다. 심지어 그녀의 소설에서는 매향리의 폭격까지도 서사화되고 있는 것이다. 그러나 그것이 형상화되는 방식은 전통적인 방식과는 거리가 멀다. 그것은 흡사 마임이나 살풀이춤의 동작을 닮아 있다. 정념이나 이미지의 지나치게 격렬한, 때로는 지나치게 완만한 배치를 통하여 정치적인 동시에 미학적인 효과를 겨냥한다. 현실적인 것에서 현실을 빼내고, 인간적인 것에서 인간을 빼낸 그 텅 빈 공간 속에 진짜 현실과 진짜 인간은 새롭게 자리를 잡는다. 이러한 새로운 미학적 진전이 뚜렷한 작가적 자의식에 바탕해 이루어지고 있다는 점에서 윤보인은 무척이나 믿음직한 아방가르드인 것이다.

작가의 말

아무 일도 없었던 것처럼
그저 무덤덤하게 글을 쓰고 싶었고
그렇게 어딘가로 가고 싶었다.

나를 지켜봐준
가족들과 친구들에게.

무엇보다 첫 책을 내주신 문학과지성사에 깊이 감사드린다.

2011년 8월
윤보인

수록 작품 발표 지면

「뱀」 2008년 문학사상 1월호

「악취」 2008년 문학사상 7월호

「줄」 2009년 문학사상 4월호

「일요일」 2010년 문장웹진 4월

「꼽추의 장례식」 2010년 문학들 겨울호

「바실리사원」 2009년 문학과사회 가을호

「살풀이춤」 2010년 문학사상 6월호